名/家/忆/往
系/列/丛/书

汪兆骞　主编

邱华栋　著

大地与内心的风景

中国文史出版社

图书在版编目（CIP）数据

大地与内心的风景 / 邱华栋著. —北京：中国文史出版
社，2022.10

（名家忆往系列丛书 / 汪兆骞主编）

ISBN 978-7-5205-3740-7

Ⅰ.①大… Ⅱ.①邱… Ⅲ.①散文集—中国—当代
Ⅳ.①I267

中国版本图书馆 CIP 数据核字（2022）第 176195 号

责任编辑：李晓薇

出版发行：中国文史出版社

社　　址：北京市海淀区西八里庄路 69 号　　邮编：100142

电　　话：010 - 81136606　81136602　81136603（发行部）

传　　真：010 - 81136655

印　　装：北京新华印刷有限公司

经　　销：全国新华书店

开　　本：880mm × 1232mm　1/32

印　　张：10.625

字　　数：228 千字

版　　次：2023 年 3 月北京第 1 版

印　　次：2023 年 3 月第 1 次印刷

定　　价：58.00 元

个人印记的精神图景

——关于散文的絮聒之三

汪兆骞

记得壬辰年之春，曾应中国文史出版社之邀，为该社主编过一套"当代著名作家美文书系"散文丛书。所选皆与我熟稔的著名作家之散文名篇，每人一卷。经年老友多过花甲之年，正是"老去诗篇浑漫与"，其为文已到随心所欲之化境，锦心绣口，文采昭昭，自出杼机，成一家风骨。文合为时而著，本人性，状风物，衔华而佩实。我在总序中说："这些大家的散文，是血肉之躯与多彩现实撞击出的火光；是人性与天理对晤出的大欢喜、哀凉与哲思；是直面人生，于世俗烟火中，发现芸芸众生灵魂绽放出人性光辉的花朵；是针砭世事，体察生活沉重，发出的诘问。高山安可仰，徒此揖清芬，篇篇似兰斯馨，如松之盛，赠君以言，重于金玉，乐于琴瑟，暖于棉帛。"

该丛书面世之后，反响不俗，其中莫言、陈忠实两卷尚获重要文学奖项，可惜仅出版六卷，便草草收场。问题不少，但其主要原因，是我已准备十多年的七卷本"关于民国大师们的集体传记"《民国清流》系列的撰写，到了不能再拖的地步，实在无力分心旁骛，只能抽身。

忽忽六年过去，早已在眉梢眼角爬上恁多暮气的我，已成白头老翁，所幸七卷本《民国清流》，在晨钟暮鼓、花开花落中，陆续顺利出版，且另一长卷《文学即人学：诺贝尔文学奖群星闪耀时》，也即付梓。此时中国文史出版社再次请我主编"名家忆往系列丛书"，鉴于壬辰年所主编丛书，虎头蛇尾，一直心怀愧歉，便欣然从命。于是再邀文坛名家老友，奉献散文佳作。幸哉，老友鼎力相助，纷纷响应。惜哉，一贯为散文发展热情捧薪添火，"纵横正有凌云笔"的贤亮、忠实二君，已不幸驾鹤西行。"西忆故人不可见"，只能"江风吹梦到长安"了。

本人一生以职业编辑之身羁旅文学，在敬畏、精诚、庄严、隐忍中，为人作嫁衣裳，便有了与诸多作家和他们的文字相知对晤的机缘。哲人云"缀文者情动而辞发，观文者披文以入情"。徜徉于作家们"笼天地于形内，挫万物于笔端"的文字里，读出他们灵魂中的人文关怀、文化担当和审美个性。如芙蓉出水，似错彩镂金，辨而不华，质而不俚，风调高雅，格力遒劲，文里寄托着他们太多的人生思考，太浓的文化乡愁。

在中国现当代文学创作体裁格局中，散文承载着民族文化和民族心理的丰厚蕴涵，但综观当下散文创作，呈现一种浮躁焦虑状态，缺乏耐心解构，"过于正确与急切的叙事"

抒情，其面目无论多么喧嚣与璀璨，都不过是"现实的赝品"，致使一端根植在现实大地、一端舒展于精神天空的散文艺术，弥漫着文化废墟和精神荒原的气息。

编这套名家"忆往"散文丛书，所选皆是作家记住或想起保留在脑子里过往事物印象的文学书写。人生天地间，若白驹过隙，忽然而已。往事俯仰百变，人生如梦，"人生到处知何似，应似飞鸿踏雪泥"。那雪泥上留下的爪痕，便是人生行旅的印迹。作家在回忆人生往事时，举凡小事大道，说的都是自己对过往的所思所悟，其间自有人生的哲学睿智、思想境界和灵魂风骨。他们在山河人群和过往的历史中寻找自己，确证自己的命运过程，从中可看出行于江湖的慷慨悲凉、缠绵悱恻的种种气象。他们是带着哲学思辨意味的作家学者的气质，赋予个人印记以精神脉络的，忆往便构成共和国历史生活图画的一部分。

文者，言乎志者也，散文之道，理性与感性、世俗与审美、形而上与形而下之间的穿梭徘徊，胡适先生云："有什么话，说什么话。"说真话，说新话，说惊世骇俗之话，说"人人心中有，个个笔下无"的禅机妙语。另又想起壬戌年岁尾，去津门拜望孙犁先生，寒暄之后，知先生刚为我就职的人民文学出版社要出版的《孙犁散文集》写完序，即向先生请教散文之道。先生笑而不语，遂将其序示我。其序简约，语言平实，只谈了三点"作文和做人的道理"。年代虽久远，先生关于好散文的标准，仍铭记于心，便是：要质胜于文，质就是内容和思想；要有真情，要写真相；文字要自然，若反之，则为虚伪矫饰。先生之于文，可谓闳其中而肆其外。灵丹一粒，合要隽永。如何写好散文，胡适、孙犁两位大师以三言两语警策之言，已说得明明白白。但让人不解的是，总是有些论者，把散文创作说得神乎其神，看似格韵高绝，然如雾里看花，终隔一层。诸如异想天开，鼓吹什么体裁层面上移形换位的跨界写作便可商榷。

编此丛书，无意匡正散文创作的现状，只想向读者推荐货真价实的好散文。于是从他们的作品中，揽片羽于吉光，拾童蒙之香草，挑出"天籁自鸣天趣足，好文不过近人情"的既有人间烟火气，又"有真情""写真相"的"尽美矣，又尽善也"（《论语·八佾》）的美文，编辑整合，以飨读者。

诗书不多，才疏学浅，序中难免有谬误之论，方家哂之可也。对中国文史出版社和诸作家为构建书香社会捧薪添柴的精神，深表敬意。

戊戌年初秋于北京抱独斋

目录

第一辑

每座城市都有自己的气质和性格。

你好，北京

一

北京，是我们伟大祖国的首都，历史悠久，曾被称为幽州、燕京、大都、北平。这座城三面环山，有永定河、潮白河、北运河等河流穿城而过。这里夏天多雨，冬天飘雪，四季分明，景色优美。

北京城一共分为 16 个区，有两千多万人口，人们在这里生活、工作、学习、游玩，他们的奋斗与欢笑让北京生气勃勃，欣欣向荣。

二

北京是世界上拥有世界遗产最多的城市，下面就让我带你来看看北京有哪些鼎鼎有名的建筑吧。

"我爱北京天安门，天安门上太阳升。"这段旋律很熟悉吧？咱们游览的第一站就是这里。天安门威严庄重，正中门洞上悬挂着毛主席的画像，两边分别是"中华人民共和国万岁"和"世界人民大团结万岁"的大幅标语。1949 年 10 月 1 日下午 3 点，毛主席按下电钮，新中国第一面五星红旗飞扬在了天安门广场的上空！小朋友们，你们是否也跟着爸爸妈妈一起，在天安门广场观看过升国旗仪式呢？

三

天安门广场上竖立着人民英雄纪念碑，碑的正面刻着毛主席写下的"人民英雄永垂不朽"八个大字。这纪念碑虽不算高大宏伟，却意义非凡。我们今天和平安稳的生活是谁创造的？是那些值得人尊敬的革命先辈，他们为了我们后代的自由与尊严，不惜抛洒热血才换来的。

四

穿过天安门城楼，你会看见一片气势恢宏的古代皇家宫殿，这个宫殿群就叫故宫，也叫紫禁城。紫禁城主要是用木头建起来的房子，四面有高高的城墙和东西南北四个方向的城门，城墙外面有护城河，里面有九千多间屋子，其中包含了养心殿、翊坤宫、漱芳斋、御花园等我们常常在电视剧里看到的地方。中国明朝和清朝的皇帝就住在紫禁城里。清朝皇帝退位后，从1925年起这里变成了博物馆，收藏了非常丰富的古代中国的文物。

五

除了紫禁城，清朝时候皇帝常去的地方还有颐和园。这里是中国最大的皇家园林，在北京城的西边。颐和园有浓浓的江南风情：北部靠山，园子中央有湖，湖上有岛，岛与岛之间有拱桥和长堤相连。昆明湖是颐和园里最大的湖,湖上有十七孔桥,桥上的石狮子形态各异,十分有趣。

六

比紫禁城历史更久远的是长城。我们的古人修建长城是为了抵御外敌,保卫国家。人们从西周时期就开始建长城,延续不断修筑了2000多年,总计长度达2万多千米。中国古代许多地方都有长城,但是今天还保存得比较完整的长城在北京。北京的长城大多建在崇山峻岭之上,随山势蜿蜒起伏,远远看上去像巨龙,把我们祖国不同民族的人们联系在一起。

七

看了这么多古人留下来的伟大建筑,我们换个地方,看个21世纪之后新建的奇特建筑——鸟巢。鸟巢不是真的鸟巢,而是建筑外表看上去像鸟巢。它像一个由树枝编织而成的巨大摇篮,孕育着新的生命。2008年北京举办了奥运会,鸟巢就是这届奥运会的主体育场。2008年8月8日晚上,当奥运会的圣火在鸟巢点燃时,全世界的人们都在鸟巢的欢乐中看到了中国的风采。

八

北京见证了中国历史变迁的许多重要时刻,比如推动中国从古代转变为现代的新文化运动就在此发展得轰轰烈烈。说到新文化运动,就不得不提它的运动中心,也是每一个中国学子都很向往的地方——北京大学。每到寒暑假就会有许多爸爸妈妈带着小朋友们来参观这所著名的大学。它不仅是中国最优秀的大学，也是对中国历史发展起着重要作用的大学。毛主席曾经在这里当过图书管理员，鲁迅先生在这里教过书，以及众多朝气蓬勃怀着远大抱负的青年学生在这里读书学习。

九

听完大学里的读书声，我们可以去北京的胡同里走一走，看看老北京市民的生活。走过北京的胡同，你能看到老北京城最主要的民居——四合院。住在四合院里土生土长的北京人都熟悉家门口的胡同，对它的过往和趣事如数家珍。历史上诸多的名人都曾在北京的胡同里生活过，最著名的"史家胡同"就曾住过中国历史上几十位名人，被称为"一条胡同，半个中国"。

十

老话说，北京城"东富西贵"。北京东城的富有曾经是京杭大运河的功劳。它是世界上开凿最早、长度最长的一条人工河道。元朝的皇帝将北京定为首都后，开始改造旧运河，开挖新运河，通过运河把江南的米粮运到北京。直到今天，京杭大运河仍在促进北京和其他地方的商业贸易的繁荣，被称为"黄金水道"。北京的什刹海、后海一带当年是京杭大运河漕运的终点，曾经千帆竞泊，热闹空前。

十一

看了这么多历史文化遗迹，休息一下，可以尝尝老北京的小吃。清朝有首词是这么唱北京小吃的："三大钱儿卖好花，切糕鬼腿闹喳喳，清晨一碗甜浆粥，才吃茶汤又面茶；凉果炸糕甜耳朵，吊炉烧饼艾窝窝，叉子火烧刚卖得，又听硬面叫饽饽；烧麦馄饨列满盘，新添挂粉好汤圆。"这些小吃会在庙会或沿街集市上叫卖，人们无意中就会碰到，老北京人形象地称之为"碰头食"。

十二

比起冰糖葫芦、豌豆黄、驴打滚、灌肠、爆肚、炒肝等，豆汁儿可以说是老北京小吃中独具特色的一种。从前，卖豆汁的大多是从粉房将生豆汁舀来，挑到庙上，就地熬熟，配上麻豆腐、辣咸菜等小菜一起卖。据说，豆汁儿早在辽宋时期就已在北京盛行，到了清朝甚至一度成为宫廷饮料。妙就妙在，豆汁儿味道奇特，酸臭如泔水，却深受老北京人的喜爱。

十三

北京就是这么一个古老又现代、庄严又活泼的城市，值得我们慢慢看，慢慢品，慢慢与它一同成长。

津南葛沽一瞥

　　有句老话叫作京津一家，说的就是北京和天津本来就是一家。这两个兄弟城市，距离不远，体量相当，在近现代史上关系深厚。现在，由于有了高铁和多条高速公路连接，北京和天津的距离一下子变得非常近，比方说高铁只要半个小时，汽车一个半小时就到了，跟我在北京城里上班来回时间差不多。北京人去天津，也就是周末去朋友家串门，十分的方便利索了。

　　说到京津冀的文化，还有一句老话叫作"京油子、卫嘴子，保定的狗腿子"，说的是京津冀三地人的脾性。京油子，说的是老北京人的狡黠油滑；卫嘴子，说的是天津人的能说会道；保定的狗腿子，说的是河北人的能伸能屈，但这话多少带点贬义。

　　现在，京津冀一体化是国家战略，这三地之间的你中有我、参差互动、比邻而居、共谋大计，肯定是大融合大发展了，京津冀的人口流动也就会更多更广了。据统计，当代北京人中间，原籍河北的人口最多。

　　天津人和北京人都能说会道，现在北京人去天津，一是吃海鲜，二是听相声。我记得前些年我就常到天津听相声，有些女相声演员给我的印象很深。由于天津是近代史上的风云城市，开埠较早，这里的西餐厅也不错，我就有朋友常常到天津吃西餐的。起士林的西餐有名，五大道还有几家不那么有名的小餐厅更好。

这个周末，我白天还在开会忙活，到了傍晚，坐着高铁，我就到了天津津南的葛沽镇了。查阅字典，对"津"字的解读是：渡口。原来，天津就是天边一渡口的地方。好了，天津说白了，这城市的起源，就是一个大码头、大渡口。可陆地上的人到了这里，往哪里渡呢？前往大海上。从天津出渤海湾，就是茫茫大海了，可以向北、向东、向南，向那大海展开了她宽阔胸怀的远方而去。因此，天津这里注定是和大海有关的城市。

天津是个大渡口、大码头，这里带"沽"的地名也特别多，比如汉沽、塘沽、大沽口、葛沽、南涧沽、大北涧沽、后沽、西大沽、东大沽、里自沽、八道沽、盘沽、泥沽，等等。我查阅《新华大字典》，是这么解释"沽"的：沽，"本义是水名，即白河，在天津北塘入海，所以'沽'又作为天津的别称。"在清末，天津诗人樊彬写道："津门七十有二沽，大波小波通水渠。"

沽，古代还有一个解释是卖酒的人。

根据考古学家的考察，在葛沽镇一带，西汉后期就已形成自然村落，现存邓岑子古贝壳大堤的发掘，展现出了人类生活的面貌——贝壳堤，全是海洋生物的贝壳类，这里就是古代的海岸线。可见这里的人以海为生、靠海吃海，是自古有之。海水是咸的，那晒海盐产业，也是这一带的人谋生的手段。北宋时期，这里因为建有宋军御辽"塘泊防线"最东端的军事砦铺——鲛鲸港铺，而载入军事专著《武经总要》。约在宋代，这里逐渐形成了镇的规模，自宋以来，葛沽已经延续千年，是北方千年名镇之一。一开始叫作蛤沽，后来海河（就是沽水）北移，蛤沽也北迁了，因此，改名为葛沽。

我到了天津津南区的葛沽镇，首先就注意到了这里的妈祖文化。我看到宝辇里的妈祖娘娘塑像的时候，联想到了很多。我没有想到的是，在北方重镇天津，也有南方妈祖文化的遗踪，而且，还在这里持续和发扬光大，并且在葛沽形成了独特的宝辇文化。很长时间里，我都以为，妈祖文化就是福建、台湾、广东、海南一些省份和地区的文化，没有想到，天津也有。在葛沽东茶棚的天后宫娘娘庙，就是祭奠妈祖的。葛沽文化最重要的一个特点，自然就是海洋文化带来的妈祖文化，从南方传来，由那些南来北往的、谋生活的海上商贾和渔民们带来的。妈祖实有其人，她叫林默，宋代出生于福建莆田，公元987年去世之后，被尊为海神，建立了祠堂。由此，她作为沿海一带的保护女神，逐渐形成了地方性的民俗宗教文化。妈祖是保佑出海渔民和子民的人神，带有母性和女性的祈福安康、保佑平安的文化，逐渐变成了民间信仰的宗教样式。

在葛沽，包括妈祖文化在内的众位女神祭祀礼仪，演化成了一个与庙会结合起来的宝辇会，就是每逢春节期间，将妈祖娘娘从庙里请出来，放到华美的宝辇里，由人抬着走，走街串巷，热闹非凡。在原来的葛沽天津津南的娘娘庙里，一共供奉了14位娘娘，宝辇会要请出来不少娘娘。这些娘娘，除了妈祖娘娘、三霄娘娘，还有治疗眼病的眼光娘娘、送子娘娘等，都是寄托了人们生活的美好愿望的象征性偶像。

当地的作家告诉我，葛沽宝辇最初产生于明代嘉靖年间，那个时候，从南方前来北方的运粮漕运船只到了葛沽，都要采办北方的货物，停留时间比较长，他们就拜祭妈祖，用滑竿抬着从船上带来的妈祖娘娘的塑像，在葛沽街道上鸣锣开道，四下活动。他们不仅自己祭拜妈祖，也接受前来礼拜的当地居民敬献的香火，久而久之，就成了一种风俗。

也是在嘉靖年间，葛沽巡检署的一位官员，他叫黄白虹，看到渔民商贾们用滑竿抬着妈祖娘娘的塑像在走街串巷，接受香火，觉得不很雅观，对妈祖娘娘也有怠慢和不敬，就把自己的轿子让出来，让把妈祖娘娘的塑像放进去。

这就是宝辇的雏形。也有传说是渔民把妈祖娘娘塑像放在供桌上抬着走，被一个张姓大商人看见了，想出了制作轿辇的办法。总之，后来又经过了改造，加上一些富人之间争相比拼，都争做宝辇，葛沽宝辇争奇斗艳，异彩纷呈，各有特色，华丽辉煌，细致入微。每年春节从大年初六开始一直到正月十六，和灯会、庙会一起，宝辇会成为葛沽数百年间最重要的民间文化活动。现在，每年春节你要是想去天津转一转，我建议你去葛沽看看这个宝辇会和花灯会。

在葛沽，我在寻找着文人士大夫的踪迹。我对康熙、乾隆到过葛沽没有什么兴趣，但对一个明代大臣在这里的活动很有兴趣，他就是明代礼部尚书、文渊阁大学士徐光启。这位写过《农政全书》的人，每当在朝廷里受到了排挤，就告病来到葛沽休息一段时间。他先后来葛沽四次，加起来，有四年的时间。

在葛沽居住的时间，徐光启看到，葛沽到处都是海水侵蚀的盐碱地，水稻产量低、米质差，就想到了"南种北引"，他让当地官员想办法给他买了两千亩试验田，开始进行南种北引的实验。他在这两千亩地里试种的农作物品种繁多，有水稻、小麦、高粱、红薯、大麦、豆类，还引种了萝卜、白菜、菠菜、韭菜、芫荽，结果实验效果不错，收获很多。他将自己种的粮食、蔬菜的收获，都送给了附近的贫穷人家，周济百姓。据载，徐光启将收获也出售、酿酒，他要养活南方雇工。

其实，早在徐光启之前，葛沽水稻的种植，是由明代万历年间天津巡抚汪应蛟推动的，在公元 1600 年，他就下令驻防葛沽的士兵，以淡水冲洗盐碱地，种植水稻五千亩，获得了成功。

而徐光启种植农作物，也曾经遭到了蝗虫、海水侵蚀和大旱的灾害，但他沉着应对，仔细观察，将如何消灭病虫害、抵御旱灾风灾和海水侵蚀的情况，写进了《农政全书》里。他试种的"白玉堂（塘）"品种的水稻获得了成功（也有一种说法是，白玉塘这个品种是汪应蛟引种的），成为明清两代当地出产的著名农作物。

葛沽的水稻除了白玉塘米，还有葛沽香粳（粳米）、葛沽红稻，各有特点。后来，闻名的小站大米，是不是也和徐光启在葛沽种的稻子有关？不过，现在因为土壤、气候和水质的变化，天津小站大米已经不如东北大米有名了。估计问题还是出在水质上。

2017 年 7 月，传来了一个消息，天津葛沽镇被列入了全国第二批特色小镇，这使得天津的特色小镇达到了 5 个。

这肯定是葛沽镇的一件大事，因为能够列入全国特色小镇目录里，不仅国家发改委能够有专项资金支持，住房建设部也有政策性金融支持，中国农业发展银行、国家开发银行等都有相应的金融支持，葛沽镇将迎来很大的发展机遇。

　　我想，葛沽镇之所以能够和其他 4 个小镇一起，成为天津仅有的 5 个特色小镇，与葛沽的历史文化传统的深厚有很大关系。因为葛沽是北方妈祖文化之乡，还有历史上的水流三带、九桥十八庙的景色，以及漕运文化、海盐文化、滩涂文化等等。如今，葛沽还是滨海新区范围里的特色小镇，滨海新区肯定还是天津的重要发展地带。作为一个港口城市，靠近大海之处，就是这座城市的飞升之地。

　　我记得，特色小镇的规划和发展缘起于浙江，因为，在浙江的山水之间，至今有不少基础良好、生态良好、环境优秀的小镇存在，白墙灰瓦，流水潺潺，绿树浓荫，非常安静美丽。我觉得，特色小镇建设，是解决大城市病的一个手段。曾几何时，大城市的快速发展和扩张，挤压了小镇和乡村的空间。现如今，超过 1000 万人口的城市在中国有 6 座，超过 500 万人口的有 20 座，城市早就不堪重负了，环境污染、交通不便，医疗、教育、住房问题很多，那么，发展特色小镇，是一个很好的方向。

　　葛沽镇由此迎来了新的发展机遇和空间，希望葛沽会越来越好。

长春之春

　　我很喜欢长春，首先就是她的名字好，长春长春，永远都和春天有关，永远都和青春为伴。而且，这名字里还含有长寿的意思，无论年轻人还是老年人，都适合在这里居住。每次来到长春，我都觉得这座城市的气质是大气而内敛，沉着而不躁动，闲适而不慵懒，严整而不失活泼。

　　每座城市都有自己的气质和性格。长春当然也不例外，虽然长春是一座年轻的北方城市，和北京、南京、西安这些历史文化名城比起来历史感要少很多，因为长春的古代历史文化遗迹不多，顶多有些伪满的历史建筑遗迹。但是，新中国成立之后，长春却在她的建设者和经营者的辛勤努力下，拥有了自己不可替代的、独特的城市文化符号。

　　在我的印象里，长春，首先就是一座汽车城，因为她有一汽。一汽一汽，就是第一汽车制造厂，从排序上来说，就是中国汽车的老大哥，是排第一的，这你一点辙都没有，不服都不行。长春在汽车的制造和汽车文化的积累以及民族汽车业的建立方面，都是独占鳌头的，广本和上海帕萨特怎么好，都不如红旗和奥迪深入人心。我前后三次参观了一汽的制造厂，对一汽的家属参观日印象特别深刻。在那一天，一汽员工的家属都要来到汽车厂，参观自己的亲人就职的企业，实地感受和触摸汽车的诞生。我开过一汽生产的多款轿车，还收藏了从捷达、红旗到奥迪的多款汽车模型，我感觉到在长春，汽车文化是深入人心的，既是城市的经济支柱，也是这座城市的文化内涵。汽车，作为一种高科技支撑的现代制造业，它所代表的，显然是一种更为迅捷和现代的生活，因此，在对生活的态度上，也使长春人变得时尚和现代。晚上，徜徉在几条繁华的街道上，我看到这里的小伙子姑娘们都很时尚现代，个个都是身材高挑，姿容年轻而有活力。而且，我很喜欢一些很有特点的小店，卖的东西不知道从哪里搜集来的，从西藏到韩国的东西，这里都可以找到，你可以细心地仔细淘换。因为，长春，和青春有关。

　　长春还和长寿有关，首先就在于长春独特的地理环境。长春有一个城市之眼——南湖。有一天下午，我驱车偶然经过南湖，当时，天空十分晴朗，我看到了微风吹拂的湖面之上，有很多游船在悠闲地漂荡，如同一幅巨大的国画上点染的白色斑点，和天空的颜色相映成趣，十分动人。南湖作为城市中心区的湖泊，作用很大，是城市的水肺，可以降低城市噪声，增加城市的湿度，降低灰尘的影响。北方的城市缺水，但是长春有南湖，就有了一双灵动的眼睛。长春还有一面更大的湖——净月潭，净月潭的位置在郊外，正好起到了和南湖互相呼应的作用。净月潭和南湖一大一小，但是却相映成趣，净月潭有着十分丰富的植被和树木，风光美丽，水系蜿蜒在大地上和树林围抱中，成为长春最重要的空气调节器和净化器，成为长春最灵动的象征。在净月潭上乘船而行，连风都是甜美的，这里的负氧离子非常丰富，人们在这里休息、钓鱼和徜徉，都会心旷神怡，净月潭因此和南湖一起，构成了长春独特的自然景观。长春，和长寿有关。

长春还和春天有关，因为，她有全国独一无二的城市雕塑文化。据说，是一位当年主管城市建设的市长，他感觉有必要给长春这个工业城市增加文化符号，提升她的城市文化内涵，就开始了城市雕塑的酝酿和打造。于是，"长春国际雕塑作品邀请展"一届届地办了下来。经过这些年的打造和积累，成百上千的国内外雕塑家都来到了长春，在这里留下了他们风格独特的作品，从而形成了长春非常独特的城市雕塑文化。雕塑，是艺术门类中最具有纪念性质的艺术，因为雕塑具有强烈的象征性、符号性、稳固性，而使得雕塑成为具有纪念性的艺术，用雕塑作品装点一座刚性的工业城，使城市有了鲜活的文化内涵，有了春天一样柔和美好的气韵。在长春雕塑公园里，可以看到最具有代表性的雕塑作品《和平·友谊·春天》，由三位少女和五大洲民族风情人物和动物环绕形成的向上飞翔的造型，使春天的感觉活灵活现，使春天的气息扑面而来。在公园里，在长春的大街上，越来越多的雕塑作品，都在表达一个心愿：长春，和春天有关！

济南的旧影

因为开通了京沪线高铁，济南距离北京忽然变得很近了，快的话，从北京出发，一个半小时就到济南了。于是，有几次在济南开会，我就常说，北京现在变成济南的郊区了，一时引得济南的朋友一阵的高兴。

玩笑归玩笑，但济南距离北京在心理上的距离的拉近，肯定是最近才有的事情，也的确和高铁有关。这就为北京人往来济南提供了很多方便，起码让我也很多次来到济南。济南可看的地方很多，每一次，我都是只集中看一个地方，比方说，看大明湖就只看大明湖，看趵突泉就只看趵突泉，别的地方不去。第一次到济南，我最先看的，就是大明湖。因为我首先想起来的就是军阀张宗昌的一首打油诗：

> 大明湖，明湖大，大明湖里有荷花，
> 荷花上面有蛤蟆，一戳一蹦跶。

这首诗肯定是写济南大明湖最有名的诗篇之一，虽然这是张军阀写的打油诗，人们说起来主要是为了嘲笑张宗昌文化水平低。但这首诗，我觉得写得很有意思，诗里面大明湖的几个元素都有了：大明湖很大，大明湖里还有茂盛的荷花，荷花上有很傻的癞蛤蟆，一戳，就蹦跶走了。真是活灵活现。

　　济南水多，趵突泉天下闻名。所以看到趵突泉，我会在泉眼边待上半天。我有一年还专门去了李清照祠，看到了章丘一带汩汩奔涌的泉水群。济南，水多，真是泉城一座。济南周边还有一些美丽的小山，有一座不高的山，叫作开山，有一年，诗人徐志摩鬼使神差地乘坐飞机坠毁在那里，这种死法在诗人里是最悲壮和最浪漫的了。

　　这年夏天，我想专门寻访一下老济南，看看老济南的一些痕迹。因为济南作为近代北方重要城市，与对外开放的国家步伐是密切相关的。在济南市中区转了几天，我似乎从时间的深处，看到了老济南的影子。山东是近代开埠最早的省份。从 1863 年到 1898 年，山东烟台和青岛相继开埠，与外国开始通商。1901 年，德国人在济南开办了商社。1904 年，清政府正式在济南开埠。济南商埠在济南城外西边的胶济铁路南面，津浦铁路与胶济铁路平行经过，交通十分便利。于是，在济南以西的地带，逐渐形成了一片济南最早的商业区，济南一跃成为著名的对外开放的商业城市。一时间，银行、商铺、公司在济南不断涌现，客商们来来往往，老济南好不热闹。

　　在老济南旧影幢幢的市中区走来走去，我对日本人占领济南的那一段历史格外的关注。这里还有一座日本领事馆建筑，在一家宾馆的院子里，安静地伫立着，诉说着济南一段历史。今年是抗战胜利七十周年，各类活动很多，我看到一些杂志也刊发了不同的专辑，比如，《人民文学》第 8 期就专门做了带有国际视野的文学作品专辑，刊发了涉及印缅远征军作战、山东潍县日军集中营、敌后武工队、东北抗联、太平洋反法西斯战场等题材的作品，进一步开拓了这一题材的空间。

最吸引我的，则是《中国国家地理》今年第 9 期专门做了一个地图专辑：日本人在侵入中国以来，大量绘制中国资源地图，这期就是这些日本人绘制的中国资源地图专辑。这显示了日本人觊觎和侵吞中国广袤资源的蓄谋，不是一天两天，而是持续进行和精心准备的。有的日本人利用一些机会，从 20 世纪 30 年代开始，绘制了 7 万多幅中国资源地图，目的就在于机会一来，就对中国资源进行抢掠。他们太缺资源了。

自 1894 年甲午海战开始，每当中国有强大起来的机会的时候，日本就给予中国一次重大打击，让中国趴下，很久都站不起来。1894 年甲午海战，大清政府惨败，赔款给日本两亿两白银。1900 年庚子事变后，清朝政府赔偿给八国列强四亿五千万两白银，其中，给日本的银子应该不在少数。这笔钱到底给了日本人多少，应该有人专门研究了。这些白花花的银子，日本人都拿去武装自己了，去制造武器、去改善日本的民生，建立自己的工业基础了。

那么，不算清末和抗战之前，单是 1937 年抗战爆发后，日本从中国掠夺了多少资源呢？《中国国家地理》第 9 期有很具体的数据：自 1937 年日本全面入侵中国到 1945 年日本战败投降为止，日本从中国一共掠夺了煤炭约 10 亿吨，铁矿 1.8 亿吨，铜矿 150 万吨，铝 10 万吨，其他诸如金、银等贵金属，还有很多非金属资源，被日本人掠夺走的，也不在少数。因此，每当有人说日本人的素质比中国人的素质要高的话，我就气不打一处来。仓廪实而知礼节，日本从中国这里抢了那么多东西，本土又没有发生大的毁灭性、焦土化的战争，他们能不富得流油吗？

不可否认，"二战"之后，日本人民也很勤劳勇敢，但在20世纪的前50年里，他们从中国这里抢走的东西太多了。从清末的中国得到的巨额白银赔偿，和后来持续掠夺到的中国资源，是日本人走向现代化的一个重要基础。这是一个铁的事实，不由我们不对这么一个贪婪无耻的邻居心怀愤恨和高度警惕。阅读那期《中国国家地理》，看那些日本人绘制得十分精细的中国资源地图，我在想，和日本这个国家做邻居，真倒霉。因为这个邻居整天谋划的，就是从你家抢东西，不断地以各种间谍手法绘制资源地图。我从新闻里也得知，即使是21世纪这十多年来，还有些日本人在利用旅游和其他机会，继续绘制着详细的中国地图，他们想要干什么？

我不说，你也知道。他们在做着某种准备。

因此，在翻阅上海书画出版社出版的《旧城胜景——日绘近代中国都市鸟瞰地图》的时候，我仔细地端详着那一幅十分精美的济南地图，心里想，绘制这张图的日本人，该是多么的狡诈、阴险和精细啊。在这张济南全景地图上，可以看到，济南的内城墙被外城墙包围着，一条河萦绕而去。大明湖在城北部，南部的千佛山、马鞍山、大佛山、丁家山、荆山成为济南的屏障，而在济南的西部城外，日本人建立了一片城区，领事馆、三菱商社、三井洋行、日本小学校、放送局、东亚烟草公司等都在那一片城区，规模不小。济南安静地在大地上生长，她的伤痛则隐没在历史的缝隙里。

就在今天，我写这篇文章的日子，2015 年 9 月 18 日，我听到前一天，日本参议院通过了海外派兵法案的消息，就知道，日本从来都不愿意善罢甘休，总想让中国再次趴下去。但现实是，留给日本这样的机会不多了。抗日战争最终胜利，一个多民族国家最终熔铸成一体，共和国诞生了。

2015 年 9 月 3 日的大阅兵因此显得必要，阅兵让我们看到，日本再想掠夺中国的资源，入侵中国的国土，就不是那么容易的事情了。我们的导弹、飞机、军舰，都是能够得着日本本土的，可以给予日本毁灭性的还击。

在济南市中区，位于济南中山公园南门西侧，经四路、纬六路交叉的地方，有一座教堂建筑，教堂的对面有一座小洋楼，那就是蔡公时纪念馆。蔡公时，北伐军特派驻济南的外交交涉员，曾经留学日本。1928 年 5 月 3 日，这里发生了震惊世人的惨案，就是日本人干的。蔡公时在这一天，死于日本军人之手。

在蔡公时纪念馆里，我看到了很多历史图片，这是济南人永远的痛。话说 1928 年 4 月，蒋介石担任总司令的北伐军一路北上，迅速逼近了济南。日本军队借口要保护在济南的日本侨民，从青岛和天津登陆后，直奔济南，以纬四路为中心线，划了一个警戒区，设置路障，布置军队，不许中国军民进入。

北伐军在 4 月 30 日开始进入济南郊区，军阀张宗昌北逃，蒋介石于 5 月 1 日在济南督办公署，也就是珍珠泉大院里设立了北伐军济南总部。

日本人认为，北伐军是他们最大的敌人，会影响到他们在山东已经攫取到的利益，就开始挑衅。从1928年5月2日开始，开枪射杀国民革命军人。3日，突然袭击，将在交涉公署内办公的外交官蔡公时等18人抓起来，把蔡公时的耳朵、鼻子、舌头都割掉，还挖掉了他的眼睛，最后残酷杀害了他。交涉公署的人除了一个勤务兵逃跑之外，其余17人全部被日本军人杀害。之后，日本军队开始在济南烧杀抢掠，袭击北伐军，这次事件被称为"五三惨案"。蔡公时被日本军人残杀事件，在蒋介石的心里引起了很大震动，他在当月的日记里记录了自己的心情，认为日本人对中国的全面侵略是肯定要发生的，从那时起，蒋介石就加紧了对日防范的军事准备。后来，根据统计，这次事件日本人在济南杀害了6123名中国人，1701人受伤。后来，北伐军不得不退出济南，饮恨继续北伐。日本人占领济南一年零九天，到1929年5月12日，才全部撤离了济南。

又过了几年，在1937年12月23日，日军渡过黄河，迂回包抄了济南。山东省军政首脑韩复榘畏惧日本人，第二天就率领几万军队丢弃济南，逃跑了。临走之前，韩复榘竟然下令抢劫银行、工厂和仓库，放火焚烧省府机关、高等法院和火车站、国货商场等等，说是在进行"焦土抗日"，美其名曰不把财物留给日本人，害的却是自己人。日本人很快就占领了包括济南在内的山东大部国土。1938年1月，愤怒的蒋介石逮捕了韩复榘，当月的24日，下令在武汉处决了韩复榘。后来，共产党领导的抗日武装力量，以济南大峰山为根据地，持续展开斗争。1941年5月下旬，这支抗日武装出击，击毙了日军少将土屋兵驻，缴获了大量武器弹药，是这一时期抗战敌后斗争的亮点。

在济南市中区逶巡游走，探访老商埠的遗迹，追寻历史的踪迹，我也看到，济南正在寻求新的发展。在老商埠的记忆里，新济南，在一片光影里变得越发生动了。她在追寻自己的新梦。

烟台昆嵛山记

6月间，酷暑将至，去海边叩访仙山和海岛，是一个好时节。刚好山东烟台牟平区举办了一个"养马岛读书节"，请几个读书人去，我也应邀随行。

养马岛距离陆地不到一公里，形状像一枚海参，一座大桥使之和大陆相联结。这个小岛在传说中，是公元前219年秦始皇东巡时放养他喜爱的骏马的所在，因此才叫作养马岛。在岛上居住，吃海鲜，看海景，闻海风，做海梦，都是十分惬意的事情。

而且，牟平不光有海岛，还有河、山、泉、寺都可一看。尤其是昆嵛山，更是值得一看。来山东之前，我刚好写完了一部中篇小说，讲的是宋元时期的著名道士丘处机不远万里，应成吉思汗的邀请，前往西域大雪山下（今天的阿富汗兴都库什山下）给成吉思汗讲了三次道的故事。而昆嵛山恰巧又是道教的全真教派的发祥地，附近不远处的栖霞市又是丘处机的出生地，我就非常想实地造访。

昆嵛山位于山东烟台市牟平区东南端，驱车半个小时就来到了山脚下。远看昆嵛山，就觉得非常奇特：山是岩石山，很多地方都裸露着灰白色的山岩，如同巨大的石龟卧在松树和橡树林里，很有些神秘气息。这样的山峦，奇崛而灵秀，巍峨而险峻，适合驴友攀登，也适合国画家来创作。但见四周重峦叠嶂，山林郁郁葱葱，溪水潺潺绕山而下，树木密布，氧气充足，植物茂密，的确无愧于国家级森林公园的称号。我爬过不少名山大川，但是昆嵛山给我的第一印象就是"山不在高，有仙则名"。

沿着蜿蜒的山路可以一直把车开到神清观的门前。道教是中国本土宗教，其重要教派全真教发源于昆嵛山，并不是一个神话传说，而是一个重要的历史文化事件。公元1167年，陕西人王重阳在终南山修道成功，云游到昆嵛山下，先收马钰和孙不二夫妇为徒弟，后来，又陆续收了丘处机、谭处端等几人为徒弟，一共七个人，号称"全真七子"。开始在昆嵛山上的烟霞洞内修行，之后，才开始四处云游并广收门徒，全真教派从此勃兴。

神清观可以说是全真教的祖庭，建立于金代，后来多次被焚毁。那是一个战乱频仍、民不聊生的时代，先是南侵的辽国和北宋打仗，使北宋变成了南宋，然后是金灭了辽，金又开始和南宋打仗。接着，是成吉思汗的崛起，他开始联合南宋，攻打金，并西征西夏和花剌子模帝国，最终，成吉思汗的孙子忽必烈统一了中土大地，建立了元朝。战乱年代，人的生死祸福很难逆料，因此宗教的力量就开始显现，道教的勃兴就有了土壤。

公元1219年，成吉思汗年近六十，连年的征战已经使他感到了疲倦。这个时候，他身边的汉族大臣就告诉他，说山东栖霞的丘处机道长传说已经300岁了，可以说是长生不老的神仙，应该请他来讲解长生的秘诀。成吉思汗正感到精力衰退，就立即派人专门到山东请丘处机讲道。

应成吉思汗的邀请，丘处机审时度势，认为金和南宋的力量逐渐衰微，作为全真教的教长，他肩负着振兴教义的使命，就应该顺应天意，前往成吉思汗处宣讲道教真义。于是，他带领18个弟子，前往成吉思汗的大营。他先来到了北京，听说成吉思汗已经西行，就休整了一段时间，然后一路北上，来到成吉思汗起家的极北大草原，见到了驻守在那里的成吉思汗的弟弟。然后继续西行，前后走了一年多的时间，才抵达了西域大雪山下。那个时候，成吉思汗正带领他的几个儿子攻打花剌子模帝国。1222年9月，成吉思汗彻底消灭了花剌子模帝国的力量，才有精力专心听丘处机的讲道。相传，成吉思汗见到丘处机，问的第一句话就是："神仙远道而来，可给我带来了什么长生不老药？"

丘处机回答："有养生之道，而无长生之药。"

成吉思汗很赞许丘处机的诚实坦诚，认真地听了三次讲道，还嘱咐随从认真记录并翻译给他看。那几次讲道，丘处机除了讲养生之道，还劝诫成吉思汗少杀生，并让人民休养生息，又为山东等地人民请求减免赋税。成吉思汗一一答应了。后来，丘处机又走了一年的时间，于1224年回到了燕京，居住在如今的白云观内。1227年，成吉思汗和丘处机先后离世。

我们眼前的神清观是后来建造的，道长很年轻，也很热情，身穿道袍，脚踏布鞋，招待我们吃西瓜和樱桃，看我们挥毫留下诗句。之后，我们沿着石板路前往山上的烟霞洞，并经过了当年传说中的全真七子中唯一的女道士孙不二修行处，那里有一口井，井水满溢，几乎和井口平齐，用手就可以掬水喝。这水也有些仙水的滋润和清凉。

继续上山，没有多久，就来到了烟霞洞。烟霞洞位于一块岩石的下面，里面的空间并不大，有雕凿的石床，也就刚刚够坐五六个人修行。里面还有一些香火气息，可以想见当年王重阳和他的几个弟子在这里修行的艰难困苦。

看完烟霞洞，又前往九龙池。那是一条隐藏在山里的瀑布，一路上可以见到山溪清澈无比，水潭里游鱼成群。来到瀑布之下，但见一条白色瀑布，带着喧哗的水花，从山上一路奔泻下来，如同盘绕连接起来的九条龙一样热闹。

下山之后，我们在一家山野菜馆吃饭，其中有一道菜叫作三山珍，是由蜂蛹、蝉蛹和一种三四寸长的青白色大肉虫组成的。蜂蛹、蝉蛹我吃了，那大白虫，据说是过了一道油炸的，看了半天，我还是不敢吃。同行的一个作家吃了一条，之后就一直不说话了，后来回宾馆的路上在车子里突然忍不住往塑料袋里呕吐，司机急忙停车。原来，他就是吃了那虫子觉得心里膈应和拧巴，最终，吐了出来，马上好了。

离开昆嵛山，一路上可以见到很多黄色的山菊花在开放，非常漂亮。昆嵛山那黝黑的躯体在苍白的暮色中隐去，如同神仙和历史在云雾中消失。

青州徒步

　　山东青州过去是九州之一，和冀州、兖州、徐州、扬州、荆州、豫州、梁州、雍州一起称为九州。青州本来面积很大，后来逐渐演变为省城，自汉代到明代初年，青州都是山东地区的交通要道和政治、经济、文化中心。后来因为交通要道改变，演变为一座县级市。但青州名气很大，也依旧保持了她内在的雄浑和阔大，保存着她丰厚的历史积淀和文化底蕴。

　　漫步青州，我觉得一山一城一馆，是到青州的朋友们一定要徒步领略的。这是青州最重要的符号，你看了这青州的一山一城一馆，起码可以说是来过青州了。

　　一城，是青州的古城。青州在几千年的发展史上，有多座古城，有广县城、广固城、南阳城、东阳城、东关圩子城、满城等等，分布在方圆 100 平方公里的范围内。青州古城在古代一般都借助河流的走向，取水方便而建。这里是大汶口文化的遗存地，还发掘出了龙山文化的很多陶器。那么，早期的人类的聚落，就形成了古代青州的城池。比较有特点的青州满城，是清代雍正皇帝钦点满族八旗子弟驻扎青州，专门设置的旗城，保留了大量的清代满族人的风俗、建筑、日用生活品。

现存最大的青州古城，是在南阳城基础上，于明清两代修建，新中国成立后再次修旧如旧的一座城池。坐电瓶车在城内四下走动，进了青州古城，你会发现，这是一座活的古城。有很多古城的居民依然生活在古城之内，被高大的灰色城墙所包围，城市功能分区也很合理。路边游人如织，也有古装打扮的老人，在那里吆喝着卖东西。还有跳舞的、玩杂耍的、打把式卖艺的，有艺人在拉着中国最早的弦乐器青州挫琴，还有人踢着回族的花毽子，一派祥和的景象。这里居住着三万回汉居民，相处融洽，是活的形态。古城之内，衡王的花园偶园值得一看，原来是明代衡王府的东花园，后成为冯家花园，宅邸、宗祠、园林布局十分精巧，里面有很多太湖石，四块名石站立在那里，瘦、漏、透、皱，非常好。秋天里，悬铃木和枫树的叶子都在萧瑟的风中垂落，铺展在地面上，一些画家在那里写生，此情此景是定格，是重现，也是时间在延伸向未来。古城内还有李成纪念馆，李成是唐代后期北宋前期的大画家，开一代绘画新风。另外，还有一座欧阳修的纪念馆，也在这青州古城中，欧阳修曾担任青州知州。

青州古城，鲜活的当代生活镶嵌在古香古色的建筑和城池之内，十分的贴切。

一馆，是青州博物馆。此前，我听说青州博物馆是县级博物馆里藏品非常独到精妙的所在，并不很相信。但一进入青州博物馆，看到很多大中学生在里面簇拥着来来往往，几乎到摩肩接踵的地步，就知道这里是一个好的所在。这是全国县级唯一一座一级博物馆，分为 12 个展厅。有陶瓷陈列厅、石刻雕塑陈列厅、玉器陈列厅、青铜塑像陈列厅等，至今唯一一件存世的状元卷子——明代状元赵秉忠的状元卷，就在这里保存。尤其是1996年，当地在龙兴寺的地下发掘出了400多件佛教造像，这些从魏晋一直到宋代保存下来的佛教造像十分精美。这些造像极其生动，似乎能通过活的表情和你对话，诉说着时间的沧桑和中国文化的阔大。想着一千多年以前的北中国，从西到东，从西域到齐鲁大地，绵延八千里的佛教踪迹，在盛世和乱世里的兴衰沉浮，真是一部大书。青州龙兴寺发掘出来的这些佛教造像面部表情和身姿是千姿百态，好像是按照当时活着的人的面部身形来雕造的，栩栩如生，很多的罗汉、使者、观音、侍者，带着沉醉、安静、狂喜、谐趣、沉痛、自在的各种表情，有的甚至滑稽、有趣、呆萌到了极点，跨越了时间的帷幕，和人们零距离接触。有的石头造像很大，比如墓地前的石翁仲，明代文臣武将很高大，气势恢宏。还有一尊佛头造像，很像电影《哪吒》里面那个哪吒造像，滑稽、疯狂、邪恶和童趣完美结合。

一山，是青州的云门山。我倒是听说过台湾有个云门舞，是舞蹈，但我还真没有听说过云门山。青州有四小名山——云门山、驼山、玲珑山、仰天山。我去了云门山，发现云门山很低矮，海拔只有432米。这么低海拔的山包，是不是连山都算不上啊？不，云门山不仅是山，而且还是一座名山。山不在高，"有寿则名"。因为这座小山上保留了很多摩崖石刻，在山体的悬崖峭壁之上，有一个远近闻名的大大的"寿"字。这个寿字写得遒劲有力，在山脚下就能看到，到了半山亭也是能看到的。这个寿字高达7.5米，宽3.7米，十分巨大，据说是明代人写的。青州在明代是衡王的封地，因此，有人专门给衡王写了这个字，刻在山石之上，衡王郊游的时候看到了，十分高兴。据说"寿比南山"就是从这里来的。当然也许是"寿比南山"这个说法在前面，有人利用了这个说法，在山上刻上寿字也说不定。山上有一个寺庙、道观合体的庙，还有一眼石窟，叫作云窟，是山顶的一处石头缝隙，每年到了夏秋季节，洞中会冒出一些云雾来，云门山因此而得名，是能够看到云冒出来的山。

　　登云门山，看似闲庭信步，实际上，也是一个攀登的劳累过程。拾阶而上，但见峰回路转，石阶是稳固的，山道两边都是茂密的松树和槐树，绿荫掩映，山风飒飒。只要你掌握了登山的诀窍，那么，爬山不仅是仁者爱山，也是智者的活动了。云门山半山还有一座亭子，十多分钟就会到达，在亭子里四下看去，视野顿时延伸开去，可以看到远处的青州被一片雾霭所覆盖。大地内部升起了一种冬天的雾气，使得城市被漫卷和覆盖。再坚持十多分钟，一气登到了山顶，果然气象万千，四下里一片开阔，青州尽收眼底，有了一种"我辈复登临"的豪迈气概。而山上的摩崖石刻和石龛里面的佛像，虽然有些在"文革"时期被毁坏，但仍旧能够让人联想到从西边的龟兹、敦煌、麦积山、云冈石窟，一直到这山东半岛上的青州佛像石窟，整个一条纬度线，这是从魏晋时期到宋代的千百年间，佛教东传的脉络线。

　　到青州最好的季节一般是春天和秋天。"烟花三月下扬州，长命求寿上青州。"登云台山看寿字，这是我想到的两句联句，写在这里就当做广告吧。

南京的秋天

牛 首 山

这些年，走过、路过南京有十多次了，在南京的大街小巷穿梭过，在商场的人堆里拥挤过，在法国梧桐的阴影下徜徉过，在南京大学的老校区和仙林新校区里走过。在郊外，我也见识了大江落日的沉郁辉煌和钟山的虎踞龙盘。既然走过南京，就吃过南京的名吃，什么盐水鸭、鸭血粉丝煲等，但真要写南京，就觉得有些无从下笔了。因为，南京太丰富，温暖而平易，繁盛而细微，很容易盲人摸象摸不着全象，管中窥豹只看见一个斑点。

去年深秋，随着一些作家游走江苏，我因为工作繁忙，就没有去外县市，而是留在了南京，得以近距离地再次打量南京。

深秋的南京，有着一种难得的雍容华贵，树叶金黄，微风萧瑟，却带有成熟的稳重和暖意。先说牛首山。在南京，有一个说法是"春牛首"，南京人过去喜欢在春天来临时到牛首山踏青。在这年秋天，我来到了牛首山，为2016年的踏青提前去踩点了。

牛首山又名天阙山，位于南京郊区，山顶有两座小山峰，很像牛犄角相对而立，因此得名牛首山。现今的牛首山，因为迎来了佛教圣物——释迦牟尼的佛顶骨舍利，而建成了一座牛首山佛教文化旅游区。

我是第一次上牛首山，只觉得车子往南京郊区走了半个小时，就看到灰白的风中，一座依然有绿意的小山浮现在眼前。再往山上走，就看到一座白色的、有些像佛顶头骨的奇怪建筑。这就是佛顶宫。我看了解说，才知道这外形有些古怪的建筑，有着独特的寓意：佛顶宫建筑分为大穹顶和小穹顶两个部分，大穹顶很像是佛祖的袈裟，披挂覆盖在小穹顶之上，象征着佛祖的佛法加持；小穹顶则是圆形建筑，下部为莲花宝座结构，上座是摩尼宝珠造型，如此分配十分精当，就不显得怪异了。

从外面看，这大穹顶和小穹顶建筑并不高大，甚至还有些低调、朴实无华，让人一开始不明就里，不知道这建筑是做何用的。等到进去之后，才知道这佛顶宫的辉煌精致，有容乃大。

我们鱼贯而入，乘坐电梯上了楼。整座佛顶宫的建筑面积在13万平方米，用金碧辉煌和梵音袅袅来形容，十分恰当。佛顶宫小穹顶的内部结构，又由伫立地上好几层的禅境大观和地下的地宫构成。禅境大观，是呈现了佛教世界的法相庄严和蔚为大观，在几层禅境大观中游走，我们可见佛教世界的宝相、佛法、箴言，以雕塑、书法、灯光变幻，构成了亦真亦幻的奇异境界。在禅境大观中游走，是身心都能感到奇妙变化的过程。不知不觉，你就完成了一次精神的洗礼。

由于地宫里还供奉着佛顶骨舍利，可以说，牛首山如今成了南京城郊一个非常好的去处，不仅是春季踏青的好去处，而且，还是领受佛教舍利文化、佛禅境界的一个很好的地方。为此，牛首山建成了一系列相关的佛教文化园地。

出了佛顶宫，我们看到了旁边矗立的佛顶塔，佛顶塔高大，亲善，高九层，飞檐斗拱，四面开阔，在很远的地方都可以望得见。有寺就有塔，塔的建筑在人的心理上会带来一种奇特的疏离和宁静、敬畏和仰望感。

在牛首山，除了这一宫一塔，另外还有一寺，就是佛顶寺，坐落在牛首山的东峰东南坡上，与西峰的佛顶宫和佛顶塔相互呼应。

信步走进佛顶寺，但见佛顶寺氛围清净，建筑风格硬朗，褐色的屋顶，飞檐斗拱歇山式建筑，有着唐宋之风。此外，在牛首山的山脚下，还建成了牛头禅文化园，有一座七层八面圆柱形砖塔，这座塔是弘觉寺的佛塔，始建于唐代，重建于明代，传承着法融禅师的牛头禅宗文化，是大众了解佛教禅宗的入门之处。法融禅师写过《心铭》和《绝观论》，是这里的牛头禅祖师。此外，山下还有一座郑和文化园。这个世称三宝大太监的郑和，在明代七下西洋，远走西亚非洲，创造出辉煌的早期"一带一路"的景象，死后被特批葬在这牛首山。我一直对郑和有着很大的兴趣，他是如何七下西洋的，这其中的各种细节，一直是我感兴趣的地方，兴许我会写一部小说。

现今社会，存在的几大宗教往往都是劝人向善，在如今的社会，佛教也能够继续发挥向善的力量，拯救世人于金钱的旋涡、道德滑坡的泥沼。牛首山，来了，就不虚此行。

秦淮河

来南京不去秦淮河看看，肯定是白来一趟。但游览秦淮河，我以为在晚上才好。因为，有一句叫作"桨声灯影里的秦淮河"的话，我不知道从谁的作品里读过，就记牢了。那我们就一定要在晚上游览秦淮河，还要有灯光、有桨声相伴。

傍晚，看了夫子庙，从供奉孔子的大成殿出来，我前往秦淮河游览区的入口。读书人来南京，不来夫子庙，等于你白到。在十多年前，我就游览过夫子庙，那时是人头攒动，热闹非凡。如今的夫子庙却多了一些安宁。这与游客的素养提高有很大关系，大声喧哗者少见，也与大家对孔子的尊崇有关。

夫子庙旁边还有一座瞻园，号称江南五大名园之一，在明代是中山王、大将徐达的府邸，太平天国占领南京的时候，权势熏心的东王杨秀清的东王府也设在这里。后来，乾隆皇帝几下江南，也曾驻跸于此，还用他的如椽大笔写下御书"瞻园"的匾额，现如今，这里是太平天国的博物馆。因为我们来得太晚了，已经关闭了。

此时，夜幕降临，灯光璀璨，如今的秦淮河，已经被打造成了10里长的水上游览黄金线。我们沿着秦淮河岸边的石阶小路走了一段，先来到了江南贡院。这江南贡院，是江南学子们考试的地方，始建于1168年，在明清两朝，是重要的考场，有多少学子从这里一飞冲天，登上龙虎榜啊。据介绍，这里鼎盛时期有2万多间考场，如今被建成了中国科举博物馆。一路走一路看，看到了当年的学子们苦学读书的艰辛和窘境，也看到了抄袭、夹带和作弊的由来已久的考场亚文化。试想，假如自己坐在那个小隔间里，汗流浃背地参加考试，能不能考上举人？真的是不好说呢，因为录取比例太低了。

然后，我们坐上雕花的机动木船——大画舫，这样的船上听不到桨声了，但有姑娘给我们斟上雨花茶，还有姑娘在一旁弹奏古筝，我们说说笑笑，四人一组，两两对坐，嗑瓜子，说闲话，笑谈古今风云事。雨花茶清新可口，古筝曲若有若无，陪伴着我们轻松的心绪。作为粗糙的北方佬，我对精致的东西内心里都有些距离，而秦淮河的内外上下，打造得越发精致了，这是我来过多次也不曾感受到的。这时，可以看见灯光十分梦幻，水影倒映着船影。十里秦淮河的游览线路，分为四大部分，有名人故居，也有历史遗迹，有园林古桥，也有秦淮灯彩。在暗黑的秦淮河上行船，我们仿佛是游走在时间的长廊里，我倏忽间从那灯影中影影绰绰地看到了很多历朝历代的才子佳人，官人商贾，美女粗汉，大人小孩，在这里不断地变化着身形，将他们的人生故事快速地呈现在那背景的流逝当中。

秦淮河的两边，那小巷深处，有很多的历史遗迹和传说，在我们经过的时候，如同灵魂复活了一般在深情诉说，鬼影幢幢，让我惊愕。羽扇纶巾，衣袂飘飘，多少男人和女人在这条河边有着自己的生命记忆，回转歌哭？

我们经过了王导谢安纪念馆，乌衣巷内，东晋时期的两大豪族王导、谢安，他们在这里演绎了什么故事？在来燕桥边，李香君的故居，还回荡着她爱憎分明、才貌双全的故事。忽然，我们的船行到了白鹭洲一带，水面顿时开阔了起来，在这里，稍等片刻，就上映了一出精彩绝伦的大型水上实景演出《夜泊秦淮》，让人目瞪口呆、流连忘返。

秦淮河，载着南京人历史记忆和生命温度的河流，依旧在现实中、在历史的进程里流淌着，被我们经过，看见，在灯影中，又渐渐远去。

中山陵，明孝陵

好几次拜谒中山陵，我看这年深秋的一次格外不一样。不一样的地方，就在于季节。往年，我似乎都是春夏季节前来，人流如织，摩肩接踵到无法下脚的地步。但在深秋的萧瑟氛围里来到中山陵，我首先看到的，是深秋的景色里四下一排排高大树木落叶凋零的苍茫辉煌的景象。

中山陵位于钟山中茅峰的南麓，依山而建，气势撼人。我拾阶而上，看到整个建筑群错落有致，逐渐升高，庄严、肃穆，而又清净、平和。中山陵，是中国民主革命的先驱孙中山先生的陵寝，坐北朝南，从下到上，依次有广场、牌坊、陵门、碑亭、祭堂、墓室。其中，墓室的海拔在158米。大部分建筑由白色花岗岩建成，部分是钢筋水泥建筑。

一步步拾阶而上，听当地朋友介绍，看到有些建筑在"文革"时被红卫兵砸坏，石头上还留有痕迹。

秋深了，我看见高森的天空中，有鹰在盘旋。鹰从神的家族俯冲而来，带来了什么样的消息？

中山陵在每个季节来看看，都很好，因为，这里的空气肃穆而清新，似乎历史小心翼翼地停在了一边，让你浏览、观赏和评判。没有气势逼人的感觉，这里也不雄辩，都是呈现。中山陵的设计师做到了十分有趣的一点：站在下面的台阶上从下往上看，看到的只是台阶，而看不见平台。站到上面的平台上从上往下看，则看到的是一个个的平台，连接那些平台的几段台阶，则看不见了。由此可见，民国设计师的水准已经很高了。

从中山陵下来，拐入树木凋零的小道，又走了一段路，我来到了明孝陵。这里埋葬的，是明朝的开国皇帝朱元璋，还是他和他的马皇后的合葬墓。

明孝陵是南京周边最重要的历史遗迹，盖因六朝古都中，明朝开国即在此建都，朱元璋又彪炳史册，他和马皇后也是感情甚笃，传下佳话。明孝陵规模宏大，周长 22 公里多，四周如今都是茂密的树林。陵前的开阔地带，有弯曲的神道。神道边上，石翁仲，文臣武将，大象神龟，骆驼狮子，都呈现出已经被时间侵蚀得斑驳陆离的状态。由于神道不是直的，是弯曲的，因此，走在秋风瑟瑟的神道上，感觉格外的凄清和萧瑟，内心里涌动的是很苍茫的忧伤感。从 1368 年到 1644 年，200 多年的大明王朝的历史风云，那些细节开始在我的脑海里翻江倒海，一幕幕过了一遍。我读了不少有关明朝的历史书，因此，反过来给陪我来到这里的朋友上了一堂明史课。

走过神道，触摸着那些石头雕像，眼看着头顶的落叶缤纷，悬铃木树叶阔大、干枯，实在是岁月的最好注脚。走过梅花堂，看到梅花还没有开，在梅花谷里也都是梅树。紫霞湖边不见紫霞，是时间没有到。一直走到了明孝陵跟前的山门建筑，爬上去，看到后面一个大土堆，这就是埋葬朱元璋的地方了。

我近看远看，四下苍莽的都是山林。微风吹过来，一阵阵的低语和高歌，是树叶和树枝的喧哗躁动。

看来，历史也是不平静的，正在借秋风鼓噪着什么。大明江山不甘失去，但没有什么是永恒的。唯有传说，在历史中、在人们的嘴上变得鲜红。就好像我这次来，不是为了美食，而是为了品尝历史。

南京的吃

于是，要说到南京的吃了。当地人说到南京的吃，都是一脸的茫然，南京有吃的？都是别的地方来的。好吧，我说，那桂花鸭、板鸭、盐水鸭，粉丝煲，狮子头，活珠子，灌汤包，阳春面，大闸蟹，不都是南京的名吃啊？

好了，这些东西，我都吃了。几天下来，总是要吃些当地的特色的。味道怎么样？很好。南京有京苏大菜，又称金陵菜，南京菜，指的是从南京到九江的大江菜系。这京苏大菜，不仅有本帮菜，后来，还融合了浙江、两广、湖南和部分清真风味的菜肴特色，因此是一种综合菜系，毕竟，南京是江边的交通中心和枢纽。于是，鸡鸭鱼肉，海鲜河鲜，地上跑的，天上飞的，土里栽的，米饭面条，汤汤水水，煲仔蒸锅，一应俱全，那是很有特色的。京苏大菜注重的，就是舌尖的滋味儿，一个大厨告诉我，他们讲究的是"七滋七味"，这七滋是酸、甜、苦、辣、咸、香、臭，七味是鲜、烂、酥、嫩、脆、浓、肥。如此说来，可真是讲究啊。

不过，我不爱吃大菜，我爱吃的，都是小吃。在上大菜之前和之后，我在南京吃了不少小吃，印象深刻，见识了很多。

比如，活珠子，就是将胚胎刚发育的鸡蛋煮熟了，敲开一个洞，喝里面的汤水，吃一点点里面类似猴脑的部分，底部的黑色硬底盘就扔掉不吃了，味道十分鲜美。还有腊八粥、豌豆糕，荷叶乌饭炒元宵，桂花酒酿，藕粥，芋头粥，豆沙条，豆腐脑，火腿粽子，扬州春卷，年糕，油炸臭干子，状元豆。蛤蟆酥配火烧，大馄饨，小刀面，油条水饺什锦包。三丁包子山药桃。油炸鹌鹑、蚂蚱、黄雀、田螺，茶叶蛋、五香驴肉，鸭肠汤，熟荸荠，还有百合绿豆糕。都是很好的小吃。

以上，是我记下来的秦淮民间歌谣的一部分，因为，一个当地朋友说得太快了，我没能按照押韵的节奏全部记下来，只是记下了一些食物的名字。这些东西，我大都吃过，而南京这里做得则更加精美、精致，食物都成了艺术品。就像那自扬州，在南京也做得很好的蟹黄灌汤包吧，里面有香浓热乎的汤水，吃起来却需要技巧："轻轻提，慢慢移，开个窗，小口吸。"哎哟，这是多么讲究的节奏啊。一不留神，汤水就烫了我的嘴。

在秋天来到南京，自有时令菜肴等着你。秋收冬藏，春苗夏长，而秋天是收获很多果实的季节。这时候的藕好吃，年糕好吃，大闸蟹也好吃。俗话说，"九母十公"，九月里吃母的大闸蟹蟹黄满盈，十月吃公的大闸蟹则膏肥肉实。于是，吃螃蟹，喝菊花酒，再来一盘子炒饭。南京炒饭，扬州炒饭，不管哪里的炒饭，都很好。米饭和其他配菜炒在一起，只有在南京才做得这么好。如南京的"金口福六鲜炒饭"，南京好婆的皇帝炒饭，丰富路的酸豇豆炒饭，李府巷子的淮安人蛋炒饭，都很见功底，也是大众趋之若鹜的。我写到这里，口水已经流出来了。

此外，在南京，我印象深的菜肴，还有"锦绣鱼圆"，鱼肉圆子非常滑嫩可口，配以姜葱末、笋片，高汤烹制，加点菠菜，实在是色香味俱全。河鲜还有一道菜，是"八仙过江"，将长江杂鱼与新鲜河虾、河蟹放在一起炖煮，加姜葱蒜辣椒，味道十分浓郁。我还记得，一品香茄子，是将茄子先腌渍好，去除一些水分，用高汤清蒸之后，将肉末、蒜泥配好，撒上葱花，这茄子简直就不是茄子，成了佛跳墙了。我记得味道重的一道，还有"风花雪月坛子肉"，是红烧肉里的极品。此外，清蒸大鱼头、鳝鱼糊、长江青鱼、白鱼、刀鱼、小河虾，等等，在南京厨师和主妇手里，都能用来烹饪出很好的菜肴。南京人最爱吃鸭子，鸭血粉丝煲我吃了不知道多少次了，每次都感觉还想再来一碗。鸭肉、鸭血、鸭肝、鸭肠、粉丝、豆腐果，放在鸭汤里炖煮，撒上香菜，哎哟，真的是锦绣一锅了。

那口味重的人，来南京是不是会嘴里淡出鸟来？不会的，现如今，哪里都有点地方特色，哪里又十分国际化和全国化。我在南京，就吃到了比较地道的重庆和四川火锅。比如，"九尺鹅肠老灶火锅"，听着名字就很地道，有鹅肠有火锅，对不对？还有一家小小板凳老灶火锅，也很不错。这个秋天我还吃到了最好吃的羊肉面，不是在陕西，竟然是在南京的一家小店里。我记得，那羊肉面，看上去是汤白、面条白，羊肉也白，味道那个鲜、香、滑溜，哎哟，好吃。重阳糕，这次我也吃上了，颜色就很好，大白米糕，圆形的，上面的杏仁、栗子、小枣却五颜六色的，煞是好看。

所以，南京是从京苏大菜到秦淮小吃，真的是琳琅满目，真的是食材广泛，让人流连忘返，回味无穷。

吃在扬州

"烟花三月下扬州"，今年 4 月，再次来到扬州，再次领略了扬州的美食。俗话说，"祸从口出，病从口入"，这嘴巴上的事情一定要注意。我不算是一个老饕，嘴巴不是很馋，盖因过去吃得比较粗糙，以大块牛羊肉为主，配以土豆白菜西红柿辣椒萝卜之类，就可以了。但是，最近一些年跑的地方多了，我就渐渐地注意起吃来。而每到一地，我必然要吃一吃当地的大菜和小吃，要喝一喝当地的土酒，已然成了一个习惯，因此，我到的地方越多，感觉自己舌头上的滋味也越丰富了。

有时候，出差在外地，必定要带几本书，这旅行中的书很难挑选，于我来说，大抵是一册诗集、一本小说、一张地图，然后，就是一册菜谱了。比方说，去浙江江苏一带，袁枚的《随园食单》是一定要带上的。这本薄薄的小书，总是可以经常温习的。这次是再次来到扬州，感觉自己一定要大快朵颐一番。果不其然，我的舌头的舞蹈，在扬州表现得格外热烈，回到北京许久，还在回味扬州的吃食，然后还能成文一篇，自然也是快事一件啊。

我们一大早就被朋友接到了富春茶社最老的那家店，是在扬州得胜桥一条狭窄的小巷道里，据说创办于 1885 年。巷道的两侧都是售卖"扬州三把刀"（菜刀、修脚刀、理发刀）等传统手工艺品的店铺，还有刚刚上市的新鲜荸荠卖。我买了一个抓挠头皮的抓把，3块钱，插在脑袋上自己就变成了一个天线宝宝。

百年老店富春茶社在扬州开了不少分店，我们去的是最老的这家。上了二楼，进入包间，店家服务员先给我们泡了魁龙珠茶。这茶是由安徽的魁针、浙江的龙井、扬州的珠兰这三样茶叶混合而成，因此各去三样茶的一个字，叫作魁龙珠。这茶的力道比较大，耐泡，经得起十几次冲泡，还刮油，适合吃那油腻的狮子头和各色汤包蒸包之后饮用。而泡茶的水，据说一定要取自长江江心的活水才好。于是，就有过去嘴刁的盐商因为尝出来泡茶的水不是江心活水而揭穿懒惰的伙计的故事流传。

扬州菜肴属于淮扬菜系，淮扬菜系是中国最著名的几大菜系之一，这是因为，扬州和本省的镇江、安徽的淮阴很近，风土人情和食材食料也很接近，就形成了特殊的一个菜系淮扬菜系。淮扬菜比较擅长烹调河鲜、蔬菜、鸡鸭、禽蛋和豆制品，点心也很有名。据说，淮扬菜发源于春秋战国时期，到明清两代就正式成为一大菜系了。历史上，扬州的盐运业十分发达，贩盐的客商借助自然河道和人工开凿的运河，往来于大江南北，因此，扬州的富人多，服务业就发达起来。别的行业，诸如色情业娱乐业不提了，但是饮食业，很快就名贯全国了。

在扬州，富春茶社的早餐实在是太丰富了。除了熬得极好的米粥和菜粥，配以五六种扬州酱菜、凉菜，我还吃了大煮干丝、蟹黄汤包、翡翠烧卖、三丁包子、千层油糕、月牙蒸饺、双麻酥饼等。而干丝自然是扬州美食的翘楚。所谓的干丝，就是豆腐丝，但是扬州的干丝很绝，切得非常细，据说可以穿针引线，一块豆腐皮能够切几十刀而不断。干丝可以烫着吃，也可以煮着吃。在热水里一烫，就成了烫干丝，往上面放点麻酱和小河虾米，配上一点笋丝，吃到嘴里那种滋味，哎呀，鲜、嫩、柔、韧，非常开胃。而大煮干丝呢，配以高汤，加上鸡肉丝和火腿片，味道浓郁清香，令人回味不绝。

厨师还专门给我们表演了文思豆腐的做法。先是切豆腐。将一块白豆腐切成能够穿针引线般的细丝，然后放到清汤碗里，结果那豆腐丝荡漾开来，就像有着千丝万缕的菊花花瓣一样在开放。这文思豆腐可真的是扬州一绝，也许改成纹丝豆腐更形象。

扬州的包子也很有名，除了灌汤包子，三丁包子最好吃，用冬笋、鸡肉和肥肉丁做馅，包子的味道是五味俱全，实在好吃。

扬州的正餐我也印象深刻，有名的"三头宴"那是必不可少。所谓的"三头宴"，你一听就知道应该是由三个头构成的。的确如此，这个系列菜肴是由整张的扒猪脸、整个的鲢鱼头和滚圆的蟹粉狮子头构成的三头。而且吃这三头宴的顺序不能乱，就是按照上述的次序进行。不过，据说猪脸属于发物，吃多了不好，会引发人体内潜伏的病因，但是偶尔吃一吃我想也是不错的。猪头猪脸胶质较多，吃起来有嚼头，味道很香。而鲢鱼头的清淡和微腥刚好可以化解猪脸的甘腻。加了蟹黄的狮子头味道十分鲜美，放在最后吃，则使嘴里的味道冲淡后再上一个台阶，把狮子头的肥嫩和蟹黄的鲜香交织在一起，实在是味道绝妙。富春茶社的折烩鲢鱼头、三套鸭、富春鸡、清炒虾仁、虾籽香菇，都是很好吃的招牌菜。

说到扬州菜肴，还要说说肴肉。所谓的肴肉，是将猪蹄子肉用硝腌制，加花椒、姜蒜、桂皮、大茴香和葱来煮，最后切成片，蘸镇江香醋和细姜丝食用，吃到嘴里，你会感到松软、缥缈，很快就化为丝缕，好吃啊。此外，到扬州吃点藕菜也很好，扬州菜肴里对藕的做法非常多，五花八门，令人吃得眼花心缭乱，乐不思京华。

当然，扬州的吃食里，河鱼是当家大菜，到扬州，一定要吃当地的鱼。江淮一带小河汊纵横交错，大江滚滚从天际而来，到处都是水，鱼是水中最活跃的物种，因此，也是扬州菜肴中最好的食材之一。在扬州吃鱼，是有一定的季节性的，河豚、鲥鱼、刀鱼、鲫鱼、鳝鱼最好，清蒸、红烧、炒片、炖汤几种做法也各不相同。河豚眼下大都是人工养殖的，没有了毒性，味道照样鲜美，红烧和清水火锅两种吃法都很棒。河豚的皮有独特的刺，最好在嘴里裹成团，一次吞下，据说这皮囊可以治疗胃病。

眼下，长江刀鱼的价格越来越贵，据说在清明时节吃刀鱼最好。还有一种说法，快入夏的时候，吃清蒸鲥鱼最好，但我是4月份（烟花三月）去的，管不了那么多了。这次吃到的刀鱼，一盘子里有四条，的确银白如长长的刀子一样。刀鱼价格在今年春节之后降了下来，便宜了不少，但是我问了餐厅的朋友，他们说这盘子刀鱼，原料价格仍旧有三四千元。刀鱼吃到嘴里，就是新鲜、柔嫩，但是多刺而麻烦，对于我这个北佬来说，也未见得是美食。

而扬州做鳝鱼也很地道。鳝鱼可以片成蝴蝶状然后热炒，美其名曰"炒蝴蝶片"，用醋、糖、盐、油、酱油、料酒爆炒，味道火暴而强烈。最后，来一碗奶白色的鲫鱼汤，我敢肯定你一定嫌一碗不够，要立即再来一碗。

再来说说扬州的小吃。扬州的小吃分布在很多不起眼的大街小巷里。吃过正餐大餐，尝一尝小吃，那是最接地气的一种办法。走街串巷，在扬州，小吃的丰富，可真叫琳琅满目。比如，春卷、葱香火腿糍粑、葱油火烧、酒酿饼、天线双边油饺子、银丝卷、扬州发糕、冬瓜烧卖、回卤粉丝汤、蛤蟆酥、吊炉饼等面食，都是很好的小吃。

扬州的面条也有特色。我对面条一向是情有独钟，几乎尝遍了各地面条。扬州面条中，除了久负盛名的阳春面，还有一种扬州饺面也很好。就是有面也有馄饨。香菜、胡椒和青蒜花分布在汤面和馄饨之上，赏心悦目又爽滑可口。配上几个扬州烧饼，那是甜咸、干湿都有了。扬州烧饼的馅儿非常丰富，有甜有咸的，比如桂花馅儿、椒盐馅儿、葱油馅儿、豆沙馅儿、萝卜丝馅儿、豌豆苗馅儿等。形状也是很多样，圆的方的，长的扁的，蛋形的菱形的，都有。

此外，扬州小吃中，还有豆腐卷子、油炸臭干子、胡辣汤也比较不错。扬州胡辣汤和河南胡辣汤不一样，扬州胡辣汤显得比较细腻中和，没有那么的辣，胡椒放得少，而且还和豆腐脑一起卖，可以都尝尝。

扬州的吃食我先说这么多，要说更多，那我就明年再下一次扬州再说罢。

宜兴记

宜兴很有名，早就听说过，但没有去过。宜兴文联主席徐风约了几次，希望我去给他们的陶都文学院讲一堂文学课，我终于得空了，去了一趟宜兴。

原来从北京去宜兴很方便，高铁就能直达。下了高铁，车站上很空荡，还在夏天里，北方稍微有些秋意，这里却骄阳当头。徐风接到我，十分热情。我知道他在电视台工作了很多年，写过紫砂艺术大师顾景舟和蒋蓉（女）先生的传记，也写过很多其他作品。进入宜兴市，就能感觉到这里的文化积淀十分丰厚。在于她的建筑，在于她的街道，以及街道上走动的人。

我住的宾馆靠近一条河。有水的城市就有灵性，宜兴就非常有灵性。吃了晚饭，在附近散步，风却温凉交织，让人很舒服。走了一圈又一圈，对宜兴的感觉很亲切。

第二天，在陶都文学院讲课。原来，徐风办了一个时间跨度在一年以上的文学讲习班，来听课的，什么人都有。还有一些当地的紫砂艺人。那么我自然是讲文学，讲一些稀奇古怪的小说。艺术都是相通的，做紫砂壶，需要文学艺术的滋润和启发。同样，作家写作，一把紫砂壶在手，一边喝茶一边写，是不是写得更好呢？我的课还比较受欢迎，课后又一起吃饭，在徐风给我的几十张将来要颁发的结业证的内瓤上签字。这张结业证还要几个月之后才颁发，他们每个月听两次课，还要听很多次课。这也是徐风将文学艺术爱好者积聚起来的一种很好的办法，结合了培训、雅集、研讨和交流的优点。

第二天，徐风带着我，去宜兴博物馆，先看了一个书法展。书法家是柳江南，解放军某军分区的政委，我是20世纪90年代里见过他，如今也是50岁开外了。他的这个书法展很有意思，叫作《远古》，是他对古代中国如《孙子兵法》等十大兵书的书法作品。

在博物馆的会客厅，我见到他，依稀还有一点印象，握手寒暄，也很感慨。似乎是在当年的南京军区某个文学活动上面，但过去20年了。接着，别的客人到了，我和徐风就去展厅看柳江南的兵书书法作品展。

这个展览气魄十足，但也很内敛。结合了青少年国防教育，博物馆特地拿出来了一些现代武器，如机枪冲锋枪子弹箱，以及一些小型的山炮、迫击炮等，还有坦克装甲车的模型。都放在中国古代兵书书法作品的前面。柳江南的书法作品功底很深，他是隶篆楷行草样样皆能，我个人比较喜欢他的楷书作品书写的《孙膑兵法》30米长卷、《吴子兵法》楷书长卷、《三略》30米楷书长卷、《唐李问对》40米长卷，以及《鬼谷子》楷书长卷。他的楷书带有隶书的方正感，却又于娟秀中带着锋刃，是儒家和军人作风的结合，非常舒服好看。

徐风带我上了二楼，参观了尹瘦石的作品展。尹瘦石的儿子尹汉胤是我所在中国作家协会的同事，已经退休了。尹瘦石当年画过毛泽东的素描像，展厅里也有。他是宜兴出来的艺术大家，一生交游甚广，作品也很多，生前将价值上亿的艺术藏品都捐献给了家乡的博物馆，所以这里也很感念他，专设了纪念馆。

接着，我们去看了一个紫砂展览。这是中国工艺美术大师顾绍培从艺 60 年的紫砂艺术作品展，这个展厅里，除了顾老的著名作品如中共领导人陈云晚年非常喜欢的"高风亮节"壶（这把"高风亮节"壶曾使顾绍培名声大盛）之外，还有顾绍培的三个女儿的作品以及一个女婿的作品展，都放在一起，两代五个人的作品。2012 年，顾绍培先生被评为中国工艺美术大师。2012 年评选出 78 位，此前还有 300 多位中国工艺美术大师称号的艺术家。这些工艺美术大师，都是各个工艺美术行当里卓越的匠人和艺术家。

我对紫砂壶没有什么研究，也没有太大的兴趣。但这种独特的艺术品，与喝茶这样的日常生活内容完美结合的一种工艺品，做到极致，就是出神入化的、结合了日常生活美学和器物之美以及中国审美精神的东西了，就不完全是一把壶了。徐风写过紫砂艺术大师顾景舟和蒋蓉的传记，他给了我一本《布衣壶宗——顾景舟传》，我一晚上读完了，读到了凌晨 3 点钟，理解了一位紫砂艺术大师的精神世界。

宜兴有几十万人口，如今依靠紫砂艺术生活的人，少说都在十多万人。曾有一种说法，说是宜兴的紫砂泥没有了。但徐风告诉我，紫砂泥多得是，再用几百年都用不完。

我们先去了过去的宜兴紫砂厂，拜访顾绍培先生。现今的宜兴紫砂厂区内，一排排过去的厂房还在，但都隔成了工作室，一间间的各个紫砂艺人的工作室排列开来。拐弯进去，上楼，到顾绍培的工作室，进去之后，一位花白头发的老先生，身体健朗，笑容可掬，大气凛然，温和委婉，这个人就是顾绍培。我看到，他正在画着紫砂壶的草稿，见到徐风带我进来，就起身打招呼，带我们来到茶室，坐下来喝茶。每个紫砂艺人都有上好的茶具，一整套喝茶的东西，茶盘茶杯茶洗，一应俱全。

一边喝茶，一边聊天，顾老已经70多岁了，他给我赠送了一册他的作品集的画册，我如获至宝，刚好用来学习紫砂艺术。他女儿给我送了一把顾绍培从艺60年的系列活动上做的纪念壶，是一把精致的日月壶。

身临其境，看到紫砂艺术大家的工作室和生活场景，看到顾老的两个女儿都出来了，感觉到这一宜兴独有的艺术品实在是令人惊叹。后来，徐风又带我去看了中年陶瓷艺术家华健的工作室。华健的工作室内外两间，外间里有五六个年轻的紫砂艺人正在制作紫砂壶。他们安静地坐在那里，用手一点点地将紫砂泥盘活。我们站在一边安静地观赏，并不去打扰这一艺术品诞生的精妙过程，他们也不怎么理会我们。

华健在内屋，带着两个徒弟在做方壶。从他的工作室望出去，这里是宜兴的老城区，一条河蜿蜒流过，直接通到一条大河里，据说，当年范蠡和西施从这里经过了。远处还有一座寺庙，在一座小山上，可以看到隐现的寺庙屋顶。那里也有美妙的历史传说。徐风如数家珍，我是耳边生风，记住就记住了，没记住，就以后查资料吧。

在宜兴，热心的徐风又带我去看了他的两个朋友，一位是书法家先生，在他的工作室内，他让我在两把紫砂壶上写了字。这对我还是很新鲜的，我写了，他们觉得还不错。喝茶聊天，徐风说，这房子下面、附近的小山包下面，都是紫砂泥，一挖就是，用不完的。千百年都够用。一把壶，才能用多少泥呀？

是呀，一把壶用不了多少泥。现在紫砂壶市场降温了，但每当市场行情低迷的时候，顾景舟的紫砂壶就出现在拍卖会上，一把壶就能拍出来几百万上千万的价格来。于是，紫砂壶的价格总是能够保持一定的水准。

还有一位是顾景舟当年教过的弟子葛陶中。在葛陶中先生的家里，我看到，葛陶中的工作台边，有一尊顾景舟先生的胸像，等于说葛陶中在工作的时候，他的师父顾景舟就在身后看着他。

葛陶中 61 岁，看着很年轻。他给我看了三个抽屉满满的制作紫砂壶的工具。大大小小，琳琅满目。葛陶中的生活看来很散淡。徐风说，每年他做几把壶就能卖几十万，日子过得很好的，像这样的紫砂艺人，在这里有不少。

徐风送我到了高铁站，挥手告别，我进了高铁站，离开了这个我还会再来的地方。

开封：流光溢彩之城

2010 年，在上海世博会中国馆，我观赏到了数字动画版《清明上河图》。在数字动画技术支持下，《清明上河图》里面的所有的人物、店铺、声音都活了起来，人声鼎沸、来来往往、店铺开张、鸟飞禽走、孩子嬉笑、小猪奔跑、虹桥漕船、骆驼商队、倚门回首、华灯初上、汴河流水、生生不息，使人恍惚间仿佛真的置身于大宋时代了。这幅比原作大 30 倍的数字版《清明上河图》，吸引了无数观众，也使我们与宋朝的首都汴梁无限地靠近了。

我祖籍河南南阳，小时候去过河南不少地方，唯独开封却并不熟悉。这年春夏，第一次踏足开封，感到特别欣慰。从郑州高铁站出来，很快就上了郑开大道，虽然不是全封闭的快速车道，四车道也十分宽敞。两边的杨树柳树枝叶繁茂，一派绿意婆娑的夏季景象。如今，郑汴一体化发展迅猛。本来郑州和开封之间的距离就只有几十公里，连年迅速推进的郑州东部新区和开封自贸区很快就连成一片了，从发展角度看，城市联体，肯定是好事。

河南是人口大省，但奇怪的是，竟然没有一座超过 1000 万人口的特大城市。也难怪，多年来，河南人都外出寻活路了，到处都是河南人，我在新疆一些兵团团场，听到的都是河南话，以至于河南本省的人反而少了几千万。那么，如今这郑汴一体化，将带来新机遇，郑州和开封连起来之后，一座 1000 多万人口的大城市，就摆在了中原大地上。

进入开封市区，就觉得视野开阔，非常疏朗。由于高铁从郑州向东通到了徐州，经过开封，这样从开封往西部的西安、兰州、西宁、乌鲁木齐，往东部的上海、南京、杭州、福州，就都连起来了，这对开封今后的发展很关键。而实际上，当年河南省会从开封迁往郑州，导致开封从此不是交通要道上的必经大城市了，经济发展就滞后了。但高铁时代的班车，这一次开封这座古城，算是搭上了。

河南的城市里，我最喜欢的是洛阳和开封。因为这是两座古都，至今都有着别的城市难以企及，也难以模仿的帝都气象。那是一种曾经辉煌的贵气、大气、雍容和散淡、高贵和华丽、宠辱不惊和云淡风轻的气质。这一点，当你漫步在开封城里，每时每刻都能体会到。

我最近出差，手里拿的书，是日本学者写的《秦汉帝国》和《隋唐帝国》两本书。在这两本历史书中，纵横数百年，从西安（长安）东行到洛阳，又到开封这汴梁、汴州，地图上短短的一条横线上的三座城市，演绎了多少历史沧桑事！数百年朝代更替，帝王生死，百姓聚散，大地上的事物经变，城市不断在时间变幻中变得斑驳陆离了。

开封，据传是从夏朝的第七代王在这里建都开始，到了战国时期的魏国，再次建都于此，后来，五代时期的后梁、后晋、后汉、后周，北宋和金朝，都将开封作为都城。八朝皇都，何其辉煌！历史和时间凝聚成传说和传奇，人物和剧情在这里纷纷登场，在时间里演绎漫漶成一片纠缠不清的记载，而她的气韵生动，万象丛生，波澜不惊地藏在了开封的一砖一瓦里。

当你走在如今的开封城，你感觉到的就是一种冲淡平和。有人说，开封男人在做家务和听老婆话方面，和上海男人有一拼，我不知道这是不是真的。河南、山东人的大男子主义是根深蒂固的，但这种说法，起码让开封男人有了某种独特的魅力。这方面，四川男人也有此美德，那就是"耙耳朵"，意思就是怕老婆。怕就是爱，反过来说，是爱老婆，但四川男人很会哄女人高兴，所以，男人基本不干活，都是女人干活。我不知道开封男人到底是怎么样的。不过，这里的吃食，和扬州、杭州的某些菜品很相近。比如某些米面食品、豆腐菜品等。说到底，我看还是和宋朝有关，北宋的首都是汴梁（开封），南宋的首都是杭州。这之间的地理转换，一条运河南北牵，转换了一些宋朝人的饮食乡愁，于是，开封和杭州就紧密地联系起来了。

现在，到了开封，能看的地方很多。比如开封府，里面有包拯包大人在那里迎接你，而且是活人活剧。黑脸包公是我小时候耳熟能详的戏剧人物，当然，他也是一个历史人物，虽然据说他担任开封府尹的时间才一年多，却在历史上留下了不徇私的美名。只要是冤案落到了包大人的手里，那绝对会拨云见日，雨过天晴，沉冤昭雪，水落石出。开封府几经修缮，如今殿堂辉煌，一进二进三进，院落里走一走，能够体会到北宋时期这里的府衙文化背后的民情、国情和时间的魅力。从开封府出来，走不远，就进入龙亭公园。这家公园位于一片水泊之上，是在开封六朝皇都的遗址之上兴建的。这里曾是唐代宣武军节度使的衙署，五代时期，朱全忠朱温建立后梁皇宫，此后，后晋、后汉、后周、北宋、金的皇宫，都在这里建立。因此，此地乃龙脉之地。

如今，皇都的宫殿楼阙都不见了，只有一座繁花似锦的公园。每一年，在这龙亭公园里，都要举办菊花展。菊花大会是开封的一大特色，要看菊花，秋天就到开封来，飞机高铁都方便，南北东西都通达。菊花黄白，菊花富贵、灿烂茂盛，菊花给人的感觉是馥郁、灵动和繁茂，花萼花瓣妖娆紧致地簇拥在一起，蓬勃繁茂，带给人以欢乐祥和的感觉。漫步在龙亭公园里，时光漫漶，花瓣飘洒，头顶是花卉长道的布景，小风劲吹，沁人心脾。花朝节每年都在这里举办，因此是花的盛会。

过了玉带桥，大道两边都是湖水荡漾，有杨家湖和潘家湖，湖水中很多小船在悠闲地漂荡。走过照壁，眼前有一处高台，高台上有小宫殿一座。拾阶而上，可以看到这个宫殿是后来复建的，里面有清代风格的龙床和皇宫内设布局。这是展览用的，在宫殿的外围走一圈，开封市就尽收眼底。这种感觉很像我在北京景山山顶的亭子转一圈，北京再大，都能从四个方向尽收眼底，一览无余。这，就是中心的视野。新开封的大气雍容，新开封的疏朗开阔，新开封的错落有致，都能在龙亭的这座高台之上的围栏步道内看得清清楚楚。

这一天，天高云淡，白云晴空，政通人和，天下太平，气候宜人，心旷神怡。开封展露出善意、祥和、平静的容貌。

北宋末年最有名的画家是张择端。他的那幅代表作《清明上河图》，画的就是北宋汴梁清明节前后的热闹景观。去年某一天，我去故宫探访作家祝勇，他在那里做研究员。我发现某个屋宇的前面排起了弯弯曲曲的长蛇阵，几百号人排出去一里地远，一问，才知道都是来故宫观赏《清明上河图》真迹的。可见这幅画的知名度，尤其是在普通人中的知名度之高。而在旁边的展览中还有很多历代著名的美术作品，如一幅《五牛图》，观者寥寥，可见大众的审美趣味，既狭窄又疯狂，注意力都跑到《清明上河图》上了。

这幅中国历史上最有名的美术作品之一，以其描绘的人物众多、场景复杂生动著称。前不久有一个作家，用放大镜观看这幅画的细部，根据某个场景中几个人的动作和异样的表情，虚构出一部涉及一场谋杀的长篇历史小说，也是很奇葩的了。这让我想起来帕慕克根据奥斯曼土耳其帝国16世纪90年代的苏丹要制作一本书，细密画的画家们互相攻击，结果导致一个画家死亡的故事，被帕慕克写成了如同细密画一样生动有趣的侦探小说《我的名字叫红》，十分曲折。所以，从历史里拎出来一条写作的线索，肯定是十分有趣。

于是，根据《清明上河图》所描绘的场景，开封市政府也打造了一个实景旅游胜地"清明上河园"。很多年下来，这个实景风景区亭台楼阁，长堤短桥，烟花爆竹，各色店铺一应俱全。还根据当年宋朝的一些历史传说，打造了一场美妙绝伦的多幕实景剧《大宋·东京梦华》，这出多幕剧是在一片开阔地带演出的，演员众多，常常多达一两百人，在观众的看台前，有一片开阔的湖泊，大船往来，骏马驰骋，炮火连天，灯光四射，色彩缤纷，声光电色，一应俱全，使人们在时光中穿梭，依稀回到了大宋年代里。在那个年代，辽、宋、金之间的战争纠葛纷纭变换，城市内外从皇帝到百姓都是在风雨飘摇的环境中生活，杨家将出征、宋金大战，炮火连天，骏马飞奔，穆桂英挂帅，宰相寇准智多星，佘太君全家都上阵毫不迟疑，保家卫国献出子孙。

这出戏，我其实小时候在豫剧里看到了不少，对杨家将的故事是耳熟能详。不过，我小时候也有疑问，怎么一个国家打仗，要靠一个家庭来组织呢？家国不分啊，这都是什么事啊。历史学家普遍认为，宋朝是一个战略收缩、文强武弱的朝代。宋朝的皇帝大都爱好文艺，宋徽宗更是一个伟大的画家和艺术鉴赏家，他每天想的，不是治国理政，而是画些花鸟虫鱼，醉心于一个虚构和模拟的艺术世界，艺术造诣很深。因此，面对在苦寒北方的白山黑水之间崛起的渔猎民族女真族的威胁，一筹莫展，不能够认真对抗。金人灭掉了契丹人建立的辽国政权之后，一路南下，渡过黄河，直逼开封。宋朝一时阵脚大乱，连皇帝父子都被掠走了，成了俘虏，真是奇耻大辱啊。宋朝是很悲摧的，和汉唐朝代比起来，真是今不如昔啊。

这个时候，我们就发现开封的地理位置之劣势了。它处于一片开阔的平原地带，是黄河冲积平原的广袤地区上的平地，没有大河大山作为屏障，交通十分方便，也容易被四面之敌进犯。但宋朝人营造出来的文化，却成为中国文化中精致、精微、美妙和深邃的代表。比如，宋版书雕版印刷，至今是一页一两黄金的价格。比如，宋瓷之官窑民窑，都是如今瓷器之上品，拍卖价动辄上亿。再比如，宋代的绘画、书法，宋朝的建筑、家具风格，影响了明代家具的简约和生动。宋代的市民生活也是丰富多彩，说书人在瓦肆之间到处都有，喝茶听说书，估计是东京汴梁人的一大业余消遣。

宋朝还诞生出《水浒传》这本书的元素，又引发了《金瓶梅》这样的明代杰作的故事根基。宋朝从战略上收缩，国土面积也不大，重新失去了对西域的控制，北疆也都在游牧民族和渔猎民族手里，南方，尤其是西南地区，也有夜郎自大之国和滇国，都不在宋的版图里。眼前的《大宋·东京梦华》实景水上演出在一幕幕地进行，我的思绪也穿越了时光。唐末，黄巢的起义军从这里扫过，在中牟战败之后一路向东，在泰山一个叫野狼谷的地方自杀了。朱温朱全忠在汴州崛起，灭了唐朝，建立了后梁，并定都于此。后来，赵匡胤在被部下黄袍加身的情势下，击溃后周，大宋建立了。杯酒释兵权的故事大家都知道，然后就是政权的内敛、内缩，注重文艺和精神生活，投入日常和世俗生活，对开疆拓土就没有什么兴趣了。这就是大宋王朝。

《大宋·东京梦华》一共有八幕，由八阕诗词串起来，前后有700多位演员出演，而且最后有几十匹真的骏马飞奔而过，马蹄杂沓，轰隆隆飞驰而过十分震撼。看完了这场实景演出，还是深受震撼。时光之中，历史风云变幻，人心却恒定有信念。人生无常，但生命之树常青。

晚上，当地的朋友又带我们来到了钟鼓楼一带的夜市。开封的夜市很有名，各色小吃琳琅满目，炒凉粉、烤肉串、烤生蚝扇贝、羊杂汤、紫薯粉、羊肉烩面、炒螺蛳、鸭血粉丝汤、黄焖鱼、水煮百叶、杏仁茶、小笼包子、鲤鱼焙面、桶子鸡、冰糖红梨、焖鸡翅、凉皮凉面、冰糖葫芦，琳琅满目啊。人们徜徉在夜市里，坐在摊位前，走在香味中，笑在店铺外。这一场景，恍惚间让我回到了张择端的《清明上河图》里，变成了其中的一个人物，在时光的河里渐渐地消失。

是的，开封是一座流光溢彩的时间之城，你来这里，能够穿越到很多时间的刻度上，欣赏到生命的芳华，和历史深处的温情。

第一辑

西峡记忆

我 1 岁时，母亲带着我回到了南阳西峡的山沟里，那时的记忆，现在肯定很淡了。但有些影子还在我的记忆里闪烁。

在河南西峡陈阳坪，有一座打麦场，在一面土坡边形成了一片整洁平坦的空地。打麦场边上有一棵老桑树，老桑树半死不活，树上有几个黑洞，很吓人，有雀鸟在里面出入，有时候还会钻出一条蛇来。在老桑树的顶端，还有些枝叶。它生命力很顽强，即使电闪雷劈，即使刮风下雨，孩子们爬上爬下，老桑树却一直在那里站着。

从我 1 岁到 3 岁，母亲带着我，常常一步一歪地在打麦场上和老桑树下溜达着，我就逐渐长大了。母亲要干农活，又不能不管我，我就跟在她后面到处跑，对西峡的山川、农田、树林、草地里发生的事情，生长着的所有东西，都有着浓厚的兴趣。我就去好奇地打量，触摸，观察，惊叹着。就这样，出生后没多久因为缺乏营养得的伤寒病逐渐好了，3 岁时，我又回到了新疆。

1979 年，对越自卫反击战打响前夕，由于担心苏联从新疆进犯，母亲带着 10 岁的我和 6 岁的妹妹，告别我父亲，再次回到了南阳西峡山区老家，躲避可能的战争。

我 10 岁的记忆现在还很清晰，不到一年的时间里，西峡山沟里的万物拥抱了我，我至今还拥有那一年的记忆。比如，西峡山区盛产野生猕猴桃，果实累累，骨爪连串的，你看了会得密集恐惧症。去采摘的时候旁边必定有荆棘丛生，会将你的手臂划破，血流如注。野生香菇、木耳、猴头菌很多，都能采到。后来西峡就开始了人工培育香菇、木耳等，成为当地人发家致富的一个门路。

我记得，西峡山里到处都是宝，桦树林里桦树皮，橡果，野生的长长的茅草，茅草芯很柔嫩甜美好吃。核桃、柿子、栗子、大枣、野葡萄、野桃、野杏、八月炸都有，尤其是青柿子，没熟就能摘下来，放到溪水的沙子里埋几天，挖出来再吃，清脆甜美，一点都不涩了，非常好吃。靠山吃山，山里的植物果实、树皮、茅草、青藤、荆棘，凡是能够用来生活的，都被采集。还有矿产，比如六柱石，我的堂哥、表哥带着我，钻山林爬山峰，采集矿物。除了绿莹莹的六柱石可以从山石中间沿着矿脉挖出来拿去卖，还有很多云母可以开采。都是用镐头去挖，云母是银色的，一片片如同银子和云朵凝固之后的片状物。

动物呢？我抓过黑蛇，那种黑蛇没有毒，还下套子套住过狍子。我在一条河里被一只甲鱼咬住了手，就是不松口，我哭着去找母亲。野兔、野鸡、狍子、狐狸、黄鼠狼，各种飞鸟，都见过。尤其是我家住在土房子里，墙根虚土中生长着土鳖子，像是一种小甲虫，可以用来做药，就抓了很多。蝉脱壳之后的空壳也是药材，我就到处去抓。核桃树、枣树上洋刺子多，被洋刺子刺着就惨了，疼好几天。一个 10 岁的少年，对万事万物都是好奇的，而南阳西峡则以万物的真面目，开启了我对世界丰富性的认知。

一晃30多年过去了，在南阳，从碧波荡漾的鸭河水库，到丹江口大坝，我看到今日南阳蓬勃发展。南水北调中线工程已经给河南北部、河北、北京带来了水。2015年8月，北京有一则新闻引起了我的注意，北京的地下水的水位，15年来第一次停止了下降，还有所上涨，比2014年同期上涨15厘米多。这完全得益于2014年底，南水北调中线工程通水后对北京的输水作用，八九个月的时间里，南水北调就给北京带来了5亿立方米的水，保障了北京用水基本不抽地下水了，地下水位才开始回升。所以，对一项工程的账有很多算法，南水北调的作用才开始显现。

南阳文脉源远流长，有个卧龙岗，就出卧龙。古代有张仲景、诸葛亮，还有很多古代文人墨客如李白、司马光、贾岛、郑板桥、元好问，走过路过南阳，都留下了诗文。比如，李白有一首诗《忆崔郎中宗之》，我就非常喜欢：

> 昔在南阳城，唯餐独山蕨。
> 忆与崔宗之，白水弄素月。
> 时过菊潭上，纵酒无停歇。
> 泛此黄金花，颓然清歌发。

我的原籍在南阳西峡，在北京生活，我也被看作是河南作家，我和周大新、二月河、柳建伟、梁鸿都是南阳人。我父亲在20世纪50年代末带着一本徐怀中的小说《我们播种爱情》，满怀对异乡的渴望，经过河西走廊去了新疆，也是因为文学的热量。怪不得在新疆的戈壁滩边我也长成了一个作家，原来，我是南阳文脉的一分子，我天然地有一种文化基因。

这次采风，回到了南阳，看了内乡县衙，这是国内保存完好的唯一县衙建筑了。内乡县衙是研究中国古代官职、官制、建筑、行政管理、社会结构和民俗风貌的重要文化建筑。我记得前几年还陪同刘心武老师专门去内乡县衙看了里面的狱神庙，因为，根据他的探微，后来遗失的《红楼梦》后小半部分里，有落魄的贾宝玉在某处的狱神庙遇到茜雪的情节。

在西峡，夜晚的街市十分繁华热闹。这些年，西峡的旅游业搞得不错，漂流、爬山、徒步、野营，很吸引年轻人。西峡的主峰老界岭是我小时候爬过的，海拔 2000 多米。此外，还有恐龙蛋。我们在西峡恐龙公园里看到了那么多的恐龙蛋。西峡恐龙蛋数量大、种类多、分布广、保存好。西峡恐龙蛋化石的形成，是白垩纪断陷盆地的堆积导致，这里的盆地完好地保存了史前时代大型动物恐龙的那么多蛋。前些年，我就知道西峡发掘出来大量的恐龙蛋，这些年进行了大力保护性开发。我们沿着一条隧道步入地下几十米，就像进入了时间隧道，我们可以看到一窝窝的大大小小的恐龙蛋在头顶的岩石里排列，灯光打过去，那些恐龙蛋似乎很新鲜，里面还在生长着恐龙。恐龙蛋有圆的，扁的，长的，粗的，小的，细的，各种各样，让人大开眼界，浮想联翩。

从恐龙公园出来，一抹斜阳将公园门口的一尊很高大的恐龙模型点染，恐龙长长的脖颈在地上投下了一道阴影，还在延伸，跟真的一样。

走过安阳

好几次去安阳，都没有写点什么。这一次，看完殷墟，接着又去了新落成的中国文字博物馆，就立即感到了巨大的震撼。这不仅是因为中国文字博物馆那扎眼和独特的建筑外观，还在于，我作为一个写字的人，当看到浩如烟海的文字历史在我面前如滔滔江河一样滚滚而来的时候，我立即会感到一种渺小感，感到自己的生命在文字的历史和中国的大历史中的无足轻重，我会立即产生一种对母族文化的敬畏感，和对文字本身的无上尊重。

中国文字博物馆建立在安阳，首先是因为安阳有殷墟，殷墟的发现是一件大事，殷墟是我国古代重要的朝代商朝的都城遗址，是商王盘庚在 3300 多年前迁都到安阳之后，在这里建立都城并延续帝祚的福地。中国文字博物馆的建筑外观看上去金碧辉煌，有些头重脚轻。它是由一组商代宫廷建筑风格结合现代建筑思想的，又具有后现代建筑风格的建筑群。金色的大屋顶上采用了饕餮纹路和蟠螭纹路，不仅展现了商代宫殿建筑的巍峨、大气和简朴，而且还模拟了商代房屋的茅草芦苇顶的金黄色，体现了与自然相和谐的建筑理念。我们进入中国文字博物馆里，首先看到的就是传说中的仓颉造字的情景。接着，就是在殷墟发现的甲骨文，以及刻在钟鼎上面的金文，还有简牍和帛书——这是刻在木板上、写在丝绸上的文字。接下来，则是石鼓文、篆书、隶书、楷书、行书、草书，中国文字的数千年历史发展就这么下来了。中国的文字起源于象形，象形，就是模拟世界上的物体形状的符号。每一个汉字，一开始都是图画，都是对山川风物、世间万象的描绘。逐渐地，这些象形的图画开始变得抽象了起来，方正了起来，被秦始皇统一于秦篆，然后在隶书那里定型，再发展到楷书的秀美和华丽以及便捷，同时，有了行书和草书的艺术探索。

中国文字博物馆里还有少数民族的文字历史，像蒙古族、藏族、维吾尔族等的语言文字，以及一些特殊的文字，比如女书、水书等特殊族群和地域的文字。还有一层则展出了当代几百位书法家的作品，尽管是"远香近臭"，你可以对当代书法家表示不屑，可一部数千年中国的文字发展史和书法史，会增加我们的民族认同感、凝聚力和自豪感，是肯定的，这也是我在中国文字博物馆里非常突出的感受。

文字非常重要，就在于文字的历史就是民族的记忆史。毁灭一个民族，消灭掉他们的文字就可以了，那样文化记忆、民族记忆就不存在了。我们现在还有多少人认识西夏文？很少的人认识，而且大都也是猜测的。人类的历史是离不开文字的历史的，没有文字的民族就没有文明的记载，也可以说就是没有文明的、未开化的民族。没有文字，一个民族就没有开化，谁先创造和使用了文字，谁才有自己的历史。历史上，在草原上和漠北地带驰骋的那些游牧民族，存在的历史自然非常久远，但是，很多游牧民族和部落的历史，都是在接触到更加先进的文明比如汉文明的时候，才被史官记载到文字里，从此才有了历史上的身影。没有柔然、突厥、丁零、高车、回纥、东胡、契丹这些汉语的词汇，这些民族的历史存在就少有踪迹。落后文明和先进的、有文字的文明相遇的时候被记载下来，这在世界历史上经常见到。就像现在，如果没有人类学家深入非洲的内陆、美洲的亚马孙河深处、澳大利亚的荒漠里去探询和记载那些土著民族的生活和历史，那些土著的文明和历史对于我们，就像不存在一样。当然，这些土著有的是有自己的记事符号的，但是，这些符号却处于文字的初期阶段，不能承担文明记载的重任，也无法全面表达自身文明的全部内容。

　　除了中国文字博物馆和殷墟可看之外，安阳还有红旗渠——开凿在太行山那坚硬的岩石丛林中，把水引到河南林州的当代工程，是 20 世纪 60 年代里的人定胜天的丰功伟绩。在一些历史照片上，我看到衣着简朴的县委书记、县长们挑着土石筐走在挖凿大军的最前面的形象，那真的是公仆的形象。所以，在那个年代才有了红旗渠。

　　我们去红旗渠参观那天，正是一个下雨天。我们先来到了分渠闸口的纪念馆里看图片，然后，来到了当年林州人民战天斗地的现场，沿着红旗渠走了一段。这个时候，雨刚刚停了，大地之上浮起来一阵云雾，氤氲一片如同国画。太行山的石头很怪异，形状和颜色都很突出，适合国画家来用水墨画表现。我们这些后代人，想象着前辈开山凿石的艰辛，但是却游走在国画般的风景里，这是我感觉比较有趣的地方。

关于红旗渠，我知道，前些年有个前卫艺术家，把红布铺在渠水表面，使之变成了真的红旗渠。还有一个艺术家打算用红色颜料染红整个红旗渠，这个想法似乎比较的不环保，不知道最终实施成功没有，而且，他的这个想法我觉得很没有意思。红旗渠的丰富和复杂，远不是这些艺术家轻巧的想法可以概括的。红旗渠所展现的，是 60 年代的中国人用手工工具战胜自然、改变命运的伟大精神。走在红旗渠边上，看到当年的红旗渠，那可是一点点在大山的绝壁上开凿出来的，是十分艰难的，那是滴水穿石的功夫。

不过，我还是有一个疑问。我问了当地的朋友，当年是全国一盘棋，可以到处引水。现在情况肯定不一样了，你从山西把水引到河南林州，人家山西人干不干啊？现在谁不缺水啊？朋友告诉我，的确存在这个问题，现在就需要以经济补偿的方式，给予上游经济补偿了。我想，红旗渠的水，今后可能会按照流量向山西付钱，最终以市场的方式来解决才好。今后水资源更加宝贵，围绕水资源的争夺也将更加的激烈。

另外，安阳还有很多历史人物的踪迹，值得探访，比如，袁世凯、岳飞、曹操等人在这里都有遗踪。

袁世凯墓——袁林，很值得一看。袁世凯这个饱受争议的民国枭雄，最终安葬在安阳，是他自己的心愿。关于他的历史争论由来已久，对他的评价也是毁誉多于赞赏。但是，显然，袁世凯要比历史教科书上呈现的面目复杂得多，也丰富得多。比如，当年他下令和日本人签订的"二十一条"，是最为人所诟病的，但是，我仔细地看到，在这个影印件旁边，几乎每条边上，袁世凯都注明了一些限制性的，或者说他认为可以阳奉阴违的办法和对策，显示了他当年面对强大外敌的那种谨慎、愤怒、无奈和狡猾应对的心理，并不单纯是"卖国"两个字可以完全说服我们的。对历史人物的评价，会随着时间的推移而发生变化。我看虽然老袁翻身的可能性不大，但是，对这么一个重要历史人物在当时的历史情境中的极其复杂的处境和心态的研究，其实才刚刚开始。

由袁世凯我又想到了曹操。《三国演义》是每个中国人，甚至是很多东亚人都熟悉的历史小说。"三国"人物从小就在我的耳朵里灌输，也成了我们民族历史想象中最重要的一部分。后来，长大了，我多读了些历史书，才发现三国作为一个分裂的历史时期，其实没有汉、唐、宋、明、清那么辉煌伟大，但是，三国的历史故事却最多，人物也最有趣，这真是应了"乱世出豪杰"这句话。而新发现并发掘的曹操墓，就在安阳境内，更是为安阳增添了无尽的话题。

曹操墓地过去一直不知道在哪里，这一次被发现了，就在安阳市郊区的农村里。我们去探访了这个现在还有很大争议的曹操墓，看了发掘现场。我看到，在一片村落和农田里，三国时代的枭雄曹操的"墓地"，被一个大棚遮盖起来。沿着发掘出来的墓道进入墓室，我们在考古队员的引领和解说下，分享了他们发现这个墓地的喜悦。河南盗墓自古就十分猖獗，有的人家几代以盗墓为生，还发明了专门盗墓用的洛阳铲，这是大家都知道的事情。过去，有一个说法，说是生于苏杭，葬于苍莽，指的就是人活在江南苏杭一带是在天堂里，但是死了之后，葬在太行山的东侧，黄河的北部地区，是最好的。这里土地肥沃，天高地厚，是死后最适合的安葬所在。曹操自己就是一个盗墓的支持者，他手下曾经设立了专门盗墓的官员，因此，他死之后就有七十二疑冢之说。此外，他也不支持厚葬。这次发掘曹操墓，也是因为盗墓贼先动手，被发现了，考古队员初步估计，这里是一个汉代大墓，经过仔细挖掘，这个墓地共出土了 3 具尸骨，一具是年龄在 60 岁左右的男性尸骨，另外两具是女性尸骨。根据现场发掘出的青石牌上书写的"魏武王常所用大戟"等字样，推断出这里就是曹操墓。那具男性尸骨，就被推断为曹操的尸骨。

我们看完了发掘现场，然后又到附近的考古队员的临时工作地点，考古队负责人给我们看了陈列在玻璃柜子里的出土的一些文物。的确，没有什么珍贵的、奢华的文物，有的就是汉魏时期的石雕、砖雕、石牌和兵器等，但还是琳琅满目的，尤其是出土的墓石画像碎片，摆满了整整一屋子，正在由考古队员细心地整理和拼接。而那两个最能说明墓主人身份的、写明了"魏武王常所用……"字样的石牌，我看到真品很小，一个巴掌可以握住两块，也陈列在柜子里。大量的陶器陪葬品和实物比都是缩小了的，比如陶器厕所、猪圈等，都很小很小，可以看出来墓主人提倡薄葬的思想。这也和曹操生前的观念相符合。先前，我看了不少学者质疑这个墓不是曹操墓的文章，他们也没有说服我。因此，现在，至少可以确定这个墓是"疑似曹操墓"。

的确，在安阳，一路下来，自然风光、历史遗迹太多了，从太行山到红旗渠，从殷墟、曹操高陵到袁林，从岳飞故里到中国文字博物馆，这些地方都让人流连忘返。走过安阳，虽然是走马观花，但是，印象却是极其深刻的。

大 武 汉

东湖：武汉之眼

我的武汉第一瞥，看的是东湖风景区。

我喜欢在飞机上靠窗凝视大地。飞越过武汉上空很多次，我可以看到在汉江、长江组成的河汉密布的大武汉的范围内，有很多湖泊像大地的眼睛一样闪亮。湖北号称千湖之省，武汉也是百湖之市。有水的城市就有灵气，而有湖的城市，就有了眼睛。否则，城市就是死的，就是画龙无睛的地方。在这个意义上来看，东湖，就是武汉的大眼睛，在大地之上，在城市的肩头，有东湖这样的水汪汪的大眼睛忽闪，可想而知武汉的灵动之气是从哪里来的了。

东湖风景区位于武昌的东郊，由郭郑湖、水果湖、喻家湖、汤湖、牛巢湖 5 个湖泊组成。它是一个自然湖，在近 5 万亩的水域中，生长着丰富的淡水鱼。其中，以武昌鱼最为名贵。武昌鱼是鳊鱼的一种，是鄂州市梁子湖的特产，鄂州古称武昌，所以俗名为"武昌鱼"。现在的东湖风景区则有独具特色的 6 个游览区：听涛区、磨山区、珞洪区、落雁区、吹笛区、白马区。我的印象里，东湖的水面一直很浩大。资料显示是 33 平方公里，据说是杭州西湖的五六倍。我很羡慕武汉有东湖这么一个城中大湖，它在珞珈山、磨山之间盘绕，它浩渺广阔，安详明净，湖岸曲折，港汉交错，宛如迷宫。

我是在今年的深秋初冬再次来到了东湖边上的。东湖给了我很多的记忆。20 多年前在武大读书的时候，我就经常从武大的后门出去，在东湖边游泳、漫步、泛舟，或者骑自行车一路狂奔，到达磨山看景。而眼下，东湖的这个秋冬非常沉静，树叶泛黄泛红，被时光浸染得一片辉煌，落叶缤纷，共同奏响了幻彩乐章。我感觉今年武汉的冬天似乎是姗姗来迟，而秋天却盘桓于枝头，很久也不愿离去。行人稀少，东湖因此而显示出某种水天一色的沉着与安宁。东湖水域浩瀚、岛渚星罗、林木葱郁，山色如画。听涛景区是水上娱乐游览区，磨山景区是楚文化游览区，落雁景区是生态休闲游览区，我要一一看来。

我依稀记得东湖的一年四季：在春季踏青时节，沐浴春风骑车前往东湖，一路但见山青水绿、鸟语莺歌，杨花柳絮、漫天飞舞，真的是万物生长的那种欣欣向荣的感觉。如果把武大的樱花大道看腻了，可以到东湖的樱花园来看那更加广大的樱花，但见一片红霞般的五千棵樱花树在日式的园林里招展风姿，樱花漫卷，迷了我的眼，给我以置身日本京都的错觉。到了夏季，武汉的酷暑让人无法忍耐，而去东湖游泳泛舟，立刻可以感觉到清爽宜人，酷暑顿消。而东湖的秋天有一种岁月的深醉，红叶满山，磨山南麓还有一处栽种万株桂花的桂花园，每到农历八月，漫山的桂花浓郁芬芳，真是丹桂飘香，沁人心脾，芳香悠长。到了冬天，在东湖踏雪赏梅，寻幽找雅，可以感觉到一种别样的冬天。

其实，我最喜欢的，就是在冬天到东湖看梅花。寒假的时候，大家都回家了，我家在新疆，太远，没有办法回去，就待在学校里面过春节。而去东湖梅园看梅花，是我那几年的春节前后最喜欢的事情。东湖梅园是非常别致的园中园，据说号称"江南四大梅园之一"，上千亩的梅花园里，有300多种梅花争芳斗艳。我一直纳闷怎么国花不是梅花，而是那雍容的牡丹。因为梅花的气度风格，才更像是中国人的精神写照：傲雪凌霜，晶莹纯洁，淡香悠远，朴实灿然。据说，东湖梅园是中国梅花研究中心所在地，里面有妙香国、江南第一枝、花溪、放鹤亭、梅友雕像、冷艳亭等景点，其中，妙香国为中国梅文化馆所在地，常年展示包括梅花典籍、名人书画资料在内的梅花文化精华。要想知道梅花是如何香自苦寒来的，去东湖赏梅，是一个绝佳选择。而武汉选择了梅花作为市花，我觉得真是太好了。这有点像武汉的某种性格——无论寒冬多么的凛冽，而梅花自然笑傲枝头。

作为一个自然湖泊，这些年，东湖也被赋予了浓厚的楚文化内涵。湖北是古代楚国辖区，因此楚风浓郁。东湖管委会结合楚文化的历史，在磨山风景区建造了行吟阁、离骚碑和楚天台、楚才园等，还建有楚市、屈原塑像、屈原纪念馆，将楚文化的底蕴挖掘了出来，使东湖的历史文化内涵显得厚重了。这次，我在磨山楚文化游览区，尽情地欣赏和体味到了楚文化浪漫、瑰丽和独异的风格。比如行吟阁，建于东湖西北岸的小岛上，四面环水，由荷风、落羽两桥与陆路相连，十分幽静。《楚辞·渔父》中写道："屈原既放，游于江潭，行吟泽畔。"三层四角攒尖顶、古色古香的行吟阁雄健俏丽，颇富民族风韵，阁前立了一尊屈原全身塑像，屈原仰首向天，款款步行，十分真切。

大家都知道，屈原是战国时期楚国的一位杰出的政治家，伟大的诗人。他辅佐楚怀王，做过三闾大夫。他很有治国之策，对内举贤授能，对外联齐抗秦，使楚国一度十分强盛，但是后来遭到了围绕着楚怀王的一班小人的谗言离间，楚怀王疏远了屈原，将他放逐了。楚襄王继位后更加昏聩，竟然将屈原放逐到更远的江南，再不得过问朝政。公元前278年，过了20年流浪生活的屈原目睹国破家亡，满怀悲愤，于农历五月初五投汨罗江而死，由此我们多出来一个为了纪念他而诞生的端午节。

现在，在东湖风景区还仿古建造了楚市，楚市楚市，那就是楚人搞商品交换的场所。我眼前的楚市，是青石路面，红漆门柱，黄墙黑瓦，一派楚地风貌。街市上店铺林立，游人如织。不过，我很喜欢楚国的标志性动物符号：凤。凤是楚国先民的图腾和吉祥物，古代楚人把鹰、鹤、燕、孔雀等鸟的特征集合起来，创造了他们理想中的神鸟。我家里有一座小巧的双凤卧虎衔鼓木雕，这是出土的楚国有名的图案。而磨山的凤标则很巨大，是用16吨黄铜铸造而成的，双凤面对面地站在百兽之王老虎的背上，威猛异常。站在路旁，由凤标抬头望去，就可以看见磨山的第二主峰上那巍峨的楚天台。楚天台是东湖磨山的楚文化游览区的标志性建筑，是按照古代楚国章华台"层台累榭，三休乃至"的形制而建。从凤标登上楚天台，我过去是连跳带跑爬过那345级台阶的，到了楚天台，一种"极目楚天舒"的旷达感油然而生。

但这次，仰望楚天台，虽听说里面现在有荆楚文物、工艺品和楚国名人蜡像展览，还有定时的编钟乐舞演出，但我还是没有上去，仰望了一会儿就走开了。

我们在路边歇歇脚，电瓶车继续前进，我看到了路边的一尊祝融塑像。祝融是楚人的远祖，是传说中的火神。他的职责是观象授时，指导人们生产与收获，也就是火神和耕作之神。这尊雕像体现了楚人崇火、拜日的民俗。另外，还有一组"惟楚有才"的雕塑很有特点，这组群雕是以古代楚国八百年间的风云人物和重要事件为主题，以多种雕塑手法，展现了楚国的名君、名相、名人的事迹，还有古代楚国的矿冶、纺织、艺术、农耕、战争和日常生活情景，群雕体现了楚文化的博大精深。我走到近旁仔细观瞧，感觉这组雕塑技艺精湛，气势磅礴，栩栩如生。最值得一提的，还有一块离骚碑，镶嵌在一片山体上，它是用红色岩石砌成，资料说它高 14.8 米，宽 8 米，碑文选用的是毛泽东青年时代手书的《离骚》全文手迹，雕镌字体俊秀飘逸，可以说是诗书双绝，碑巨文奇。

东湖的三国文化历史也源远流长，在东湖磨山的东山头上，史书记载刘备曾在此祭天。这便是有名的刘备郊天坛。这里被誉为"观日上佳，赏月绝妙，瞰景最全，祈福甚灵"之地。东湖还有卓刀泉、曹操庙、鲁肃马冢等三国遗址。南宋诗人袁说友游武昌东湖时，有诗云："一围烟浪六十里，几队寒鸦千百雏。野木迢迢遮去雁，渔舟点点映飞乌。"

我来到烟浪亭，看到风平浪静，湖面安谧。穿越一条桥，来到了落雁景区。在落雁景区，从远处飞来的栖落枝头，形成了湖中活动的风景和声音的幕布，鸟儿问答，声音让湖水荡起了<u>丝丝</u><u>涟漪</u>。景区内水杉丛生，笔直且沉默，长堤边都是水杉留下的美丽倒影。喜鹊鸣叫着穿越水面，与晚霞的光芒呼应出奇特的风景。几排竹排停在水面，竹排前部翘起来，形成了好看的形态。

和东湖再度相遇的这个初冬深秋，既有着秋天的醉意、成熟、大气和美满，也有着初冬的肃杀、凋敝和一点凉寒。而我这个远方来客又一次走过了熟悉的东湖，为东湖的苍茫和秀丽、温婉与深情而动容。东湖的秋冬，有秋有冬，有暖阳有寒霜。季节交替中，时光在孕育，万物在静默，人生在向着满溢而伸展。

武汉大学

我的武汉第二瞥，看的是武汉大学，我的母校。

一座城市的大脑不是这座城市的政府，而是这座城市的智库。智库，智慧聚集地，自然在大学。在东湖周边，在珞珈山、喻家山、桂子山边，聚集了武汉大学、华中科技大学、华中师大、中国地质大学等 26 所高等院校，还有中科院武汉植物园等 56 个国家、省、部属科研院所，此外，东湖新技术开发区国家光电子产业基地——中国光谷、湖北省博物馆、湖北省艺术馆都在武昌，这里文化底蕴深厚，是武汉的智慧之谷。另外，大学的氛围，除了有智力的积聚功能，还有一种娴雅和慧的"慧"的气质和感觉。

我每次来到武汉，都要抽时间在我的母校武大校园里走一圈。有时邀上两三个同学慢慢地在校园里闲逛，有时是坐在车里一个人，一言不发，沉默地看着窗外的校园风景，看着那些年青一代的学子们，想象着当年的我就是现在的他们，然后匆匆而过。

我是 1988 年进入武大的，我记得，当时大学的校园和今天不一样，校园里是一个人际关系淳朴，充斥着启蒙的理想主义的地方。以至于我在毕业后长达两年的时间里，都完全不能适应社会，总是做梦回到武大校园。我特别想念武大的湖山凝重，武大的一草一木，想念武大的房子、人、老师、花朵和雨天里繁密出现的蜗牛。

我在武大读书的那几年，整个社会正在一个迈向市场经济社会的临界点上踌躇徘徊。那是一个思想激烈交锋的年代，也是一个理想的年代，市民世界和中产阶层还没有出现，知识分子对文化、思想、理论和灵魂这些东西更感兴趣，整天都在争论、研讨、论战，所有的论题今天看来都是宏大而空泛，但是也天真活泼。我当时就看到，校园里正在展开关于电视片《河殇》的大讨论，学校里举行的各种讲座，也大体上都是关于"中国文化和文明向何处去"的讨论。因此，我恰好经历了 20 世纪 80 年代到 90 年代的转型。那时候的大学生，就像海绵吸水一样，想的都是国家大事，那是一个理想主义的末梢、市场经济开端的年代。

于是，我整天穿梭在校园里，眉头紧皱，摆出一副忧国忧民的样子，每天想的都是十分巨大的国家级问题，对自己袜子上的破洞毫不关心，对糟糕的食堂饭菜也熟视无睹，安之若素。然后，在我毕业那一年，1992 年邓小平视察南方，使中国社会义无反顾地进入了一个新的境地。我也来到北京工作，一直到今天，经历了传统经济模式的分崩离析和不断重建的新生活，其间的滋味和体会变成了我写的很多文学作品。

我记得，当时学生住宿条件比较差，我那个小小的宿舍里就挤了八张床，没有阳台，也没有电风扇，更没有空调。武汉的夏天是著名的酷热难耐，我们就多跑几趟东湖去游个泳。那时，大学入学门槛很高，我入学那一年全国只招收了 50 多万人，而去年全国大学则招收了 700 万人，可见那时是精英教育，现在的大学教育，是一种大众教育了。所以当时我们还是有一种骄傲感的。而我们也从来没有因为物质上的清苦而苦恼或抱怨过，那也是整个 80 年代高校学生的普遍状态。

武大校园风景如画，既为学生谈恋爱创造了条件，也为好学者和好知识的诞生与传播创造了条件。一所大学能立得住的地方，主要看出了多少学术大师、杰出校友。作为武大校友，我希望它能特别开放，胸襟广大，她的学生有巨大的创造力。因为武大的同学之间，情感交流也非常淳朴，我记得我们同学之间没有打架的，连吵架都很少，偶尔闹些小矛盾也都是生活习惯问题，比如有人爱干净，有人可能就邋遢一点，相互迁就一下也就适应了，并不会心生怨气。各自的秉性摸透了之后，大家都成了兄弟，按照年龄分成老大、老二、老三、老四等，然后按照这个来分工打水、打饭、占座什么的，简直就是一个小分会。

大学四年，至今留在我脑海里的都是美好回忆。我们同学中结婚的有四对，到现在都没离婚的。1992 年离校二十年纪念会，大家都是带着老婆孩子回母校的，感情一直都挺好。我觉得，当时同学关系和睦的原因之一，是因为那个年龄段的人大都有兄弟姐妹。我有一个妹妹，我是做老大的，我就会很注意关心妹妹。

现在的小孩基本都是 80 后的独生子，家长都围着他转，从小的教育和环境会让他们很自我，这种感觉和有兄弟姐妹的人完全不同，他们也相对会不太关注别人的感受。那时候，同学之间流行交笔友。我给全国不同学校的校园诗人写信，我们属于书信交往的一代，大家在杂志上发表作品时，也顺便把地址登出来。其实还没见过对方，就互相乱写信了。笔友之间偶尔也会串门，比如有一个朋友从外面来了，就两个人挤在一张床上，当时也不会被人以为是"好基友"，大家也大都不懂同性恋这回事。

除生活习惯偶有不同外，同学彼此之间并没有直接的竞争关系，因为国家是包分配的。当然，大三之后也会有焦虑，就是到底去哪里工作好，比如有人想到广州，有人喜欢北京。那时候老师也特别好，我们连请老师吃饭都没请过，老师也不需要。就像所有的毕业生一样，毕业那天，我和同学们也抱头痛哭，喝得大醉，然后往桂园宿舍楼下扔酒瓶。也正是从这一年起，武大校园里盛开的樱花，开始对游客收个三毛五毛；这一年，邓小平南方谈话，中国社会从此转型进入了市场经济。

武汉大学是武汉在教育方面的制高点，一个象征。在中华民国时期，国立武汉大学的牌坊是很有名的一个小巧但是有分量的建筑。2013 年 11 月底，武大迎来了自己的 120 周年纪念日。120 年华诞的记录虽然有争议，但大体不错。作为武大校友，我是很关注武大的现状的，每次各类靠谱不靠谱的高校排名，我都很关心武大的位置。我过去曾经问过高年级的学生，武大在全国综合大学当中排第几位？他们告诉我，排五六位的样子。后来，不管怎么排，武汉大学在全国高校当中排名有时候在三四位，有时候在五六位，有时候在七八位，好像总在前十名，是不折不扣的名牌大学。十多年前，全国高校合并风起云涌，武大也在这次的高校合并当中整合资源，合并了多所高校，形成了新的武汉大学。学生最多的时候名列全国第三，有近6万名学生，听说现在下降到4万多名了，而每年招的本科生和研究生持平了——这是研究型大学的标志。老武大和湖北医科大学、武汉测绘科技大学、武汉水利电力大学合并之后，磨合多年，如今更是在不断地优化学校学科结构、培养人才和引进人才方面下了很多功夫，我也继续在母校攻读研究生课程，这成了武汉让我记挂的重要理由。

我觉得，现在的大学生活和宿舍关系，已经反差到我完全想象不出来。因为出现了著名的清华大学朱令铊中毒事件、复旦大学博士毒杀同屋事件，我真的是觉得匪夷所思了。

在武大的时候，校园文化是非常发达的。我记得，我们爱写作的成立了诗社、文学社、剧社，很多作品在武大校报编辑张海东老师细心和耐心的编辑下，呈现在校报副刊上。武大校报副刊这个我们一代代武大校园作家诗人们起飞的园地里，成为岁月的见证，成为一个个武大学子生命个体的瞬间留影。

而写作，我想说，它的巨大的意义和功能，就在于为一个人经历的岁月留影，为一个人经历的时代做一个见证。我想，学校从来都不是封闭的，都是要受到时代氛围和环境的影响的。而时代的巨大车轮正在义无反顾地向着一个大概确定的目标在前进。

每次来到武大校园，我看到一个个青葱的生命个体在身边走过，感叹所有的学子最后都要被放飞到社会这个复杂的空间里，去寻找自己的位置，每个人都面临挑战。那么，一拨拨的武大的学弟学妹们，拿起你的笔，写下这个注定将消逝不见的美好时光里的感受吧，给你自己的岁月留个影，给你未来的回忆增添一笔浓重的鲜亮吧。假如文字不死，你所经历的时光，就将获得瞬间定格之后的永恒影像。因为，毫无疑问，大学时光是一个人一生中最值得怀念和依恋的岁月。可以肯定，多少年之后，校园生活注定会成为我们每个人生命中鲜活和难忘的记忆，成为我们奋力在生活中拼搏的、从后面投射过来的亲切而遥远和深情的目光。

而武汉大学作为武汉的一个知识、智慧、学术、教育的制高点，不仅在珞珈山上闪耀，还将武汉的影响以她的万千学子的个体影响，流布和影响世界。

汉口：武汉之彩

我的武汉第三瞥，看的是汉口。

武汉是著名的大码头，武汉三镇的形成，就是四面八方的商客与游民，在汉水和长江所形成的埠头上停下，然后建造起居所和商品交易场所，从而形成了武昌、汉口和汉阳。

自从我20多年前来到武汉求学，我就很喜欢武汉的市民生活景象。武汉人的热忱、聪慧、狡黠、仗义，武汉人的"热也好冷也好活着就好"的达观，让我感觉到生活在这座城市里，总是有着无限的生趣。

而且，这次在武汉规划馆，看了气势恢宏的武汉总体规划的沙盘雕塑，还有详细的电视片，我的眼前出现了世界级规模的大武汉。大武汉！的确，我看了不少国家和城市的规划馆，我感觉武汉未来的规划，规模恐怕是世界上最有雄心的城市了。无论是高耸入云的楼厦，还是汉口北的小商品批发城建设，无论是武汉天地的新旧搭配，还是吉庆街的吃吃喝喝，都是武汉鲜活的生活内容。

武汉的未来在现在武汉人的设计中，是雄心勃勃的，也是高瞻远瞩的。

汉口，是武汉最热闹的市区，也是最繁华的市区。武汉三镇，历来武昌是高等教育和高新技术区、旅游文化区，汉阳是工业区，"曾经汉阳造，再造新汉阳"，而汉口，则是武汉的商业区，是武汉最有市民气息的城区。汉口有飞机场，还有一条著名的小商品批发之地——汉正街，现在搬到了汉口北大商业地产区了。还有一个吉庆街，也很有名。汉正街是一条商业老街，多年前我在武汉念书的时候，经常去那里逛，但见货物琳琅满目，人头也是一片攒动，熙熙攘攘，热闹非凡。不过我是穷学生一个，只是饱了眼福，偶尔买双鞋子，也是要穿很久。所以，不到汉口，就不知道武汉有多么的丰富、丰厚、丰采、丰茂、丰沛、丰饶、丰硕、丰裕和丰足，汉口，就是武汉之丰。不到汉口，就不知道武汉有多少的热闹，多少的颜彩，汉口的颜色就是武汉的彩色。

在这里我就说一条街：吉庆街。吉庆街是我每年来武汉都要去的地方。因为，要想了解武汉的当代市民生活，吉庆街是一个窗口。吉庆街是小吃一条街，分为老街和新街。老街保留了老街的排档风格，新街则升级换代，登堂入室了。我一开始前些年是通过看池莉的小说改编的电视剧，知道了武汉的吉庆街，以及街上的武汉鸭脖子比较好吃。由于电视剧的影响巨大，结果武汉人就把鸭脖子生意变成了武汉的名产，一时畅销全国了。我记得，北京的簋街上，过去一直流行麻辣小龙虾和福寿螺，后来就开始改吃鸭脖子了。不过，我听说这鸭脖子上淋巴多，我觉得吃多了不好，尝尝味道就可以了。但是我第一次吃的时候，还是觉得味道奇妙，麻辣、咸鲜味道的都有，有上瘾的可能。后来，我就经常在北京簋街吃鸭脖子了。

上次我们一堆人去吉庆街的时候，是在某年4月底的一个晚上。春风拂面，小雨霏霏，有点哀愁的味道。但是，这样的情绪，注定是不属于武汉的。因为武汉是一座天生热闹的和世俗化的市民城市。在江边的江滩公园中漫步，还觉得清新落寞，但当我们穿越热气腾腾、灯光灿烂、烟熏火燎的吉庆街时，人间气息就十分浓烈了。

吉庆街不大，蜿蜒委曲，有点脏乱，却极其热闹，叫卖声、吆喝声、笑闹声混杂在一起。我观察，来的人大都是游客和年轻人。我估计，武汉本地人不见得喜欢在这里凑热闹，这个小吃一条街的饮食风景，主要是给外地人和年轻人搭建的，也解决了一些人的就业，扩大了武汉饮食文化的内容，把一个世俗的市民生活饮食风景，包装成了一个武汉的地域文化符号，这是市政府聪明的地方。

武汉的小吃，过去我吃过不少，什么热干面、豆皮、臭干子、醪糟汤圆什么的。这次一吃，才知道，武汉的小吃除了保持了老品种，还开发出来很多新品种。鸭脖子当然是首当其冲。我们径直上了一家餐厅的2楼，在一个包间落座，很快，各种小吃就开始飞快地端了上来，鸭脖、臭干、羊肉串、螺蛳、毛豆、鸡翅、鸭舌、鹅肠、田螺、藕片、猪血、鳝丝、猪蹄、牛筋、牛尾、鸡杂等，带着武汉独特做法的色香味，摆在了我们的面前。一时间，饕餮开始，觥筹交错，笑语喧哗，成了我非常鲜活的记忆。

今年来到吉庆街，我们是在吉庆街的新街吃饭的，自然是登堂入室，进入二楼的包间里，围着一个大桌子吃饭。那些小吃大都升级为地方特色的菜肴，武昌鱼、河湖虾、鸭脖子、排骨藕、炒菜薹，都升级换代了，口味也多少变了点。

说到吉庆街，这些小吃倒是其次，等到喝了几杯"白云边"或者"黄鹤楼"之后，我们面色潮红，各色本土演员就出现了。这才是吉庆街的一大特色。过去在吉庆街老街，我发现吉庆街的艺人成分非常混杂，有给人画像的，有几个小姑娘组成乐队唱摇滚的，有说笑话的，还有各种曲艺节目表演，什么豫剧、黄梅戏、湖北戏曲小调等等，这些土和洋、雅和俗、老和少、唱与画都混杂在一起，真是一种文化大混俗，有趣极了。他们就一直这样穿梭在各个酒肆和饭馆餐厅之间，拿出节目单让你随便点唱。其中，有个叫麻雀的艺人，比较著名。他拉着一个类似三弦的土乐器，身形干瘦，嗓音嘶哑得很独特。麻雀可以根据现场，察言观色，给每个客人现编歌词，然后，把你的特点唱出来。自然，他的唱词有急智和口才，也有调笑和调侃，总之，让你觉得高兴、热闹和有趣，他就兴奋了，也就赚到钱了。不过，受文化层次的影响，无外乎以恭喜你升官发财得富贵为主要口彩。据说，他是一个江西人，在吉庆街上唱了几年，颇受欢迎，挣了不少钱，在老家已经盖起来了气派的二层楼。这一次，我们也先后请了四五拨艺人来演唱，我的感觉也是升级换代了。

我忽然想，像这样的艺人，从古到今都是存在的，他们生活在市民阶层里，用自己独特的技艺混一口饭吃，养活家小，也变成听过他演唱的人的鲜亮的记忆。吉庆街并不长，也不大，但是，它的热闹非凡和浓烈的人间烟火气，它的世俗风景和各色面孔的突然隐现，成为我在武汉的一抹鲜红记忆。

作为武汉的缩影和象征符号，还有武汉新天地，还有琴台文化公园、昙华林艺术城、武汉江滩、武汉新港、黄鹤楼、归元寺、楚河汉街、首义广场，以及高铁站、武钢新区、琴台大剧院等，都在不断地丰富着武汉的城市内涵，给武汉带来了新鲜的发展亮点。

这一次，我是乘坐高铁从南边的广州前来。我还乘坐了武汉地铁，走了过江隧道，还在武汉长江上的三四座大桥上穿梭而过。我真是感觉到，武汉是个大武汉，她变大了，变高了，变繁华了，变时尚了，变得有内涵了，变生动了，变得高端大气上档次了。武汉，大武汉，以三镇的规模铺展在大地上，在长江和汉江交汇形成的冲积平原上崛起。她的雄心壮志，她的热气腾腾，她的炎热与娴静，她的世俗与大气，她的灵气与豪气，构成了武汉的丰华性格。大武汉，必然会铸造新的生活形态，在中国中部抢先崛起！

马可·波罗的启程

——泉州小记

我曾经仔细读过《马可·波罗游记》，还沿着他走过的道路，画出了一幅由地点构成的手绘地图。

马可·波罗是忽必烈在位的时候来到中国的，他到达中国，首先受到了他父亲的影响。他的家庭几代人都经商，因此有着商人对新事物的敏感和好奇心。他的父亲就曾经带着弟弟，也就是马可·波罗的叔叔，前往现今俄罗斯伏尔加河下游一带、当时的钦察汗国的首都萨莱做生意。因为一路上战事频繁，他父亲和他叔叔南下东进，到达了当时的察合台汗国的不花剌，也就是现在乌兹别克斯坦的布哈拉住了几年，恰巧遇到了伊利汗旭烈兀派往上都，去给忽必烈处送信的使团，就一路随行，来到了上都，受到了忽必烈的接见。

后来，马可·波罗的父亲和叔叔跟随带着忽必烈给罗马教廷的国书的特使前往罗马，半途中那个元朝使臣染病而死，国书被托付给他的父亲和叔叔。他们一路西行，打算觐见教皇，但在十字军控制的地区，听说教皇去世，新教皇还没有诞生，就返回了威尼斯。

这时，马可·波罗已经 15 岁了。父亲的归来能够让我们想见俄狄浦斯的归来一般的盛大，在年轻的马可·波罗的内心里唤起的激情。父亲和叔叔，他们俩一定给自己的儿子和侄子马可·波罗讲述了这一路东行的东方见闻，引起了马可·波罗的极大兴趣。少年马可·波罗就是这样萌发了要远游的梦想。

几年之后，他的父亲和叔叔带着马可·波罗觐见了新教皇，并作为教皇的特使，前往元上都拜见忽必烈。他们沿着陆上丝绸之路，最终在 1275 年抵达了上都，见到了忽必烈。

对于马可·波罗的父亲和叔叔来说，他们是第二次见到了忽必烈大帝，这次来是复命来了，带来了教皇的信件。而对于马可·波罗来说，则是人生的一次最大的探险，最远的远游，最新鲜的观察和最深入东方的见证。在中国的那些年月里，他作为随员，到过中国的很多地方，西北的西安，西南的成都、大理，胶东半岛的济南，江南的扬州、镇江、杭州，以及南闽的福州和泉州，都留下了他的足迹。

1291 年，思念故乡的马可·波罗一家三人，从泉州启程，沿着海路回程。经过了两年多的时间，他们抵达了忽里模子。1296 年马可·波罗回到了家乡威尼斯，在一次海战中被热那亚人俘虏，在狱中讲述了自己的远游见闻，特别是在中国那么多年的见闻，由一个狱友、碰巧是个作家整理成书，1298 年写成。

马可·波罗的游记经过了学者的研究，证实了其真实性，虽然这本书有夸大的成分，但其中记载的很多历史大事，都是吻合的。在《马可·波罗游记》中，有一段写到的，是泉州的景象：

宏伟秀丽的刺桐城，在它沿岸有一个港口，以船舶往来如梭而出名……这里的胡椒出口量非常大，其中运往亚历山大港以供应西方各地需要的数量却微乎其微，恐怕不到百分之一。刺桐港是世界上最大的港口之一，大批商人云集在这里，货物堆积如山，的确难以想象。

　　马可·波罗看到的泉州，在那么久远之前，就已经是世界上的大港和货物集散地了。来到了泉州，在马可·波罗启程的码头，我看到的是一片空茫。我似乎看到了马可·波罗一家所乘坐的大船，帆影远去的情景。在中国待了十多年，在他内心里，涌动的是一种什么样的别愁离绪？

　　如今，这个码头废弃了，但新泉州港早就突破了一亿吨的货物装卸量。

　　泉州的商品经济是在宋代以后急剧发展起来的。根据历史记载，泉州出口的商品主要有瓷器、丝绸、金银、铜铁、其他金属制品、漆器、化妆品原料、大黄、白矾、朱砂、樟脑、茶叶、大米、烟叶、糖酒等等。其中，最大宗的商品，还是丝绸和瓷器。这也是为什么泉州是海上丝绸之路的起点。在泉州进口的货物也很多，从非洲、阿拉伯、中东和印度、东南亚一带进口的货物非常多，但以香料和珍珠等海产品为大宗。

　　当时，世界上有两大港，一个是亚历山大港，另一个就是泉州刺桐港。自从明代后期海禁之后，这里就一落千丈，繁盛不再了，一直到改革开放时期，泉州才再度焕发了生机，并将在未来的国家"一带一路"建设的蓝图里，再现辉煌。

在泉州的码头，马可·波罗登上了归程的大船，启航了。在那个年代，经过了唐代和宋代中国天文学和导航术的发展，在大海上航行，除了靠指南针，还有别的方法。我可以想象马可·波罗一定是学习了中国人在那个年代发明的导航术。

在茫茫的大海上，马可·波罗要回到家乡，他首先学习到的，就是望着日月星宿前进。东方大陆基本是南北走向，因此，只要是望见北极星，就能够不断前进。但当马可·波罗穿过现在的马六甲海峡，进入印度洋之后，海岸线十分复杂，且沿着大陆边行走，路程太长，需要截弯取直，马可·波罗依靠的，是一把中国人发明的尺子。那种尺子叫作量天尺，也就几十厘米长，有格子和刻度，专门用来测量北极星，然后计算出夹角读数，就能判断出海船的位置了。

马可·波罗能够回到家乡，可以依靠的第二种航海技术，就是指南针。我猜测在马可·波罗乘坐的那艘四桅十二帆的大船上，一定安装了固定支点的指南针。马可·波罗需要时不时地看看指南针的状态，然后判断船的位置和走向。

马可·波罗还有可能拿着一本《海岛算经》，这是唐代数学家李淳风所著的一本书，通过这本书，能够计算出岛屿和岛屿的距离，通过两次观测计算的"重差法"，就能知道船所在的位置了。马可·波罗不光可以手拿一本《海岛算经》，还可以依凭经验丰富的水手的目视心记，依赖一些当时就出现的画在皮子上或者厚纸上的海图来导航，让自己乘坐的大船顺利返航。

后来，在威尼斯被俘后，马可·波罗在监狱里对那个拿着鹅毛管记录他的见闻的作家说的话，开头可能就是：

那一年的那一天，我离开刺桐港的时候，我看到了港口上到处都是帆船，我们的四桅十二帆船起航了，我将离开这个国家，我将以新的方式，你记录我说的见闻将变成书籍，重新返回那个有着广袤的国土和山川秀美的伟大国家。

　　后来，马可·波罗的游记果然回到了中国。站在马可·波罗启程的港口，我的思绪纷飞。我仿佛看见了马可·波罗所乘坐的四桅十二帆的大船逐渐远去，他带着对东方中国的纷纭记忆，依依不舍地与我对望。

　　对于探险家来说，对未知世界的探寻是他们的动力，而对于作家来说，想象力将使历史、现实和未来打通，并且创造出一个文学的瑰丽世界。

粤北天地间

一

广东最北面的地方是韶关。韶关，听上去就是一个充满了希望的地方，韶字的本义是尧舜时代的音乐乐曲的名称，引申为"美好"的意思。因此，"韶"字，有着初升的朝阳的明媚和灿烂感。传说是舜当年登临了丹霞名山韶石山，在那里奏了韶乐。明清时代，这里设立了三个税关，就得名为韶关。这里是北方通往岭南的最后关口，过了韶关，就是岭南大地了。

我没有来过韶关，但韶关很令人神往。这里是广东的北部山区，经济欠发达，交通也不很方便。好在通了高铁之后，交通有了改观，我这一次去往韶关，就是从北京一路南下，直接抵达韶关的，高铁也跑了8个多小时。不过，坐高铁有一个优点，就是不用怎么操心延误，也不担心行程被耽误，虽然路程要用8个多小时，比较疲劳，但是坐飞机来的话，就是另外一种折腾了：要提前一个多小时去首都机场，办理登机牌、安检要一个小时，空中飞行两个半小时才到达广州，到了广州，再坐高铁或者汽车来韶关，还要再用去一个小时多。这样一算，也是七八个小时，差不多，还不知道飞机会不会晚点。所以，还是坐高铁更靠谱。

我查了资料，在韶关，古代就有人生活在这里。12万年前，如今被考古学家命名为"马坝人"的原始族群，就在这里繁衍生息了。马坝人依靠狩猎和采集野果野菜谋生，有着原始人的基本生活习性，是中华古人类的早期类型。

马坝人遗址，位于韶关市曲江马坝镇西南约3公里处的狮子岩一带。狮子岩是两座石灰岩孤峰，远看就像伏地的两头狮子。山中有纵横交错的溶洞。1958年，当地农民在溶洞中挖石头，偶然发现了古人类的头骨化石。经过考古专家鉴定，被定为是直立人向智人过渡的早期类型人类化石，根据出土地点，命名为马坝人。

马坝人化石被鉴定为一个中年男性个体，这块化石是一块头骨的一部分。经过考古学家后来的复原头骨模型来看，这个马坝人的额骨比顶骨长，颅骨骨壁较薄，脑量较大，估计超过北京人，是直立人转变为早期智人这一重要环节的代表。马坝人头骨化石是华南地区唯一发现的早期智人化石，有助于研究古人类在粤北地区的活动和当时的地理气候及生态环境，填补了岭南地区古人类遗存发掘的空白。

二

韶关的地形特征也很鲜明。千万年以来，缓慢的地质运动，让这里具有了奇特的地形地貌。比如丹霞山，其山石呈现褐红色，它的陡峭和秀丽世所罕见。尤其是一块阳元石，酷似男性生殖器昂扬地立在天地之间，红赤赤黑乎乎雄赳赳气昂昂。来到韶关去丹霞山的人，必看阳元石。奇巧的是，距离阳元石不远的地方，沿着山道一拐，就到达了阴元石，一道天然的缝隙浑然天成，酷似女性生殖器那生命之门。大阴唇小阴唇逼真再现，阳元阴元，天地交欢，阴阳和谐，这是天道人伦，连大自然都要模仿造物的根源所在。

丹霞山是这里的风景名胜。位于广东省韶关市仁化县境内，在这里，锦江自北向南穿境而过，风景区由本体山峰和外围景观两部分组成；东起僧帽峰，南抵屯军寨，西至观景亭，北到凉伞石。丹霞的地貌是指红色砂岩经过了长期风化剥离和流水侵蚀之后，形成的孤立的山峰和陡峭的奇岩怪石，主要成长于侏罗纪至第三纪的红色地层中，以广东北部的丹霞山最为典型。

大约在距今 6500 万年前，地质公园所在的地区受到了地球构造运动的影响，产生许多断层之后，使整个丹霞盆地变为剥蚀地区。距今约 2300 万年前开始的喜马拉雅运动使得这一地区也跟着抬升。在漫长的岁月中，间歇性的抬升作用使得地貌发生了巨大的变化，巨大的地质作用以时间的恒心，将丹霞山区塑造成现如今的 680 座错落有致、形象万千的山石山峰，成为让人叹为观止的自然奇观和内心外化的审美境地。一般情况下，来到了韶关，要是不看看丹霞山，那就等于你没来。尤其是阳元石和阴元石，也都是男女必看之地，这里是大自然和人能够共同领会的生殖崇拜之所。

三

古代中原文化南下和楚文化交流融会，再往南走，就是遍地瘴疠的岭南大地了。从唐代开始，流放岭南这个鸟都不拉屎的地方，是很多文人的最后归宿。比如苏东坡，被流放到惠州，他也是要翻越这韶关大山的。他在惠州留下了那么多美好的文章和故事。韶关本土也出了不少大文人，从唐代到清代，这里出了进士190多名，最有名的，当属唐代宰相张九龄。我记得小时候就背诵过张九龄的一首爱情诗《望月怀远》：

> 海上生明月，天涯共此时。
> 情人怨遥夜，竟夕起相思。
> 灭烛怜光满，披衣觉露滋。
> 不堪盈手赠，还寝梦佳期。

这样的诗，尤其是前两句，成了千古名句。是张九龄留给我们的千古相思啊。

来到韶关，要去梅岭古道，传说梅岭古道是张九龄修筑的。张九龄作为唐代开元朝的一代名臣，现在，在仁化县还保留有张氏古祠，纪念着张氏一族的丰功伟绩。

张九龄出生于世代仕宦的家庭，他的曾祖父张君政，曾任韶州别驾；祖父张子虔出任过窦州（今广东信宜市）的录事参军；父亲是索卢县（今广东新兴县）的县丞，可见他家三代都是中下级官吏。张九龄幼时聪明敏捷，擅长写文章。9岁知属文，13岁就写出了好文章。

公元707年，张九龄赴京应吏部试，才堪经邦科登第，被任命为秘书省校书郎。后来，唐玄宗任命张九龄为左拾遗。他不畏奸相李林甫，提醒皇帝对节度使安禄山保持警惕，因此而受到了打压。后来遭到排挤，辞职后回到岭南老家住了一年多时间。他并不闲居，而是想为家乡办点实事，回家不久，就向朝廷递了申请，请求修建大庾岭路。因为过去张九龄和很多人一样，每次出入岭南地区，都要走这必经之路，对大庾岭梅关山岭崎岖、道路难行的险阻，十分痛恨。而开凿梅关古道，改善南北交通对于唐王朝来说也很必要，他的建议得到朝廷批准，于是他自任开路主管，趁着农闲征集民夫，开始开凿工程。为此，张九龄亲自到现场踏勘，指挥施工。古道修通后，全长十几公里，路宽近17米，路两旁种了很多松树，后来有人种了梅树，如今，到了冬天和春天，梅花开遍了山岭，成为这一地区最美丽的风景。

　　张九龄的文学成就，尤其是诗歌成就也很高，具有一种雅正冲淡的气质，对岭南诗派的开创起到了重要作用，比如《感遇》《望月怀远》等作品文辞清丽，情深意长，成为千古佳作。

四

　　在韶关，南华寺是必去之地。南华寺是中国佛教名寺之一，是禅宗六祖惠能弘扬"南宗禅法"的发源地，被誉为岭南禅林之冠。惠能是禅宗开山祖师达摩在中国的第六代传人。相传，达摩从印度来到北魏，提出一种全新的佛教修行方法。他的这一禅法传给了慧可，慧可又传给了僧璨，然后僧璨传给了道信，道信传给了弘忍，也就是五祖。相传，在武则天时期，五祖弘忍在湖北黄梅的东山寺弘法，快要圆寂前，他想找个能够传法的接班人。最后，经过了偈子的较量，他的大弟子神秀败下阵来，他将衣钵袈裟传给了惠能。之后分成南北二系。神秀在北方传法，建立北宗；惠能在南方传法，建立了南宗。

六祖惠能在南华寺创立了本土新禅宗，而北宗神秀一支，不久就渐渐衰落了。惠能的南宗，经过了弟子神会等人的大力推广，加上当时朝廷的支持，取得了禅宗的正统地位，因而成为中国佛教的主流，流传至今。公元713年，惠能和尚坐化，享年76岁。他的门徒搜集了六祖的语录，印成了著名的《六祖坛经》。此后，中国禅宗又从东亚传到了东南亚，乃至全世界。每年，都会有大批国外的佛教徒前来韶关的南华寺朝拜惠能。

南华寺坐落在曲江区的曹溪之畔，距韶关市区20多公里。寺庙宇依山而建，殿堂结构严密，主次分明。第一道山门是曹溪门，然后是放生池。池上建了一座八角形的五香亭。宝林门是第二道山门，山门门联上写着"东粤第一宝刹，南宗不二法门"，横批是"宝林道场"。

这南华寺里最重要的，是有着六祖的真身像。这是南华寺里顶级珍贵的文物。六祖真身像如今供奉在六祖大殿内，坐像高80厘米，是以六祖惠能的肉身为基础，夹纻法塑造而成。我曾经在九华山见过好几尊肉身高僧像，但似乎都不及这六祖真身像给人的震撼大。

南华寺内现存了木雕五百罗汉造像，这是中国现存唯一的宋代木雕五百罗汉群像。南华寺里还有千佛袈裟，据说是罕见的唐代传世刺绣，绢底呈杏黄色，上面绣有一千个佛像，佛像形态全部为结跏趺坐式，佛像手势千姿百态，有入定、接引、说法、合掌等，面目清晰可见。

五

我看到，在韶关市区整洁干净，树也多，空气也好。我这次来，要去梅岭那边走走，还要去红军长征走过的一些山区转一转。当年，红军从江西瑞金开始长征，先是南下翻越了韶关这一片山岭，进入广东北部，然后又向西走，从韶关进入湖南境内。这样曲折的路线，也是当时形势逼迫，红军要在长征中不断地寻找战略缓冲地带，在战术上也要给国民党追兵以迷惑。

看了南华寺，第二天，就去梅岭了。我上中学的时候就知道梅岭，是因为有陈毅的《梅岭三章》，我还会背诵。这一天，天气十分炎热，8月的天气简直热死人。这时候来梅岭，肯定不是季节。到达梅岭山脚下，正是中午时分，骄阳似火，我们沿着一条山沟往上面走，两边都是绿树葱葱，很多梅树长得很好，但不是梅花盛开的季节。

上山路最不好走了，全部是山石路。这条道是一条古道，从古至今，从江西到广东，这是一条必由之路。走啊走，走得汗流浃背，当地的朋友说只有几百米，我看这上山路一定走了有两千米，终于，我走了上去，眼看到了梅岭的关口了，这里有泉眼，有凉亭，还有一块似乎是明代某个文人官员写下的诗碑，竖在旁边的山石上，没有人关心它。我后来查阅了不少资料，也没有看到这块诗碑的由来。

接着走，一阵凉风吹了过来，前面的人很多，有一个穿着当年红军的灰衣服的中老年怀旧拉练的队伍，抵达梅岭关口了，一阵阵的喧哗笑语。

到达梅岭关口了！一道估计是明代修筑的关口，果然是兵家必争之地，也是税官必守之处，当兵的把在这里，税务官收税，谁也跑不了。因为是关隘之处，在山道上，阴凉处一阵阵清风从江西那边吹过来，沁人心脾，心也一下子凉爽了。走过去，但见山下那一片阳光白花花的照耀之下，有一座县城规模的城市浮现了出来，看样子有个七八公里远，一问，那里是江西大余县，那里生产钨矿。

梅关古道位于广东省南雄市约 30 公里的梅岭顶部，相传，梅岭这个地名是根据南迁越人首领梅绢的姓氏命名的。梅岭自越人开发后，成了中原汉人南迁的落脚点，逐步在梅岭生根开花，向岭南传播开去。梅岭的梅花树遍布岭南岭北，每到冬天梅花怒放，漫山遍野，成了梅花的世界。

我在前面说了，张九龄曾向唐玄宗谏言，请求开凿梅岭古道，经过艰辛努力，终于开通了大庾岭古道。在古道上，有座夫人庙，它是后人为纪念张九龄夫人戚宜芬为支持丈夫的事业而建造的。梅关古道如同一道城门，将江西和广东两个省份隔开来。现存的一座关楼，始建于宋嘉祐年间，砖石结构，十分雄伟，门额则写着"岭南第一关"字样。梅关在古代也是个收税的关卡，这里设过税卡、厘金卡以课取盐税和南北往来的货物税，可见其一夫当关，万夫莫开的气势。

梅岭古道是全国保存得最完整的古驿道。古道路面整齐地铺着鹅卵石，光可鉴人，可见古今多少人在上面杂沓而行。古道开通后，梅岭古道成了连接南北交通的主要孔道。

梅关古往今来都是兵家必争之地，历史上许多英雄豪杰都在这里留有战迹。孙中山领导的北伐军两次入赣，都是经过梅关，毛泽东、朱德也曾率领红四军攻占梅岭。红军主力开始长征之后，陈毅、项英从中央苏区突围，在这里建立了以梅岭为中心区域的游击根据地，坚持了三年游击战，陈毅写下了《梅岭三章》等光辉诗篇。

陈毅在梅岭带领士兵与敌人周旋，几次遇险。梅岭山势崎岖，草木繁茂，容易隐藏。古驿道在 20 世纪 30 年代已经废弃，人烟稀少，而从这里，红军可以看到江西大余县城里的国民党军的动静，有利于陈毅开展游击战争。所以，陈毅选择此处作为游击战的核心地区。1937 年 5 月间，国民党军出动大批人马到梅岭搜山，并放火焚山，企图把游击队烧死在山里，可是很巧的是那一天傍晚，梅岭上下了一场大雨，把山火浇灭了，陈毅从灌木丛中安然无恙地脱身了。

六

从梅岭古道一路南行，到达现在的南雄市珠玑巷，珠玑巷已经有 1300 多年的历史了。从唐代开始，到五代的混乱中华，再到北宋和南宋，离乱的朝代里，都有北面来的逃难之人、南迁之人，来到了这个珠玑巷，从这里再度出发。据统计，从珠玑巷汇聚起来的老百姓，一共有 175 个姓氏。然后，他们在时间的长河里，纷纷从珠玑巷再度出发，继续往南走！不管南边有没有瘴疠，不管南边是否到达了大海的边上，就像当年山西的大槐树那样，从大槐树下往各地发放流民、迁徙之民，珠玑巷也一样，北面来的人在这里聚集起来，从这里出发，朝着他们心目中的幸福生活的梦想之地出发。

珠玑古巷并非因产美玉而得名。不过，更多史料记载，珠玑巷这一名称的得来，与唐敬宗的珠玑赏赐有关，但它的开始兴旺与玄宗时张九龄开挖的梅关古道密切相关。梅关道沟通了长江与珠江两大水系之后，使南北交通顿时通畅，而依踞梅关道的珠玑巷也夹道成镇，古代称沙水镇，成为南来北往旅客的歇息地，上升为大庾道上最重要的驿站。明末屈大均所写的《广东新语》里说：

> 珠玑巷名，始于唐张昌。昌之先，为南雄敬宗巷孝义门人。其始祖辙，生子兴，七世同居。敬宗宝历元年，朝闻其孝义，赐予珠玑绦环以旌之，避敬宗庙讳，改所居为珠玑巷。

珠玑巷如今依然是一副古朴风貌。珠玑巷目前有三街四巷，即珠玑街、棋盘街、马仔街，还有洙泗巷、黄茅巷、铁炉巷、腊巷。现在住着381户人家，1742口人。现有的姓氏为何、谢、曾、黄、钟、赖、刘、陈、郭、周、董、雷、戴、张、杨、欧阳、李、王、熊19姓，其中，雷姓是畲族，其余诸姓均为汉族人的姓氏。珠玑巷镇还保留着百家姓文化，来到这里的人姓什么的都有，然后继续南行，成为广东和海南岛的新居民，成为广西、广东、港澳、海南和东南亚一带的移民。悠悠珠玑巷，历史何其长，这里向南方，他乡做故乡！

七

在韶关，我们探寻和踏访的重点，是当年红军那跋涉的艰难足迹。1933 年，国民党展开了对瑞金中央革命根据地的第五次"围剿"，来势汹汹，采取了铁桶战略，一步步地包围过来。1934 年 10 月，8 万多红军从江西瑞金出发，进行了战略转移。自此，举世闻名的红军二万五千里长征拉开了壮丽的序幕。

红军西行的路线，一直在江西和广东交界之处艰难穿行，在南雄的界址、乌迳不断与国民党军队展开战斗，然后进入韶关仁化县北部的长江、城口和红山三镇，和国民党军队展开激烈战斗，这里又是广东和湖南的交界处。城口镇是秦汉时代就有的古镇，地势险要，是扼守南北的要道。

在这里红军奇袭了城口镇，获得了一场战役的胜利，为了主力部队能在城口休整，红军一部迂回南下到达铜鼓岭，在那里阻击闻讯赶来的广东国民党部队，在铜鼓岭展开了激战，红军在铜鼓岭的阻击战相当激烈，战斗持续了两天一夜，红军牺牲了 140 多人之后，顽强阻击住了广州赶过来的国民党军队，打乱了国民党军企图夺回城口的计划，继续掩护红军主力向西进发，铸造了红军军魂的坚强和勇毅。

我们在下午时分到达了铜鼓岭 1934 年红军战斗的地方。现在，在铜鼓岭的天空下，竖立起来了一块铜鼓岭红军烈士纪念碑，用来纪念当年牺牲在这片热土之上的 140 多名年轻的红军战士。这个时候，本来十分晴朗的天空忽然阴沉了起来，竟然下起了小雨，仿佛天空也在洒泪，也在默哀，为 1934 年的英烈而悲哭。我们在红军烈士纪念碑下默哀，默默地纪念着当年的那些勇士们。

红军从仁化县继续西行，进入乐昌县，不断在南北方向来回移动，在广东和湖南境内来回穿梭，目的就是为了进行西征的真实的战略转移的目的不被泄露。因此，粤北的韶关是红军当年长征路上最开始出发的一段很重要的阶段，在这个阶段，红军还没有想好要去的最终目标，只是边打边往西走，在粤北突破了国民党陈济棠的广东军阀的部队设立的三道防线，打击了陈济棠的力量，前后战斗了20多天，最后于11月13日，大部队离开了广东，顺利进入湖南境内。

在湖南，更为严酷的湘江之战，正在等待着考验红军的意志。当然这是后话了。红军在粤北一带几个县的战斗，留下了很多可歌可泣的故事和标语、文物，这是红军长征留给广东的重要精神财富。万里长征从头起，五岭逶迤过粤北。粤北韶关因此而成为红色文化和红色记忆的重要地区。

我们来到了乐昌县龙王潭的深山老林里，沿着崎岖的山道，越走路越窄，一路走一路感叹当年红军在这里穿行的不容易。龙王潭是一潭活水，在山顶下面，哗哗地响着，我们抵达了那里，看到了龙王潭，从这里翻越山巅，很快就将进入上西坑，再往北就是湖南境地了。

八

快离开韶关之前，我在仁化县的夏富古村，看到了当地的一种奇特民间文化"装故事"表演。这对我这个作家来说，十分新鲜。一群人以脸谱化和服装装扮成一个故事的人物组合，至今已经有 700 年的历史。每一出"故事"，都有完整的故事情节，在"故事"架上一般有两三个小孩子穿着戏服，画着脸谱，这些脸谱文人、武将都有，大抵上是关羽、孙悟空、武松等人，扮演故事的主要角色。然后由四个大人扛着这"故事"架走街串巷，孩子们在"故事"架上表演故事。一般这样的"故事"架都不一样，有几十个"故事"架，浩浩荡荡地连接在一起，前后簇拥着很多人，多达上千人敲锣打鼓，放鞭炮。人们也给途经的"故事"架上的孩子们送上糖果和糕点，来祈求来年的平安幸福祥和、五谷丰登、风调雨顺、国泰民安、阖家幸福。

青稞酒与青海湖

一个朋友说，你到了青海，要先喝青稞酒，再看青海湖。

的确是先喝了青稞酒，再看了青海湖。今年 5 月，在青海西宁互助县天佑德青稞酒厂的赞助下，我们杂志主办的第二届全国青年作家批评家主题峰会圆满举办。而全国各地与会的作家、批评家，就住在天佑德青稞酒厂的宾馆里。

这个宾馆在酒厂的大门边，很安静，我们到的那一天，忽然天降瑞雪，将摇曳和怒放的丁香的花香撒布得到处都是，混合着雪花，实在是春雪花开映春冬，桃花梅花一样红啊。我作打油诗的兴致又高起来了。不过，我对中国白酒一向有兴趣，本来就是善饮者，同时我这些年还明白了中国的酒不光是酒，也是文化酒。比如茅台，比如其他中国本土酿造的好酒，没有一样不是与我们的文化有关系的。

这青稞酒产于雪域高原，同样是一种独特的文化酒。第二天上午，我们在天佑德青稞酒厂参观，看到了堆积、发酵、蒸馏、储存、勾兑、包装等各个过程，还有这家酒厂特别的一套科学检测实验过程。这是一家严肃认真地做好酒的企业，企业的员工和管理者，都给我一种十分敬业、专业和职业的印象。我这些年去了不少的酒厂，知道了很多酒的生产过程和酿造、储存方法，感觉到天佑德生产的青稞酒，尤具独特的滋味和特点。

青稞酒的产地在我国分布比较广，有青海、四川、云南、甘肃、西藏等地。其实，我知道，在雪域高原，几乎家家户户都能自己制作简易的青稞酒。酿造前，要选好颗粒饱满、富有光泽的青稞，用水浸泡一夜，然后放入大锅中，加水烧煮两小时，再将煮熟的青稞捞出来，晾去水汽后，把发酵曲弄成粉状，均匀地撒上去，搅拌好，装进坛子，密封贮存。如果气温高，一两天后取出来，就是青稞酒了，和我们的醪糟是一样的，即时饮用。

我站在酒店的房间阳台上，可以看见互助县威远镇四面环山，自然生态很好，是一个无污染、水源充足的小盆地，这样洁净温和的自然环境，形成了独特的酿酒微生物圈。互助天佑德的青稞酒，是以高原上特有的粮食作物青稞作为原料，继承了古老传统的生产工艺，大力引进现代技术装备，用无污染的天然优质矿泉水进行科学配料、精心酿造，再放入这家厂子独特的不锈钢储存罐、橡木储存罐以及一种竹子和藤条编织而成的大型储存罐里，储存经年，让青稞酒的性子慢慢地变化，让微生物、细菌互相作用，让酒体缓慢地产生芳香和各类有益于身体的元素。这个蒸馏和储存酒的过程，真的是世间一切好事物诞生的过程，需要的是时间，需要的是岁月慢慢地浸染。

青海互助天佑德酒厂的青稞酒，这些年声名鹊起，我在坐飞机的时候，常常可以从很多飞机杂志上，看到这家酒厂做的彩色插页广告。青稞酒喝起来，清新淡雅，纯正自然，绵甜爽净，还不上头，因此，在当前竞争激烈的酒类行业中可谓独树一帜，在中国的西部地区也是大旗招展。由于使用的酿酒原料是青稞，这是高原独有的粮食作物，青稞含有的葡聚糖含量，是小麦的50倍。这种物质对结肠癌、心脑血管病、糖尿病有预防作用，此外，还含有丰富的膳食纤维含量和独特的支链淀粉、硫胺素、核黄素、烟酸、维生素等等。这些元素和物质，都是青稞酒厂的科研人员，邀请中国科学家前来一同仔细地检验得出的。同时，青稞酒还含有微量元素钙、磷、铁、铜、锌、硒等。

传说，是山西的客商带来了杏花村的酿酒技术，在互助县，用上好的青稞熬出了青稞酒。因此，我喝起来，感觉这互助青稞酒也属于汾酒类的清香型酒，香味淡雅，酒液清澈，爽口利心，明目润肺。因此，在互助县这一天喝了不少青稞酒，感觉是脚底下踏着祥云，忍不住就唱起歌来了。

开了一天的会，评选出了当年的年度青年作家和批评家，又过了一个夜晚，我们早早起来，前往青海湖游览。大巴从互助县出发，经过了西宁郊区，前往青海湖。这条公路是进藏的要道，海拔逐渐升高，到了日月山附近，我们都有了明显的高原反应，原来这里的海拔已经是3000多米了。我的感觉就是走路气喘，脑袋有点发紧。汽车爬坡是缓慢的，不到200公里的路，走了4个小时，8点出发，12点我们到达了青海湖的边上。

远远地看去，青海湖如同大地上的一面蔚蓝的毯子，就那么平平地铺展在荒原上，四周是辽远的群山的淡淡的山影。我看这青海湖，怎么都像是一片大海。难怪在高原上，要是有湖泊，一般都叫作海子。

青海湖古代称为"西海"，藏语叫作"错温波"，意思是"青色的湖"。史料记载，青海湖一带早先属于卑禾族的牧地，所以又叫"卑禾羌海"，汉代也有人称它为"仙海"。从北魏起，更名为"青海"，1949年后才普遍称青海湖。青海湖是我国最大的内陆湖泊，也是中国最大的咸水湖，有4300多平方公里，环湖周长360多公里，平均水深19米多，最大水深28米，湖面海拔为3260米，难怪我走在这里头晕眼花。

站在湖边放眼望去，天高地阔，今天的天气非常好，非常晴朗，这里视野辽阔，高原草甸广袤无边，河流众多。湖水烟波浩渺、碧波连天，真像一块巨大的昆仑玉。

站在湖边，这里的光照十分强烈。我们沿着湖边修好的木板路行走，先来到了青海湖国际诗歌节的一个雕塑园里参观。从2007年开始，在著名彝族诗人、青海省委宣传部部长吉狄马加的力推下，青海湖国际诗歌节已经成功地举办了四届，评选出当代世界和中国最杰出的诗人，获得金羚羊奖，并在青海湖边上修建了诗歌节的纪念墙和纪念雕塑园。在雕塑园里，世界各国的大诗人的塑像围了一圈，大都是站立着的，或沉思低吟，或仰头长啸。纪念墙上，每一届的与会诗人的签名密密麻麻，我看到了我熟悉的很多当代诗人的名字。

青海湖国际诗歌节，如今已经成为全球最著名的几大诗歌节之一，也给青海和青海湖带来了丰富的文化内涵，给青海湖这一自然景观，带来了文化的意蕴和诗歌的灵动。

青海湖是一个构造断陷湖，是距今200万~20万年逐渐形成的，形成初期，这里是一个大淡水湖泊，与黄河水系相通，湖水通过东南部的倒淌河泄入黄河，是一个外流湖。后来由于新构造运动，周围山地强烈隆起，原来注入黄河的倒淌河被堵塞，青海湖遂演变成了闭塞湖。加上气候变干，青海湖也由淡水湖逐渐变成咸水湖。北魏时青海湖的周长号称千里，唐代为 400 公里，清乾隆时减为 350 公里。在布哈河三角洲前缘约 20 公里处有古湖堤遗址；距湖东岸 25 公里处的察汉城（建于汉代），原在湖滨。

朋友告诉我，青海湖的补水来源主要是冰雪融水形成的河水，其次是湖底的泉水和降水。湖周围大大小小的河流有 70 多条，主要有布哈河、沙柳河、乌哈阿兰河和哈尔盖河，这 4 条大河也是鱼类洄游产卵和鸟类较集中地区。

我在岸边看到了两枚鱼雷形成的一道拱门，一问，才知道这里是一个著名的鱼雷发射试验场。我军最先进的鱼雷设计和实验竟然都是在这高原湖泊中进行的。

青海湖还有一个著名的鸟岛，又名小西山或蛋岛，因鸟蛋遍地故名。鸟岛位于布哈河口以北 4 公里的地方，岛上的植被丰富，主要有二裂委陵菜、白藜、冰草、镰形棘豆、西伯利亚蓼、嵩草、早熟禾等，因此很适合鸟类的栖息。青海湖鸟岛是一大景观，每年来这里的亚洲特有的鸟禽很多，它们在鸟岛上繁衍生息，是我国八大鸟类保护区之首。

在青海湖边转一圈，花了 3 个小时。心境淡然凉爽，视野开阔辽远。中午喝的青稞酒的酒劲还在，我走路飘忽，忽然生出一个念头：扑入青海湖，化作一滴水，在这里进入自然万物的循环往复当中去。

新疆在说

我是新疆

新疆是个好地方，绿洲连连，大漠苍茫，各族人民生活幸福，人们歌舞欢畅。天山南北好牧场，风吹草低见牛羊，雄浑壮阔的大美风景在新疆。

4月10日

在塞上江南的伊犁河谷，春天里的杏花开满了山峦。到处都是勤劳的黑蜂在采蜜，为的是秋天里，这儿瓜果飘香，那拉提的空中草原上，牧民们手拿乐器，弹唱古老的史诗，草原上和河谷中，骏马奔腾。

5月1日

高高的阿尔泰山、天山山脉和昆仑山护卫着准噶尔盆地与塔里木盆地。但天山是个脾气古怪的老头，总是吹着白胡子不给人好脸，还蛮横地切断疆南疆北，让隔山居住的人们无法相见。但1949年新疆和平解放以后，解放军叔叔为南北新疆修建了独库公路，在公路的乔尔玛段，牺牲的解放军战士就在那里长眠。

天堑变通途。从此，四通八达的高速公路贯通天山南北，沙漠公路穿越塔克拉玛干大沙漠，飞机飞越天山，直达和田绿洲。让我们坐着汽车、火车、飞机遍览新疆胜景！

6月20日

喀纳斯湖像一颗蓝色的宝石镶嵌在层层山峦之间。湖面下，兴许会突然浮出一条传说中的水怪，吓得游客们哇哇大叫呢！

7月17日

天山"瑶池"，流传着西王母和周穆王之间的动人故事。但也有人更相信，王母娘娘是个宠爱女儿的母亲，专门为七个仙女挖凿了这么一个冬暖夏凉的浴池。

8月1日

古代的丝绸之路上，从长安到罗马，一路奔走着商队的骆驼和马匹。2100多年前，汉朝就派张骞出使西域。新疆和田出产的玉石早就驰名内地。

有一座汉代的克孜尔尕哈烽燧，如今还站在库车县的戈壁上，诉说着时间的沧桑。

8月21日

吐鲁番的火焰山，是孙悟空从太上老君的炼丹炉跳将出来，蹬翻了丹炉，几块滚烫的炉砖，夹杂着火星落到此地，染红一片山脉。就这样，火焰山成了唐僧师徒西天取经的拦路虎。

火焰山的沙子能烤熟鸡蛋，但不远处的坎儿井却是一个凉爽的所在。古代的智者想出办法，让高山雪水在地底下流动。领略完几千公里的"地下长城"，一抬头，吐鲁番的葡萄已经挂上藤蔓，快来品尝吧！我们跳着、唱着：吐鲁番的葡萄熟了，阿娜尔罕的心儿醉了……

9月9日

你能分得清楚哪个民族的小哥哥戴白色小方帽，哪个民族的小姐姐戴红色金丝绒圆顶花帽，哪个民族的阿姨喜欢在夏天穿上轻盈柔软的艾德莱丝绸？

和田的石榴熟了，各民族的团结也像石榴籽一样，紧紧地抱在一起。

10月1日

"一唱雄鸡天下白，万方乐奏有于阗。"60多年前，75岁的库尔班大叔骑着心爱的小毛驴到北京看望毛主席。今天，我们去和田可乘坐汽车、火车和飞机，再也不用风尘仆仆风餐露宿啦！

10月30日

塔克拉玛干沙漠在风的拂扰下不断移动，乘车在沙漠公路犹如荡舟大洋。这孤独沧桑的地方却站立着勇士家族，胡杨！它们坚毅沉默，号称"生而五百年不死，死而五百年不倒，倒而五百年不腐"。当秋色降临，胡杨树虽干枯龟裂，却顽强地伸展出璀璨金黄的生命。

11 月 3 日

喀什老城里不仅有现代化的生活设施，还有丰富多彩的维吾尔族文化。聪明的阿凡提总是在我们犯懒犯困不动脑筋的时候转悠到我们面前，吹起他弯弯的小胡子，仿佛在与我们说说笑笑。

12 月 28 日

塔什库尔干的塔吉克姑娘在跳着鹰舞。雪山石头城之上，苍鹰在飞翔，岩羊在驻足，雪豹在腾跃。

1 月 7 日

魔鬼城里没有魔鬼，但处处是宝藏。在克拉玛依油田，阳光释放魔法，命令戈壁滩上的雅丹地貌刹那间霞光万丈。可可托海"三号矿坑"既是绿色的丛林，又是蓝色的河湾，记忆着一段奋斗的燃情岁月。

2 月 15 日

在热闹非凡的大巴扎，你可以吃到馕、大盘鸡、羊肉串、手抓饭、拌面，热情的新疆巴郎会对你竖起大拇指：亚克西！新疆饭菜最大的特点就是实诚，大大一盘让你吃个够。

3 月 3 日

巴音布鲁克大草原上的天鹅来了。今年秋天它们又会飞走，但那又有什么关系呢？来年的春天它们还会回来，歌声如春天一般流丽光昌。

3 月 15 日

知道地球的耳朵是哪里吗？罗布泊。有谁能说清这一大片已经干涸的盐壳下埋葬了多少秘密呢？在罗布泊的西部曾有一片生机盎然的文明，楼兰古国。据说本是沙漠里最繁华的地方，却在忽然之间消失得无影无踪。

3 月 27 日

来自北京的高铁，正在驶进乌鲁木齐站，在红山脚下，现代化的新疆首府乌鲁木齐，张开了怀抱，欢迎每一个来到这座城市的人们。国际大巴扎上空的鸽子也飞起来了⋯⋯

去 楼 兰

早就想找机会去一趟楼兰古城，但我知道，进入楼兰所在的罗布泊荒原，是非常困难的，必须要有充足的准备和当地人的引领才能实现。去年的9月，有一个机会，我终于见到了楼兰的真面目。

那是新疆库尔勒市搞的一个胡杨节活动，邀请了不少的艺术家前往采风。先前那拨是画家和摄影家，最后是我们这拨作家诗人。我们几个人头一天飞到了乌鲁木齐，又飞到了库尔勒，住了一晚。第二天清晨，我们从库尔勒市出发，前往若羌县。汽车开了大半天，一路上穿越了美丽的沙漠胡杨林地带和广袤的戈壁滩，还穿越了塔里木河上游奔涌下来的河水所形成的湖泊区，下午2点，我们终于来到了若羌县。这个县的面积有20万平方公里，比东部地区两个省、比如浙江和江苏省的面积加起来还要大，号称"华夏第一县"，但人口只有5万多人，可见大部分县域都是不适合人生活的不毛之地。

当天下午，我们小憩了一下，起来之后，看看天色尚早。到了新疆，晚饭时间自然地往后延迟了2个小时，8点才吃晚饭。于是，由县委宣传部部长简小东陪同，我们先参观了若羌县博物馆，了解到这里的历史文化，看到了著名的楼兰美女干尸，还有成年人和婴儿的干尸。这是我们明天去楼兰古城的预热。

　　接着，我们在县郊的几个农户家里走访了一下。事先也没有告知，就是想随便看看当地农户的真实生活。我们随意地走进几个农家院，和农民聊天。有一户人家只有3个人：一个老太太，一对年轻夫妇，他们正在院子里分拣红枣，大的小的，一级的二级的分开，红枣堆在院子里，我估摸有个十几吨。按照每斤20元的价格，这堆红枣能卖超过40万元，是他们家一年的收成。聊天当中，知道这家人的老家在安徽，他们来新疆也有很多年了。又走了几户人家，可以看到家家户户的院子里都在晾晒、分拣和处理红枣。若羌的红枣这几年异军突起，比和田大枣还要好吃，不大，但是特别甜，还好储存。据说是前后几任的县委书记花费巨大心力抓出来的农产品致富品种，是从河南引进的，在若羌培育出比原种还要好的品种来。一开始，若羌农民不愿意种，因为种红枣见到效益，要好几年之后，还不知道有没有人买。后来，先种植的人发家了，每年都能收入几十万元，结果，现在种的人多了，整个县的农业经济依靠这红枣迅猛地发展起来了。我们又看了郊区的红枣林，到红枣林里和正在采摘的枣农以及外地收购商聊天，切实地感受到当地农民收获的那种喜悦。

　　回到宾馆，吃了晚饭，我们就都早早地睡了，因为第二天早晨6点我们就要出发去探寻楼兰古城了，因此，一夜无话。

　　第二天早上6点，相当于内地的4点钟，我们就起来了。我还睡眼惺忪呢，一到院子里，就发现县里派的三辆越野车都准备好了，大灯闪亮，发动机或轰鸣或低喘，蓄势待发。简小东部长是此行的指挥长，三台车都配备了步话机、汽油、干粮、水、手电筒等各类应急物品，简单分组之后，我们十多人坐上车立即出发了。

越野车在黑夜里疾驰。汽车先是上了一条国道，在柏油路上走了一个小时，这条国道是翻越阿尔金山直奔青海的。大路上，大卡车川流不息，大灯闪烁。我们三辆越野车彼此拉开距离，互相看不见了。从柏油路上下来，又走了几十公里的尘土飞扬、沙石乱飞的砂石路，来到一个路口，我们这辆指挥车停下来，等待后面那两辆车跟上来。我们的车上，简小东、王刚、祝勇和我，加上司机一共5个人。车是号称"牛头"的丰田陆地巡洋舰，非常适合沙漠戈壁的路况。20分钟后，三辆车集合，此时距离出发已经走了2个小时，天色微明，我们继续出发，又走了一段砂石路，我们开始进入罗布泊荒原里了。这时，砂石路结束了，接下来的这一段路很奇特，是用推土机推出盐碱地，然后洒水碾压后形成的那种盐碱平滑路面。这样的路面很结实，比较好走。这一段路又走了几十公里，可以看到很多大型货车开着亮闪闪的大灯，和我们擦身而过。"那都是前方的罗布泊大型钾盐矿的车子。附近还在修一条通往哈密的铁路。"简小东告诉我们。

天色微明之下，我可以看到罗布泊荒原无比广大，在这条平滑盐碱路的某个地点，竖立了一个牌子，上面写了几个大字："军事禁区，不准擅闯"。牌子的左边，有一条也是直接在罗布泊的盐碱地上碾压出来的盐碱路，我们几辆车向左一拐，就进入里面了。我一看表，这时候车子已经开了3个小时了。按照方位来看，我们出发时一开始向东，然后向北走，现在开始向西走了。

这一段路就很难走了，完全是汽车在罗布泊荒原上碾压出来的波浪起伏路。这是我们走的第四段路了。这段路要走几十公里，汽车的时速明显地慢了下来，车速在每小时四五十公里。车轮在盐碱地路面上碾压、飞奔，车轮不断跑偏，我紧紧地抓着把手，身子在车子里不断地弹跳。天色很快变成了鱼肚白色，可以看见远方耸起的阿尔金山那庞大的身躯。接着，是凌晨的那种天青色，慢慢地在天边氤氲，我们的车子像疯狂的老鼠那样在广袤的罗布泊荒原上奔驰，还路过了曾打算徒步穿越罗布泊、结果死在里面的余纯顺的墓地。

我们一路开到了罗布泊"湖心"标志点的中心位置，才停了下来。

我们下了车子。温度在零下十多摄氏度，天气很冷。此时天色大亮，太阳猛地从天边跳跃起来，不是橘黄色，而是白亮的耀眼的白球，升腾了起来，温度也开始迅速上升。万物都开始变得温和了。小风在罗布泊荒原上那令人绝望的一览无余中吹拂。在盐碱地上，我看到地面上到处都是锋刃的盐碱岬角起伏，脚踩上去嘎吱嘎吱响。这就是罗布泊的湖心了，可是，连一滴水都没有，有的是令人绝望的蛮荒，是死寂，是叫天天不应、叫地地不灵的那种孤独。

我兴奋地蹦了起来，在晨光中的盐碱地上练习了几个侧踹动作，由祝勇拍摄了下来。

在罗布泊湖心标志点，竖立有一块黑色的长方形石碑，上面镌刻了"罗布泊湖心中心点"的字样。有意思的是，附近到处都是被砸碎的各类青色、黑色石碑的碎片，连石碑的基座都掀翻了，大概有那么几十座。我捡了几块残碑，发现那都是某些个人或者团队到这罗布泊荒原"探险"，到达这个湖心点后立下的碑。碑文的意思都是表达到达这人迹罕至之处的豪迈之情的。简小东告诉我们，因为这里是军事禁区，距离马兰核试验基地不很远，原则上是不许人随便进入的。因此，是军方将这些石碑全部砸掉了，只留下了一块湖心标志碑。

我觉得砸得好。在这广袤的、无人的荒野上，在湖心地区，忽然有那么几十块石碑，黑的灰的青的一大片，就像一片丧气的墓碑一样矗立，不好看，也破坏了这里的宁静。而且，人的自大和狂妄在这些石碑的背后显露出来了。人定胜天？呸！几十年之后，你人死了，罗布泊还永远都在这里呢。到底是谁胜利了？还是大自然。大自然的沧海桑田，几百万年都是一瞬间，这些不自量力的石碑，就应该被砸碎，还罗布泊一片真正的安静，因为，人对荒原的打扰，已经够多的了，有核试验，有钾盐矿开采，有各类探险者和徒步旅行者，有盗贼和匪徒藏匿。现在，我们这些作家诗人又来了！

简小东告诉我，每年被正式批准能进来的人，只有100个左右，大都是科学家、考古学家、地理地质学家，还有我们这类文化人。可现在汽车技术发达了，偷偷来罗布荒原"探险"的不在少数。有的被制止了，有的没被发现就进来了，结果陷入危险又请求救援。

我们休息了10分钟，继续开拔。车子在波浪一样的、只有两道车辙印的盐碱路上飞驰而去。又走了几十公里，来到了向南拐弯的一个路口。我们停下来，等待大路前方30公里处的工作站人员的接应。在这罗布荒原里，原来也建有工作站，值班人员几个月一轮换，十分艰苦。他们熟悉路况，熟悉这里的环境，负责管理，制止一般人员闯入，有时候，个别未经允许独自闯入罗布荒原的探险者会迷路，他们还负责援救。据说，每年都有不知名的徒步旅行者死在罗布泊。

不一会儿，远远地，我看见两辆越野车带着沙尘奔驰过来，还有一辆有着四个大轱辘的特制沙漠探险车，驾驶室是外露的，上面坐了两个穿着绿色、橘黄色为主色的全副武装的沙漠探险者，这探险车是来测试性能的，有些像变形金刚。

我们全部下车，一时间，6辆车上的20多个人全部聚集起来，工作站的工作人员向简小东汇报了最近的情况，交接了一些食物和饮水，然后，我们3辆车加上工作站的一辆引路车，开始向南侧丁字路的那条更为狭窄的、通向楼兰古城的小路进发了。而那四个大轱辘的沙漠探险车早就在一片尘土飞扬中，消失在我们的视线里了。

这一段路与刚才那段波浪般起伏的盐碱路又不一样，开始是小坑小洼的，但是起伏得很厉害了。车子一会儿抛起来，一会儿又跌下去，像是在大浪中行走。走了十几公里，我们的车队进入最艰难的路段了。这一段路，我后来命名为"魔鬼大坑路"，全部都是在雅丹地貌里行进，附近的地形经过了风蚀，都是蘑菇状地貌，在蘑菇状地貌中间，汽车开出来一条盐碱路。可经过车子的碾压，全部变成了大坑路面。坑一般深达一米多，很难通行。

前面的几段路，柏油路、砂石路、盐碱平滑快速路、盐碱松软波浪路、盐碱起伏路，现在，是魔鬼大坑路了，我们的四辆性能卓越的越野车，在这段路上开起来是起起伏伏，像四只悲哀的、无奈的甲虫，忽上忽下，忽隐忽现，在魔鬼大坑路上吭哧吭哧前进，时速是每小时 5 公里。这个时候，我才真的看到了本地司机的本领，只见他脚踩离合，挂挡沉稳，车子向左边猛地跃上一道梁子，紧接着，车身的右侧又猛地落入一个大坑，然后再冲上一个陡坡。太惊险了！我快崩溃了，这路完全是魔鬼造就的，这魔鬼路就是几十年来不断进入的各类车子碾压出来的。我牢牢地抓住把手，因为随时都可能翻车，车毁人亡。可司机就像是经历过惊涛骇浪的经验丰富的水手，十分镇静。一个小时之后，我们的车子才行进了 4 公里。四辆越野车有步话机联络，互相呼应，其间不断有车子抛锚，或者是跃上一道梁子后，整个车子就被架上去不能动了，需要互相配合，用缆绳来拉。

　　这段到楼兰古城的路有十多公里，但是，我们一共走了 3 个小时。这段路程是我记忆里最艰险的路途。我们是跌跌撞撞、左摇右晃、上下颠簸、不断弹跳，车窗外的景观开始发生了很大的变化，很多匍匐在那里的沙堆出现了，每个沙堆上都趴着尚且苟延残喘的红柳，红柳是沙漠耐寒灌木，它的根系扎得很深，露出来的部分很像章鱼的触角，黑色的四下伸展。远远地，还能看见一些死去的胡杨树，只剩下了一些树干和枝杈，在蜃气中很像是一些偷窥我们的黄羊或者野驴。雅丹地貌之间，到处都是雨水迅猛冲刷过的痕迹，一道道水沟边上就是耸起的沙包。一个死寂的、沉默的、被时间和风沙的暴力摧残的世界。最后，终于，在下午 1 点钟，我们到达了楼兰古城的跟前。

　　此前，距离楼兰还有两三公里的时候，眼力好的简小东指给我们看："看，前方 1 点钟方向，有佛塔出现了。"可是，我怎么搜寻，看到的都是一些像《西游记》里的各种妖怪死了之后定型在那里的雅丹地貌，没有看见楼兰古城的最高标志物——佛塔遗址。等到我看见了那歪着脑袋，像一朵蘑菇云的佛塔的时候，我们已经到了楼兰古城的跟前了。四辆被灰尘弄得灰头土脸的越野车顽强地突进到楼兰古城的面前，在一块平地上停下来。

我们下了车，太阳高高地停悬在我们的头顶。温度上来了，我脱掉了棉袄和毛衣，只穿衬衣就可以了，戴上墨镜下了车。在由铁栅栏简单围起来的楼兰古城的大门附近，我们打开了一个简易小折叠桌，拿出来红枣酒、馕、豆腐干、矿泉水和一些袋装熟食，算是吃了简单的午餐。经过了 7 个小时的艰难路途，我们终于来到了楼兰的面前。我们举起了装着红枣酒的纸杯子，共同庆贺了一下。然后，我们就走进了楼兰古城废墟。

在我面前展现的，的确是一片废墟。我站在一片高台上，四下瞭望。风暴已经多次洗劫了这里，几乎看不到城市的规模了，只有这里一片、那里几块的废墟。后来，经过当地朋友的指点，依稀能看出来整个方形城市的外墙，哪里是流经城市的河道，哪里是官署的建筑基台，哪里是居民区。现在，楼兰废墟残存的最明显的建筑，一个是佛塔，还有就是没有屋顶的"三间房"的土墙壁了。在地上，到处都是被风蚀过的木头，那种干燥和风吹导致的裂纹很细很透。有的木头裸露出木纤维的丝缕，像是人的神经放大的根系。废墟中到处都是残垣断壁，这残垣断壁在我面前被我拼接，就渐渐地拼接出来了一个城市的轮廓。我的脑子里看过的十多本关于楼兰的书籍的内容，逐渐地鲜亮起来了。

　　我站在"三间房"的土墙之间，想起来就在这里，斯文·赫定当年发掘出 100 多件汉代的珍贵文书，带走了。1900 年，瑞典探险家斯文·赫定第一次来到了这里，发现了楼兰遗址。后来，经过了中外考古学家的多次探查，根据碳 14 的测定，这里出土的一些人类用具可上溯到公元前 3800 年。楼兰最早的文献记载见于《史记》，里面记载当时匈奴大单于给汉武帝写信，说西域的楼兰等国都已被匈奴打败，并且臣服了。汉朝你们是不是应该也向我称臣？于是，汉武帝开始经略西北，并派出了张骞出使西域，打算联络大月氏，共同夹击匈奴。后面的故事大家都知道了：汉武帝打败了匈奴，于公元前 100 年、距今 2114 年之前，在敦煌设立管理机构，管理包括楼兰在内的地区。此后，在东汉、魏晋时期，都可以在汉文典籍中搜寻到楼兰的踪迹。公元 440 年之后的某一年，突然间，楼兰就消失了。从大地上，从典籍里，从人们的记忆里消失了。

　　我们一行虔敬地围绕着楼兰那个佛塔遗存的黄土堆转了一圈，感觉到这几千年前的建筑还伫立在荒野中，真是不容易。这座佛塔，有多少不为人知的故事呢？仰望佛塔，那像是歪着头颅打坐的一个和尚，我深深地感到了沧桑感。有一个诗人向佛寺遗址磕了几个头。接着，我们来到了据说是居民区的地块。

　　在一片风蚀洼地的高台上，散落了很多黑色、褐红色粗陶和木头的残片，可以看出来这些木头是房屋的柱子，有大梁、椽子和顶棚用材，彼此之间还有榫卯结构连接，依稀可以看出一些人类生活的痕迹。那些竖立着的大梁，木头完全被风蚀削尖了，成了干枯的、仿佛一片衣衫褴褛的、伸向天空祈求的手臂，令人绝望。我跑到了高台的下面，在我认为的一片"生活层"挖了一阵子，挖出来很多贝壳、牛羊骨头等，可见，这里的人过去是食用很多水产品以及牛羊肉的。在几千年前，这里水域面积很大，是塔里木河上游的水汇集到这里，罗布泊成了一个巨大的湖泊。但是，经过长年的蒸发和大自然的变迁，结果淡水湖逐渐变成了盐水湖，不适宜人居住和生活了，盐泽又缓慢地干涸，而楼兰也就这样淹没在干涸之后的罗布泊那无尽的荒野风沙之下了。而且，不光是楼兰，还有米兰、海头等多座罗布泊地带的古城，也都消失在岁月的烟云里了。后来被考古学家在罗布泊地区发掘的太阳墓地、小河墓地等墓葬区的谜底，也仍然没有揭开。

这是时间的力量，是大自然的鬼斧，才可以将人类的造物——楼兰古国完全湮灭于这漫漫荒原，只剩下了废墟和一些文献中影影绰绰的记载，以及考古学家后来的发现和基于这些发现之上的推断和想象。楼兰，无楼，无兰，只有废墟，只有空荡荡的风蚀雅丹地貌，只有风在这里吹，把一切都逐渐抹平。对比斯文·赫定拍摄的佛塔的照片，我可以看出，一百年后的今天，那座佛塔的体积又坍塌、减少了三分之一，几乎看不出是佛塔的造型了。至于那三间房的墙壁，也是残垣断壁到逐渐低矮了。

楼兰国曾经是丝绸之路上的一个交通枢纽，西汉时期，这里生活着几万人，商旅云集，市场繁荣，街道宽阔，河道纵横，佛寺庄严，宝塔高耸。东晋之后，中原割据势力群起，混战成一团，楼兰也逐渐消失在历史文献里。到了唐代，强大起来的吐蕃曾经占领了楼兰地区，这时的楼兰就不叫楼兰了，这片地区可能就叫作高昌或者鄯善了。吐蕃人与唐朝的军队在这里打仗，李白的《塞下曲》中写道："五月天山雪，无花只有寒。笛中闻折柳，春色未曾看。晓战随金鼓，宵眠抱玉鞍。愿将腰下剑，直为斩楼兰。"从李白的诗篇里可以看到，在唐代，楼兰还是诗人想象力的依托，因为在汉代，楼兰是一个兵家必争之地，一个边陲重镇，因此，魏晋时期楼兰突然的、神秘的衰落和消失，实在是令人不解。

　　我在一些废墟附近，发现了不少最近几十年楼兰的探访者留下来的空罐头盒、牙膏皮、酒瓶子和塑料袋。还有小的氧气瓶、煤气罐等用品。可见，虽然这些探险者很豪迈地来到了这里，但是很不恰当地留下了很多垃圾。我收拾了一些，打算扔到门口的垃圾存放地。

　　我还很想去探访楼兰墓地，因为那里现在还有很多干尸。但是，简小东语焉不详，似乎不愿意让我们打扰楼兰太多。我想起来在若羌博物馆里看到的那十多具干尸，其中的两具楼兰姑娘的干尸经历几千年的岁月，呈现在我们面前，依旧栩栩如生的样子，真的是楼兰美女。

　　这天下午，我们在楼兰废墟里逡巡、徘徊、徜徉、凭吊了3个小时，分开了散兵的阵型，拍照，奔跑，喊叫，沉默。我们寻找城市原初的规划，想象当初这里的繁华，心情十分复杂。眼看着太阳迅速地向西边坠落，阳光和温度由炎热变得温暖，又开始变得冰凉，我们要离开这里了，因为罗布泊的昼夜温差有40摄氏度以上，我们必须在4点钟离开这里，才可以在晚上回到县城。

　　我们依依不舍地向大门走去。出了铁栅栏门，我们上了4辆

大地与内心的风景

越野车，沿路返回了。在返回途中，我们看到有几个不同的小分队，在不同的路段停下来休整。他们还在向楼兰古城遗址进发，估计是未经批准的探险者。简小东立即用步话机通知管理员，要求他们查证这些人的身份。他们有的车抛锚了，注定要在这里过夜了。

我默默地希望他们不要留下太多的垃圾，希望他们也能安全地离开这里。

我们耐心地走过了魔鬼大坑路，7点钟，上了盐碱起伏路，到达丁字路口上到盐碱松软波浪路，经过了罗布泊湖心地带，又上了盐碱平滑路，已经是晚上9点钟。可以看到这条通向哈密和钾盐矿区的路上，拉着钾盐的大卡车川流不息。接着，我们向南上了砂石路，又上了国道柏油路，最后回到了若羌县城，整整走了7个小时。我们到达宾馆是晚上11点，天完全黑了。我们的楼兰之行结束了。晚上，浑身酸疼的我躺在床上，很久没有睡着，不知道是兴奋，还是失落，是满足，还是遗憾。楼兰的神秘面纱轻轻地掀开，又落下了，作为一个谜，它还藏在罗布泊荒原的深处，而且，被风沙埋得越来越深了。

黔江濯水镇

　　重庆黔江是重庆各郊区县比较偏远的一个了，她位于重庆东部，再向东，就与湖北交界了。过去交通不便的时候，估计从黔江到重庆市区都要花好久，起码一天两天的。现在高速路直达市区，我在重庆机场落地，3个小时，就到达黔江了。3个小时可能是我坐长途汽车的极限时间了，高铁都会从北京到达南方了。因此，大重庆可真是大。一路上，越往东边走，重庆的山区就越葱郁，过了武隆天坑，我们继续东行，就到达黔江了。

　　小重庆也就是城区，是一个山城，嘉陵江、长江两江分三块，由大桥连接，那么大重庆也是山区直辖市，在黔江，可以看到高架桥直通南北东西，车来车往，地势是崎岖不平的。

　　据说，在市区里有一个地方，就有一片地下景观，类似塌陷地貌，却有了远古时期就有的风景，树木葱郁，人在上面看悬崖，城市也是建在这片地下景观的上面，这是黔江的一大特点。黔江黔江，一定有一条河是从贵州流过来的，或者是向贵州的方向流过去的。果然，黔江得名于这里的一条贯穿几个省份的江。

　　到达黔江首先要吃晚饭，在一个很小的餐馆里，我们围着热闹的餐桌，吃到了典型的重庆乡野菜。有些菜的名字非常奇怪，似乎是猪身上某个部位的称呼，但我不敢吃。糍粑，黄辣丁，野葱，鳝鱼，小土豆，土鸡山珍汤，酸渣肉，腊味儿三蒸，带叶儿的青菜，葫芦，绿豆粉，米虾，斑鸠蛋豆腐，都放辣椒。

黔江的重庆菜的确更有乡野气息，无论是蔬菜还是鱼类，都有着某种更加原生态的味道。辣不辣？有些辣，但似乎我都可以接受，不算很辣，不像有时候在湖南吃到更辣的菜，在成都吃到了更麻的菜，味道的记忆和感觉，的确是最深的记忆，是我们的脑海里最为熟悉的记忆。也有甜食，比如马打滚、红豆糍粑。所以，肯定有一个叫作"黔江味道"的记忆，那是黔江人走得再远，都能够记忆犹新的东西。

我们住的宾馆在一片高地上，夜晚的黔江，灯光闪烁，坡上坡下，车灯明明灭灭，来来往往，十分繁忙。远处有山的暗影，有河流盘绕而过的气息，有飞鸟即将就寝之前的低鸣，也还有土狗的撒欢和叫声，黔江人在山林和河流的拥抱下入眠。空气清新，不怕雾霾，是大城市人现在最羡慕的了。

第二天，我们驱车前往蒲花河。蒲花河据说是黔江很叫响的一个水景。任何一个地方，有水就有灵气，无水就干干巴巴了无生趣，所以谁都不喜欢沙漠，谁都喜欢小溪、江河、湖泊和大海。人是亲水型动物，无水则不得活。那么，黔江有一个蒲花河。蒲花是蒲草的花，我特地让当地的朋友给我描述了一下蒲花的感觉。蒲草不是芦苇，但也是水生的，长满了浅河道的边上。

我们上船之后，船沿着曲折的河道行走，水是青绿色的，不很透明，但水质很好。却见到两边山势崎岖，有陡峭的悬崖将河道包拢，水鸟在飞翔，鸣叫，嗡嗡的昆虫四下乱撞，一些会飞的草的种子在空气里飘浮，毛茸茸的阳光毛茸茸的视线，我看到了壁立千仞，有一个很大的穹顶，穹顶之下，真的是鬼斧神工，天造地设，出现了暗河或者是一片安静的暗湖。我们的船就安静地穿越了头顶几百米高的穹顶，仿佛是尧舜那样的人在这里干过的一样，峭壁被削平，中间打了天洞，距离湖面300米高。

在蒲花河上，有三孔天然的石桥飞架南北。桥和桥之间，还有阳光渗漏下来，石壁上的潺潺流水发出了声响，空气湿润，凉爽，人在船上，船在湖上，湖在洞中，这一刻，是美的，是令人惊叹的。

大家都安静下来，不说话了，因为这蒲花河或者叫作蒲花湖，这样的景色过去未曾见过，现在却身临其境，那种感觉，每一个生命个体都是希望留住这一刻的感觉的。然后，我们就到达了蒲花河的上游，那是一片天坑景象，有台阶通向山顶。蒲花河的景色大抵如此，人在画中走，景在心中留。

又隔了一天，我们前往濯水古镇。濯水古镇，听其名，我们自然就会联想到人能够濯水的地方，下脚的地方，一定有一条深深浅浅的河流。濯水就是这样一条河。河水平直，并不喧闹，可见是静水深流。

濯水是阿蓬江的一条支脉，阿蓬江是附近最大的江，是古代巴人生活的依赖水源。因此，这里从很久之前就有大量的人类活动遗存。

濯水古镇这些年经过了整修、复建，现在形成了规模。古镇有一条老街，整个下午，我们就在这条老街上徜徉。老街是修旧如旧，一切都按老宅子的过去的风格来。这里有不少大户人家的宅子，如今也都修整完毕了。

临街的店铺很多。可以想见，在水路是主要交通方式的过去，你尽可以展开想象，来推理发生在这个古镇上的人情、世态、亲人、陌路的各种故事。有人就有故事，有人就组成了聚落，就有了古镇，就有了房屋的连绵，这些屋子沿着老街在河边排列开来，组成了依山傍水的格局，房子都是黑瓦白墙，有徽派建筑的风格，但应该是川黔一带水乡的独特建筑风格，错落有致，石雕、木雕、砖雕，在这些房屋的架构、摆设和局部处处都是，古香古色中又透露着生活的气息。

濯水古镇的风格是生活的，娴雅的，放松的。在古镇上，你要做的事情，就是散散步，东瞅瞅西看看，享受似乎缓慢下来的时光。我看到了一个凉粉店，就去吃了一碗。真好吃，辣辣的，凉凉的。再往前走，看到有当地的小吃，名字很奇怪，有卤煮，也有煎饼，有烤的，也有蒸的糕点，都可以坐下来，要一份尝一尝。

从蒲花河到濯水镇，从大自然到人世间，似乎穿越了时光的界限，你可以领略到黔江的自然美和人情美。美不胜收的黔江，我还会再来。

第二辑

夜里刚刚下过一场雪。

早上起来，脚印多像一串串诗行。

黄河底下的河流

一

那一次走黄河，从郑州出发，一路弯弯曲曲走到三门峡，把河南境内的黄河看了一个遍。一次次站在黄河边，这条母亲河让我感到亲切和博大，让我深思这条大河对于我们的民族、国家和我自己的意义。

水是生命之源、生产之要、生态之基。中国水系发达、河湖众多，中华民族因水而优，有了饮灌之源、舟楫之利、鱼米之乡，催生了璀璨的文明。同时受地理和气候条件影响，我们也因水而忧，不断受到水多、水少、水脏、水污染的多重水问题的困扰。这决定了水情是中国的基本国情，水务是中国的第一要务，频繁发生的水旱灾害是中华民族的心腹之患。因此自古以来，善治国者必先治水，要保一方平安，同样需要治水。世界上没有哪一个民族像中华民族这样与水利结下不解之缘，也没有哪一个民族像中华民族这样为后人留下了丰富的水利遗产。

新中国成立后，党和国家高度重视水利工作，领导全国人民开展了气壮山河的水利建设，取得了举世瞩目的成就，为经济社会发展、人民安居乐业作出了巨大贡献。毛主席先后发出了"一定要把淮河修好""要把黄河的事办好""一定要根治海河"的伟大号召，掀起了新中国水利事业的第一个高潮；到了新时期，中共中央、国务院以 2001 年 1 号文件的形式发布了《关于加快水利改革发展的决定》；党的十八大以来，习近平总书记提出"节水优先、空间均衡、系统治理、两手发力"的新时期治水思路，以及"共抓大保护，不搞大开发"和"生态优先、绿色发展"的治水理念，全面推进水生态文明建设，推动了全国水利的大繁荣大发展。但人多水少、水资源时空分布不均的基本国情水情，决定了洪涝灾害仍然是中华民族的心腹大患，水资源供需矛盾突出仍然是可持续发展的主要瓶颈，农田水利建设滞后仍然是影响农业稳定发展和国家粮食安全的最大硬伤，水利设施薄弱仍然是国家基础设施的明显短板，也决定了中国水利工作仍然任重而道远。

二

我特别想看的是，南水北调的水，这条人工河流，是如何和黄河交汇，并继续前往河北和北京的。

水是生命存活的基础。山川大地，动物植物，没有了水，那么一切都是干枯的、干燥的，都无从谈起了。南水北调，就是把南方的水调到干旱缺水的北方来，这个宏伟而大胆的设想，在新中国成立以后的第一代国家领导人毛泽东那里就开始勾画了。改革开放 30 多年，国家的经济迅速增长，用水的矛盾在北方，尤其是华北地区就显得非常的紧张和突出了。水少了，河南、河北和山东的良田庄稼就减产，没有水，北京的首都地位堪忧，天津也会关闭通向大海的门户。因此，南水北调工程，就成为一项不得不尽快实施的 21 世纪中国的重要水利工程，是北方大地上的一条绿色生命线。

从地图上看，从湖北的丹江口水库向北，一条长达 1300 公里的绿色生命线，从西南向东北方向延伸了过来。中线工程的特点是规模大，渠线长，建筑物样式多，分为明渠、漕河、管涵洞、泵站等很多种。我问了问河南的朋友，南水北调的水遇到了黄河怎么办？

他们告诉我：从黄河底下穿过去，然后再钻出地面，继续北行！

什么？南水北调的水，是穿越黄河下面的一条河流？我很吃惊。一定要去看看。

南水北调穿黄工程，位于郑州市以西 30 公里的黄河两岸，是南水北调最重要的关键控制性工程。只有从黄河穿越而过，南来的水才可以最终向北方流去。穿黄工程投资在几十亿人民币，工期花了 5 年的时间。

我们沿着黄河的岸边，一路向西而去，来到了焦作市，看到了穿越市区的大渠，成为点染城市水景的重要景观。南水北调工程有一个很明显的作用，就是改善了沿途的景观，有着很好的旅游价值。尤其是穿越焦作市区，使焦作成了有水的城市，市民为此十分高兴，在拆迁方面比较顺利。

到了穿黄工程的现场，眼前顿时开阔了起来。穿黄工程已于 2010 年全面竣工。从黄河的下面穿过去，其工程的难度可想而知。我想，要是在黄河上盖一个大渡槽，是不是更省力气呢？但是这么大的渡槽，很难在工程建设、质量和安全上实现。从黄河的下面穿过去，就成为一个重要的选择了。于是，直径9米、长78米的盾构机在黄河的底下顽强地向北岸掘进。整个穿黄工程，是由南岸进水工程、黄河底部2条隧道、北岸渠道和老蟒河倒虹吸工程所组成。怎么来形容呢？也就是说，从南边引来的明渠的水，到了黄河边上，要进入一个穿黄工程的进水闸门，在闸门，水的流量和流速都被控制，然后进入几十米深的黄河底下，在隧道里向北流动，从出水口出来，经过了倒虹吸处理，然后进入北岸边的明渠，继续向北进发。

让巨大的水流从黄河的底下穿过去，也是中国人有想象力、有科技能力的一种体现，穿黄工程的总工程师告诉我，他们在施工的过程中，进行了很多项的科技创新，有很多中国人自己的发明创造。在这样的大工程里，中国人的创造性和智慧进一步地得到了发挥。可以想见，曾经有多少台打桩机、挖掘机、大卡车都在这里奔忙。建设者在这黄河的底下，把南来的水引向北方，那我们看不见的9米直径的大盾构机，在一刻也不停地向北部掘进，在顽强地从黄河的下面穿越。整个南水北调调来的水，河南是受益者，北京也是受益者，沿途的河南、河北一些缺水的农业产区得到了水源的滋补。

如今，大地上一片安静。隧道已经贯通，就等着南来的水安静地穿黄而过。站在高处，我看着黄河水来自遥远的空茫地带，又向空茫的地方而去。但是在这种空茫的感觉里，却有一种特别实在的感觉，因为，南水北调的建设者正是在这黄河的底下打通了巨型的隧道，把南来的水引向干渴的北方。

我国水利正处于建设高峰期、管理提升期、改革攻坚期、发展黄金期，我国的水利事业，既实践着由追随者向领跑者的身份转变，由请进来到走出去的历史跨越，同时也面临着由工程水利向环境水利、生态水利和民生水利的深刻转型，治水管水兴水任务极其艰巨，责任尤为重大，但前景也极为光明。

三

北纬 35 度到 45 度之间的范围。这个范围，我们可以看到从北京、内蒙古到青海、新疆的辽阔的一条北方的脊骨线，核心的部分，自然是黄河流域。在这个广大的、中华民族发祥和与各个游牧民族交融的地区，对母体记忆，对母水的赞美。人，生长在大地上，不能忘记自己的来源。人被奶水养活，被母水滋养。诗人成路的《母水》是一首关于黄河的赞美诗，我引用《母水》片段，作为这篇文章的点睛：

我看见，我的第一代族长
持着火团把混沌烧融成河

水，在巴颜喀拉北山的雪崩洞没有节制地奔走
姊妹的歌谣和兄弟的号子
漫溢、传颂

飞翔的豹，陈展开翅翼

温暖巴颜喀拉雪山弥合时淌下的水
还有鲤鱼，还有沙子

巴颜喀拉雪线下向南隆起的原
相信土，相信石头
他们，和飞豹破腹点灯
这是光亮的祭奠
照看着河水和风群

入口
鲤鱼，或者是墨绿或者是鲜红
在灯柱下
潜游

而风群的轰鸣
此刻正在聚集
向南向北

"抬起头，鱼和风抬起头
大水的秩序已经在一扇官门开启"
飞豹说

是啊，我把耳朵贴在土地上
让灵魂沿着水的流向

和以前，和未知一起流动

河口上的旗杆，一对铁铸的旗杆

依着祖母的孕光

摇响陶钵上的提环

这水质的声响

陪伴着我的姊妹，仰面的姊妹

用绿血缝合沉船的帆

这水质的声响

让我的兄弟把五月的甘草和盐巴

敷在旷野上，煮沸黄河夹裹的冰

而祖母，在静默的仪式场

取出口中的籽粒

和地脉，和我的血脉收集根茎的力量

　　诗人成路的这首书写黄河的诗篇《母水》，有着鲜明的创作
自觉。他解释说："母水，纬度高地——西部，是名词，也是华
夏族精神和文化象征的黄河、长江、澜沧江的江河源。换言之，
西部是一个民族根脉图腾的圣地。在这里我想叙说的是我自己的
黄河。行走中，眼睛看见的现场和物象，自然地放置到黄河的各
部让其归位，使其完整。这样，黄河的凶、顺，我看作是一个生
命体的本能反应，'他'是没有隐喻的。我拒绝了表述气势的形

容词，使诗歌和黄河像我一样是自然的本身，可生，可亡——在生和亡之间存活就足够了。这章诗是黄河的自然材料，雄性的成分居多。这样我确认一个事实，黄河是中华民族的母亲河，那我们的父亲河是哪条呢？我在诗歌里把黄河指证为一条母亲和父亲共同属性的河流。我在写作过程中阅读史书和地理志，从而丰富我的幻念形象，把这些形象放任给语言，和情感、理想达成了一种并行的关系，展开了思想行为，即意象语言的表达而产生的思想。我还需强调，幻念形象是在文化史的框架里完成。"

像成路这样的黄河边的作家和诗人有很多，就像是从地里长出来的庄稼一样。文学作品如何书写黄河、表现黄河？我们有着很多空间，各种文体也可以加入其中。中国自古就"仁者乐山，智者乐水"，文人与水、文学与水利似乎有着天然的亲和力。从古代的大禹治水，到李冰开凿都江堰到三门峡水库和黄河小浪底工程，从《史记·河渠书》唐诗宋词，以及历代的地方志、人物志，讴歌水与治水人、治水事的文学佳作可谓层出不穷、不胜枚举。

坝上的秋天

前往承德的路上可以看到澄明的天空。北方的天空在秋天忽然就会变得辽远，那些雾霭和粉尘似乎都飘散和沉降了，把一个开阔空旷的大地与四野还给了我们。

风变凉了，我可以感觉到有寒意正在从天空深处俯冲下来。

从北京到承德的路一直是上坡，海拔逐渐升高，汽车喘着气，略显疲惫，山峦渐次拔高，行路蜿蜒，似乎隐含了某个暗喻。

北方白杨和桦树的叶子在这个季节迅速地变换了颜色，在风声中响成秋天的音乐。

承德，北京东北方向的重镇，半部清朝历史的小小缩影，一个盛世逐渐走向衰落的重要脚注，武功、霸业、阴谋和衰亡，各个主题都曾经在这里不经意地上演。

流连在避暑山庄那峰回路转、水泊连天的园林里，梅花鹿可是穿越了时空，从清朝而来？在树丛中聒噪的老鸦，可曾见过王公大臣匆匆消失的背影？沉默的松林，你们是什么样的岁月的见证？

一点感喟，一点心情的起伏，在萌发和云起的刹那间，也就渐渐地在游园的闲适和欢笑中淡去。

眺望远处的庙宇，小布达拉宫那巍峨的建筑，在蓝天下雄姿依然。宗教、民族、国家、文化的融合与和谐，在挥手之间就凝固成了历史。

继续驱车北上，田野的颜色就更加丰富了。秋天的季节一切都在收尾，庄稼在成熟、人心在圆满、大地在打瞌睡，而飞鸟在投林。远山和近处农民的房屋、在远处蠕动、在近处呼啸着擦身而过的火车，土豆、红薯、水稻、玉米、豆角，农作物和农舍，行人和不知忧愁的孩子，都在风景中一一走过。

坝上的秋天，第一次看见你的面容，心里紧了一下，又放松了起来。

坝上，北京北部的高地，连接蒙古高原一片过渡地带，像安稳的怀抱，从北部缓缓地拥抱着北京，是北京的一个重要的屏障。

我们来了。我们看见了坝上的秋色，在劲风中，那逐渐变黄的树叶都在鼓掌，在跃动。是为了不知疲倦地飞过头顶的雁群吗？是为了哀悼在草丛中垂死挣扎的一只蜜蜂吗？是为了清晨在马路上欢快地跑过的一匹黑色的马驹吗？是为了一个农妇在收获金黄色的金莲花吗？

御道口林场和牧场的秋天的颜色是醉人的。在朝阳和夕阳的点染下，一丛丛桦树仿佛被燃烧了起来，像稳固的火焰一样，展现出淬火之后的成熟。

我站在一座建立在塞罕坝制高点的瞭望塔上，看到了万顷松林簇拥过来的紧密和力量。这使我想起来了美国诗人史蒂文森的诗句："我把一个坛子放到田纳西荒凉的山岗上／于是四周的荒野就全部向我涌来。"

是的，塞罕坝机械林场的万亩林海，蔚为壮观，都在向一个中心聚集，像活着的士兵，守护着这片高地不被沙漠所袭扰。

不远处，那风最强劲的地方，银色的风车在转动，将光明和动力带给黑暗的夜晚，和平静的白昼。

月亮湖、太阳湖，多么动听的名字，就像月亮和太阳的形状，又是大地之眼，不停地凝视天空。湖面边，小巧的睡莲已经休息了，枯萎了，但是水面的皱纹中，还有蜻蜓在用尾巴点水产卵。

一只艳丽的小鸟忽然从黄草中钻入天空中，在空中划过一道弧线，它难道被我的探询所惊扰了吗？

船在岸边生锈，提醒着我，它早就睡眠了，不要去打扰一条船的休息。等到来年雪化了，它还会去和水亲近。

啊，此刻，坝上的大地展开了以红色、黄色、褐色、绿色交相熏染的花毯，用绚丽的颜色，把我们的眼睛诱惑。

最美丽的风景显然在一个叫大峡谷的地方。10公里长的峡谷里，一面是灌木丛生的山坡，另外的一面，则是被小白桦所站满的坡地。

大峡谷！世界上有那么多峡谷，而你一定是独特的，和它们都不一样的。你走在峡谷里，可以看到壮观的幕布在你的面前完全展开，一幅巨大的油画或者是水墨画，以大自然本身的鬼斧神工，让你感受到美的巨大力量。

你一定会感受到季节深处的提醒，提醒你注意到岁月的沧桑，注意到时间的轮回，注意到你内心的旋律。

木兰围场，古代打猎的皇帝和士兵在哪里？猛兽消失了，马匹不见了，可是静静流淌过的小河还留存着你们的倒影。

乌兰布通古战场上的厮杀早就结束了，可是，战士的血浸染了土地，给这个秋天带来了空旷的悲凉。

坝上的景色在秋天给我们呈现出她萧瑟阔大的一面。同时，她还将温情和默然都带给了我们。

坝上的秋天，水已经是秋水，有着刺骨的寒冷，而树林则已经是秋林，枯黄的叶子正在哀号着打算离开。

坝上的秋天，人还是一样的人，像倔强的树根一样扎在土地里，绝对不离去。

姑娘，你脸上的两坨红晕，是风带给你的纪念，还是你辛苦地在阳光下劳作，所得到的爱怜？

坝上的秋天，五彩缤纷的颜色是最辉煌的乐章，在整个山谷里、漠野中，在坡地和平原上，将无尽的盖头掀开，给你呈现出新娘般醉人的面容。

坝上的秋天，羊群散漫和密集地在大地上埋头吃草，它们没有心事，但是它们却热爱着世界的循环。

坝上的秋天，已经不是秋天。坝上的秋天，已经变成了象征，一个隐喻，是关于人生的，关于自然的，关于生命循环的解释。

坝上的秋天，松树林还是那样无尽的苍翠，把被沙漠和沙地所希望吞噬的土地覆盖，如同支撑着一片希望，如同巨大的伞盖，又将大地无垠地覆盖。

我在坝上的秋天里奔跑，我在坝上的景色里消失，又重现。

草原的未来

这年夏天，呼伦贝尔大草原的雨水比较充沛，因此，所到之处，我看到的都是满眼的绿色，大地上，那种类似牛皮癣似的无草疮疤很少见了。而且，也许是祭过了两个敖包的缘故，我们在呼伦贝尔大草原穿行的几天时间里，天气都特别好，不是大晴天，就是满天白棉花一样的多云天，空气也很清新干爽，沁人心脾。

整个呼伦贝尔行政辖区有 25 万多平方公里，从地理上看，大兴安岭从东北方向到西南方向的走向，刚好把呼盟切成了两块，西部板块是包含了呼伦贝尔大草原和呼伦与贝尔湖两大湖泊的几个旗、县、市，而东部地区则是以山区为主的另外几个旗、市、县了。

这一次，我们走的是大兴安岭东部的呼伦贝尔大草原地带，在大地上画了一个圈：先从海拉尔出发，到达鄂温克旗，然后南下到达红花尔基森林公园，接着，往西南走，经过了道乐都草原，开始往西，抵达中蒙边境地区的诺门罕战役遗址，凭吊了战场，又去了贝尔湖边眺望中蒙边境的水天一色——而呼伦贝尔命名来源之一，就是因为有这个贝尔湖。接着，我们来到了新巴尔虎左旗，与当地的作家、诗人和民间艺人座谈，我了解到了一个专门做马鞍子的手工艺人巴特尔的情况，十分感慨。接着，我们北上穿越了茫茫的大草原，经过了新巴尔虎右旗，到达呼伦湖边，又抵达了口岸城市满洲里。满洲里夜晚的繁华和白天的安宁，对比强烈。接着又从满洲里市出发，我们沿着额尔古纳河右岸的中国边境继续往东北方向前行，抵达靠近恩和镇的白桦林景区。接着，南下到达额尔古纳市，短暂停留之后，回到了海拉尔，乘机返程。

在大草原上，我们就这么用了几天的时间，画了一个近2000公里的椭圆圈。

一路上，所见所闻很多。其中，让我印象最深刻的，是在鄂温克旗的一个布里亚特蒙古人办的幼儿园。在这所幼儿园，我见到了很多草原上的小孩子，让我看到了草原的未来。

这家幼儿园就位于鄂温克北边草原上一个布里亚特蒙古人聚集地。幼儿园由联排的平房构成，还有一个大院子，院子里，房前屋后都有开着野花的草地，还有儿童游乐设施，跷跷板、滑梯、秋千、单杠等等。在中心区域，还有一块很大的地毯，用于孩子们玩耍和跳舞，游戏和比赛。创办这所幼儿园的，是一对曾经去过蒙古国、日本生活的布里亚特蒙古人夫妇。尤其是女主人，她是在手头拮据的情况下，在草原上创办了这样一所教育理念十分先进的幼儿园。这个女园长创办这所草原上的幼儿园，经验来自她在日本和蒙古国学习当地的幼儿教育，又结合了内蒙古草原上布里亚特蒙古人育儿的一些特点，可以说是独树一帜。

可以想见，将草原上逐水草而居的蒙古人的孩子们集中起来，给他们进行现代教育，是非常不容易的一件事。但这家幼儿园的园长，做到了。

我们来到了幼儿园，在很安静的氛围里，进入一间间教室，看到每个教室里都有年龄不同的孩子，正在老师的指导下，或画画或学习语言，或做手工或做游戏。根据孩子们的不同特点，老师在有针对性地进行着教育。而对孩子们的教育，在幼儿园阶段，最好是将知识融入游戏和娱乐，这一点，在这家幼儿园，显得更加的突出。

看到每个孩子都穿着节日才穿的民族盛装，那种独特的蒙古袍子，很漂亮、整洁。孩子们从两三岁到 6 岁不等，每个孩子的长相，却都显露出蒙古人的那种典型的形象，让我想起了他们的祖先成吉思汗。男孩子普遍是宽脸庞，细眯缝眼，敦实、憨厚、质朴、可爱，还有点小拘谨。相比男孩子的拘谨，一些女孩子却显示出灵巧、大方和活泼来。

这些布里亚特蒙古人的孩子们都非常干净，整个幼儿园没有任何不好闻的气味，每个屋子都非常整洁，地面上似乎都没有灰尘。面对我们这些不速之客，孩子们略微有点害羞，在老师的指导下，继续他们的功课，并向我们投来好奇的、友善的、清亮的目光。在我们参观教学的几十分钟里，我们看到了不同年龄的孩子，在接受着不同的教育。

随后，为了给我们表演歌舞，在老师的带领下，孩子们走到了院子里的太阳下，分成了 3 个班级，100 多个孩子，都来到了屋外的空地上，那里有一面巨大的毯子。孩子们给我们表演了唱歌和跳舞。稚嫩的嗓音，淳朴笨拙的动作，让我们看到了孩子就是孩子。之后，我们给他们分发了文具、糖果、玩具等等。秩序非常好，没有一个孩子对还没有递到他们手上的东西产生想要的感觉。他们安静地接受你带给他们的小礼物。这样的气度和气质，是我在城市幼儿园里没有看到的。

我还看到在地毯上有一个麻袋，里面装的都是羊拐骨，也就是羊腿处的骨头。在新疆，这是我们孩子们玩的玩具，它的俗名叫作髀石，可以用来做各种游戏。这个羊拐骨也是这些孩子们玩的玩具，大大小小，新旧都有，各种颜色都有。

看到这些让人非常喜欢的孩子，我能够想到的，自然是他们的童年和大草原的未来。草原的未来，自然，也都在这些孩子们的身上。伟大的、和大自然和谐共生的游牧生活作为一种传统的生活样式，不知道会不会继续改变？现在，在草原上定居的牧人家庭越来越多，各家的草场也划分得越来越细。载畜量巨大，对于大草原，一直是不堪重负的。而煤矿和电力大企业，对草原的蚕食、破坏，也在持续进行。我曾经在网上看到了那些疮疤一样无法愈合的溃疡在草原上分布的图片。在大草原，人和大自然的关系，能不能回到更为和谐的环境中？

看着这些孩子们，我陷入了沉思。而他们欢快的笑声，活泼的身姿，跑动的身影，天真的眼神，在蓝天白云之下，那么的可爱和纯真，又让我开心起来。只要孩子们在健康成长，就能够去掌握他们的未来，草原的未来。

庄河的风景花毯

如果有这样一个地方，她既有山川湖泊和河流的内陆景色，也有丰富的地热温泉景观，还有大海风光无限的壮观海景，这样的地方，你愿意去看看吗？

大连市下属的庄河市，竟然就是这样一个好地方。在我看来，她的从山到海的起伏，仿佛在大地上铺就了一面巨大的风景花毯，让人感觉美不胜收、目不暇接，同时也流连忘返、惊叹连连。

一般人印象里的大连市，是一个高楼林立的北方海滨城市，是一个号称"北方香港"的现代化新城。而说到大连的自然风光，人们大都会认为和大海有关系。是啊，大连除了海景，还有别的风景吗？实际上，大连市下属了好几个向东北内陆纵深地带延伸的县市，这些县市除了和大海接壤，还有雄浑壮观的山峦和宁静优美的湖泊，激流跳荡的河流和深山古刹的斑驳，像藏在深闺里的美女，值得探询和观望。

庄河市就是这样的一个地方。庄河，我想这个名字，很多人都没怎么听说过，更谈不上熟悉了。从地图上看，庄河市就有着一种独特的地理地貌，她基本上是西高东低，东边就是靠近渤海湾的海洋，而西侧，则是长白山绵延的余脉。庄河市的面积比较大，大概占整个大连辖区三分之一的面积，可以说是大连市区延伸向东北的后花园。

我惊叹庄河市风景的美丽神奇，就在庄河市竟然有内陆和沿海地区的两种景色，而有这两种景色并且汇合起来的地方，在国内实在不多见。一般都是要么有山水风景，而没有大海的风景，要么有大海而没有山水奇观，庄河市是两者都有，怪不得叫人感觉神奇无比、繁花似锦了呢。

冰峪风景区是庄河山水风景的代表作，它以秀美和沉静的风格，藏身于山林里。一听到冰峪这个名字，你就会感到这个名字可能给你带来一丝夏日的凉爽。的确，冰峪风景区是非常适合夏日去那里避暑的。

一条叫作英纳河的河水，从长白山的深处流淌出来，形成了英纳湖。英纳湖是冰峪风景区最重要的水景公园，我想，英纳这个名字起得很好，是不是满族人或者朝鲜族人起的名字呢？

我们是在一个布满了奇特的火烧云的傍晚抵达那里的。泛舟于湖水之上，感觉四周非常幽静凉爽，像是我在瑞士某个山区见到的湖泊。湖水荡漾着闪光的涟漪，水鸟在水面上低低地徘徊。我们乘坐游船，沿着湖面弯曲的弧度，一直朝湖水的纵深而去。

英纳湖是由人工在英纳河建筑的拦截大坝建设而成的。湖水清澈透明，碧绿深邃，四周的植被保存完好，是仙人洞国家森林公园里的组成部分。

晚上，我们住在依山势而建筑的别墅里，可以在湖面上喝酒唱歌，还有篝火晚会，刚好碰到了很多来度假的年轻人，大家一起狂欢，喝啤酒，玩游戏，快乐疯狂地度过了一个美好的夜晚。

第二天，我们驱车来到了步云山温泉。步云山也是一座险峻巍峨的山峰，虽然海拔不高，可是这里有的是天然的温泉。温泉中含有丰富的矿物质，在这样的温泉里泡一泡，除了可以解除疲劳，祛除疾病，还可以获得一种闲散的心情，让你的肉身完全地放松下来。不过，在温泉池子里游泳是特别费劲的，需要付出比在冷水里游泳更多的体力，那也是一种独特的挑战和体验。

庄河还有一处历史悠久的古代人文风景——城山古城，值得一看。这座古城依照险峻的山岭和要塞而建设，至今保留着一片瞭望台和军事建筑遗迹。有一段坚固的城墙，将古城围拢了起来。一开始很容易让人觉得这是长城的余脉，实际上，它是北方古老的民族高句丽政权于公元 590 年前后建设的，也就是晋代政权统治时期，距离今天已经有 1600 年的历史了。

公元 668 年，盘踞在这里的高句丽的军队，被唐朝皇帝武则天派遣的军队所灭亡。城山古城占地一共有 8 平方公里，山上有一个道观五老宫，修建于民国时期，而明朝万历年间修建的佛寺法华寺庙，则历史更加悠久，至今庙里还有一尊千手观音，有48 条胳膊，雕塑栩栩如生。

在银石滩国家森林公园里，有一种奇特的地理地质面貌。巨大的白色的石头，沿着一条三角形扇面倾泻下来的山谷分布着。这么巨大的石头，显然是远古时代，某个地壳运动非常激烈的时候形成的，巨大的力量将那些基本呈圆形的石头从山上推下来，形成了今天的银石滩国家森林公园。

银石滩国家森林公园依旧是山景，我想之所以起这个名字，主要是为了和大连的一处很有名的海景旅游胜地金石滩风景区相对照。银石滩国家森林公园在大山的三面环抱当中，这里建设了一个歇马山庄，和大连作家孙惠芬的小说一个名字。一问她，竟然是她免费出让了自己那部影响不小的名字，给家乡开发旅游使用了。

在银石滩国家森林公园里临时居留的有好几个团队，除了我们，还有大连工业大学的老师们，正在这里进行一些天的拓展训练。

所谓的拓展训练，是将体育、游戏、团队精神结合起来的一种管理训练项目，成员必须互相帮助和配合，才能够完成一个个的体育训练科目，包括游泳、过绳索、爬杆、攀岩等。在山坡上，还有一个孩子们的拓展训练班，孩子们一早就起来，然后开始了一天的训练，在负氧离子特别多的地方训练，精神状态绝对会有所改变。

很多人在游泳，我则在附近的水池里发现了一些体形娇小、腹部呈红色的林蛙。

我们要下山的时候，碰到了李小江教授。说到李小江教授，那可是大名鼎鼎。她开创的女性口述实录研究，规模庞大，形式新颖。这个计划已经采访了上千名女性，使中国女性对不同的历史时期、不同的时间段都留存了自己个人化的记忆实录。这是对复杂历史和线形历史的别样记载。这样的工作她进行了很多年，已经积累了几千万字的资料了。

如今，她专门在银石滩国家森林公园山下的村落里，向一户农民租了一个院子，准备在这里进行更为全面的研究。我们去她租的那个院子里看了看，有核桃树、柿子树等多种果树，院子里，玉米长得比人高，大家惊叹，这里简直就是世外桃源。其实，每个作家都有一个梦，就是在这样的地方写作和颐养天年。李教授已经提前实现了。屋子里正在装修，配备了火炕和暖气，为的是她的香港学者朋友冬天里来居住。

庄河的海景，有半岛风光，也有纯粹的海岛风景，都是值得一看的。

半岛是黑岛，黑岛是大陆延伸向大海的一处半岛。站在黑岛最高的地方，可以看见大海上波光粼粼，轮船百帆相竞。沿着半岛最靠近海边的山崖上，开辟出来了一条上上下下的观景小道，沿着这条小道蜿蜒前进，你可以欣赏到奇特的半岛风光。

在山顶，有一尊清代海军将领林永升的塑像，他正在沉痛而忧伤地望着大海，那里，不远处的大海上，是著名的甲午海战发生过的地方。失败的历史记忆在我的脑海里浮现，我的疑问也许久久不能平复：为什么我们的军舰无论吨位还是装备，都比日本的强，我们的甲午海战，却吃了大败仗？

随着我们进一步地向大海靠近，海岛风光不断地显现了。还有一个漂亮的小岛叫蛤蜊岛，据作家邓刚讲，他多年以前来这里的时候，在海滩上随便挖滩涂上的海泥，就能挖出来几十斤的蛤蜊。乘坐快艇，环绕整个蛤蜊岛转圈，是最刺激的事情了，正在拍摄婚纱照片的一对新人，也在快艇上弄姿。不过，这里的海岸美中不足的是，沙滩上的沙子里，到处都是蛤蜊的碎片。据说大连的海滩很多地方都是这样的。在海滩上，可以看见大量的游人在惬意地吃烤肉和西瓜，海水中浮动着游泳者的头颅，被浪头所抚弄。

我们继续向大海进发，我要到海王九岛——由九个小岛组成的群岛去看看。从岸上到海王九岛的距离是 28 海里，合 40 公里左右。乘坐快船，我们在大海上披荆斩棘，大海上雾气弥漫，波浪滔天，可以听到快船和波浪的浪头相互撞击发出的巨大声响。海王九岛是非常纯粹的海岛风光，也是庄河旅游的高潮。有大量的圆形浮标浮沉在海面上，据说都是渔民们的杰作。这里的渔民很富有，年收入几十万的不在少数。他们把那些网箱养鱼当作是海上银行。海面上和海岛附近，到处都是海上养殖。

在海王九岛主岛上，有一个日本人过去建立的灯塔，至今仍旧可以使用。海王九岛的九个岛屿，互相联系，姿态多样，真是大海上的奇观。有的像喝水的大象，有的从侧面看，就是一张贝多芬的脸，以及各种像狮子、老虎的礁石，都令人眼前一亮。至于海产品，那些螃蟹、海胆、蛤蜊、蛏子、大虾、扇贝、海参、鱿鱼、文蛤、海肠子、河豚、多宝鱼、海鳗、海螺、毛蚶、牡蛎等，都是这里的特产。

我们回去的时候，天放晴了，海面的雾气也消散了。大海非常平静美丽，一览无余，开阔无比，湛蓝地映照着天空，令人胸襟也开阔了起来。只有浮动的灯塔，标识着你仍旧奔行在大海之上。

哈尔滨的冬天

夜里刚刚下过一场雪。早上起来 / 脚印多像一串串诗行！/ 杂乱，但是最终朝向一个方向 / 一年将尽；还有十一月份的阳光

我过去从来没有到过哈尔滨，在我的想象中，哈尔滨是一座有着异国情调的美丽的北方城市，她的气质是沉静的，她的建筑是多元的，她的子民是安闲的，她的食物最有名的是哈尔滨红肠和大列巴面包，她的男人刚健女人漂亮，她的河流——是这座城市脖子上一条闪光的项链。

等到到了哈尔滨，我很快印证了这个印象，所有我想象这个城市应该有的美丽的面貌和事物，她都还有着。

冬天的哈尔滨，正是冰雪节期间，大地冰封，我们呼出来白色的哈气在飘散。匆匆在城市中穿行，我有些惊喜，又有些失望——中国所有的城市建筑，正在不可阻挡地趋同，即使是有着鲜明地域特点的哈尔滨，也是高楼大厦林立，芝加哥学派的钢筋混凝土建筑风格，已经压过了俄罗斯建筑的深沉和内向。只是让人惊喜的是，哈尔滨独特的城市气质还在，还有一些经历了岁月

沧桑的俄式老建筑，隐藏在一些丑陋的玻璃幕墙大楼的后面，十分谦逊地默默站立，无言对着街市的喧闹。

　　那一天我们走在街上 / 雪花开始飞舞 / 搅乱着我们的视线 / 于是街道冰冷冷的面孔 / 开始变得亲切

　　这是一座老城市，但是她的历史记忆，已经在残损着，因为新的建筑群和新的孩子，都在降生。几天之中，我们游历了这座城市的很多地方：索菲亚大教堂、中央大街、专卖俄罗斯物品的商铺、莫斯科西餐厅；我们在太阳岛公园的雪雕比赛区，看到了各种各样的雪雕；在晚上，华灯辉耀，我们穿行在冰雪大世界公园的冰雕建筑群中，挤在熙熙攘攘的热闹的人群里，体验着狂欢般的激情。远处松花江岸边，礼花在绽放，人群在欢呼与涌动，那个时候已经没有寒冷了。

　　我们驱车200公里，前往亚布力滑雪场，体验了前所未有的在缆车上上山的彻骨冰冷，那种冰冷就像是刀子一样，瞬间可以让你的指头冻僵，现在还令我记忆犹新。我们还驱车到了哈尔滨的一个郊县，呼兰县，去拜谒了中国现代文学史上杰出的女作家萧红的故居。在她的故居中，我在那个被她温暖地回忆和描写了多次的后花园——如今已经被漫漫白雪所覆盖，流连了好久。

　　又下雪了 / 我在雪地上大步走着 / 跨过二十几个冬天 / 奇怪地想到了那些雪地上的麻雀 / 想到生命真长 / 冬天真长

有一段时间，哈尔滨叫作冰城，但是似乎当地政府觉得这个"冰城"给人的感觉太冷，不是很提倡叫这个名字。因为她还有着美丽的夏天，以及著名的太阳岛，那么，叫什么城呢？我觉得除了和冰雪发生关系，似乎很难想出别的名字。这座城市到底是要做冰雪的文章，毕竟，在冬天，如果喜欢冰雪的国人都能够来到这个城市，那这个城市仅仅靠旅游，就可以了。而大力发展高科技产业，我觉得除了很有基础的军工和医药产业，是很难有所作为的，还是要吃旅游和物流的饭。

但是关于这座城市，她的面貌，她的特征，她的灵魂，我却觉得难以归纳与下笔描述。毕竟我只是一个偶然的访客，我很难描述这个城市沉静的表面下，隐藏着的深沉的气息与心思。

而且，城市的子民都有着不一样的生存的层次和景观，透过车窗，我看见了警车开道之下的车队呼啸而过，看见了孩子在冰长上旋转，看到了在一个不起眼的街角，一些人蜷缩在棉衣和帽子里，他们的胸前挂着牌子，上面写着"水暖小时工"的字样。

　　这场雪突然降临，仿佛 / 一个突如其来的思想 / 带来了惊喜，忧伤，或几分困惑 / ……雪仍在下着，回忆因死亡而变得安详 / 也许最终雪将覆盖一切 / 而我仍将为生命而歌唱

我们见到了一些同行，生活在这个城市的很好的作家和诗人，迟子建、阿成、张曙光、桑克、冯晏——他们是这片土地的产物和精灵。我一直很喜欢迟子建的笔下，那些更北边的北中国的一些小城镇和大森林里的故事和人物，而阿成的一部小说名字

很怪的小说《马尸的冬雨》，曾经给我很多奇怪的联想，还有张曙光和桑克等一批哈尔滨优秀诗人的诗篇，就是这片土地的注脚。我知道我无法把握和描述这个城市的真实的面貌和灵魂，但是从这些和这片土地有着深刻联系的小说家和诗人的笔下，就可以找到和这个地方精神气质，以及全部的风貌，她的温柔和大气，她的冰冷和怜悯，她的美丽和粗犷。上述小说家笔下写到冬天的已经数不胜数，但是和冬天最密切、冬天带来的灵感最多的，是诗人张曙光的作品。有着那么多关于冰雪的体验和诗句，充满了张曙光的诗集，本文引用的所有诗句，都是他的诗摘抄。

我从他的诗集中，读到了大量的关于冬天的诗，这些诗行，无疑都是这片土地和城市带给他的馈赠：

夜晚摊开着像是一只巨大的手掌／沉思是雪的淡淡的蓝色／……红色的手帕在雪地上一闪而逝

章丘的葱与泉

山东章丘市现在是济南的一个区了。从济南往东走几十公里，就到了。如此近的距离，使得章丘承接了济南东向发展的空间功能，这也就有了今年山东大学迁至章丘的举措，虽然有些争议，但肯定是大局已定。一个城市的发展空间，必然是逐渐扩大的，济南也是如此。北京正在疏解非首都功能到雄安新区，同时还在加紧建设通州副中心，起码要疏解 500 万人，山东大学就怎么不能搬到更加开阔的章丘呢？

在时间的长河里，这点变化，是十分正常、渺小的。

如此就说到了章丘的"一山"。一山，指的是龙山。可我们到达龙山街道，进入龙山文化的博物馆里，路上并没有见到山。所以又听说，"龙山没有山"，龙山，不过是一个地名罢了。北京现在还有地名叫作公主坟、八王坟，如今，公主的坟在哪里？八王的坟呢？也不知道。每次路过那里，我看到的，都已经是高耸入云的摩天大楼群了。可地名还在，关于那地名的想象和历史记载，也还在。

那么，龙山有什么？龙山文化又是什么？我来告诉你，根据考古学家的勘探发掘，龙山文化被认定为是距今 4600 年至 3900

年持续 700 年的古代中国文化遗存。1928 年，考古学家就在龙山一带发现了城子崖遗址。有学者认为，城子崖是古代谭国的遗址。谭国，为春秋时期位于章丘一带的古国，最后被齐桓公所灭。考古学家们接着从城子崖遗址往下挖，在 4 到 6 米深的文化层，进行了详细考古发掘，出土了很多黑陶制品。经过仔细的研究分析，复原了当地的聚落形态。从博物馆的沙盘和模型上，可以看出，这里有夯土城围子，以及较为原始的聚落，多达数千人生活在一起。准确地说，龙山文化，就是原初国家形态的初始阶段，这里一定是某个古国的中心城区。

由于发现了章丘城子崖龙山文化遗址，考古学家便把后来在国内其他地区发现的这一时期的文化遗存，统称为"龙山文化"，成为一个时期出现的、中国古代早期陶器文明时代的总称，地域空间也扩展到了河北、河南、陕西、辽宁、浙江，甚至台湾在内的我国广大地区的多个考古发现，都被称作"龙山文化"。章丘龙山文化则是龙山文化的典型代表。

龙山虽然没有山，但如此看来，龙山文化却是我国古代文化非常重要的一个阶段性的表述，空间扩大到了从黄河到长江流域的广大地域，成了我们研究和怀想古代先民的一个符号所代表的所有的生活范式。龙山文化是章丘古代文化的根，是这里的先民生活的起源点。来到章丘，不能不对这一点有所了解。不了解一个地方的文化历史的根，你就不了解这里的现在，因为当代生活的一切，都来源于古代的根，现代生活不过是古代文化之根生发出来的枝繁叶茂罢了。

章丘还出了一人，这个人，是个女人，她就是李清照。李清照是中国古代最伟大的女诗人之一，原籍章丘，这一点，主要是依靠一块石碑上的两篇碑文确定的。李清照的父亲叫李格非，住在章丘绣江附近，写下了《廉先生序》，廉先生的大名叫作廉复，在北宋年间隐居于章丘胡山脚下，绣江之滨。廉复因其事迹与人格，为李格非所敬仰，于是，他就写了一篇文章，纪念廉先生。这篇文章被廉复先生的后人刊刻在石碑上。石碑的背面还有一篇《碑阴记》，这两篇文章因为有李清照父亲，也就是文章作者的署名，还有写作年月，就成为李清照故里的绝佳证据了。后来，李清照变得比她父亲的名气还大，成为千古第一才女了。于是，章丘市政府后来建设了李清照故居——清照园，用来纪念这个宋代伟大的女词人。

一想到李清照，我的脑海里就浮现出少女李清照"倚门回首，却把青梅嗅"的顽皮娇羞的样子来。据说，她在章丘出生，在父亲的培养下，诗书画俱佳。一直长到了18岁，然后就嫁给了学者、诗人赵明诚，跟着丈夫移居到了山东青州。后来，金兵攻破北宋首都汴梁开封后，北宋灭亡，她跟随丈夫不得不南迁。她丈夫赵明诚是金石学家，两个人雅好诗词，经常互相唱和，夫妇感情至深。结果，两人一路南奔，赵明诚在前往湖州为官的路上病亡，从此，李清照的生活就发生了很大的变化，她寄人篱下，颠沛流离，作品风格也有了很大变化。

李清照是良家妇女出身的杰出女性文学家，和一些中国古代的、在欢场待过的女诗人如薛涛、鱼玄机等不一样，属于中国文学史上凤毛麟角的人物。古代中国女诗人、女性文学家往往受性别所限，也受到环境的限制，"女子无才便是德"，很难有出头之处，写的大都是闺阁体诗文，难以有大格局和丰富的内容。李清照则是少之又少的文学史上的奇葩。她的前期词作，写了少女情怀、闺阁情思和对大自然的热爱，以及对生活的美好向往，词风优美动人，清新可人。可自从北宋灭亡，南宋政府南迁，国破家亡，她写的都是离愁别恨的离乱生活，因此，风格哀婉动人，婉转伤怀，语言平易，不时还有豪放悲愤之作，别有一种诗词之大美。她被称为中国古代诗词历史上"婉约派"的重要代表，由于她号"易安居士"，她的风格又被称为"易安体"。

如今，章丘的李清照纪念馆里，泉水喷涌，亭台楼阁曲折婉转，十分安静，走在"清照园"里，怀想李清照在这里度过的少女时光，隔着时光的帷幕，我们依稀看到的是她那清瘦曼妙的身影，在这里穿进穿出，追逐着春光、蝴蝶和诗情。

"章丘出了个李清照"，我想，只要是来过章丘，就得记住这一句，就得记住李清照这个人。

一葱，说的是章丘大葱。章丘自古出大葱，章丘大葱很闻名。我在北京每次吃烤鸭，烤鸭卷起来配着葱丝，就想起来这葱丝可能是章丘大葱做的。一般来说，北京烤鸭用的葱白清新、葱丝明了的大葱，大都来自章丘。

这章丘大葱很奇怪，跟普通的大葱比起来，长得更加的茁壮，一般高在一米五左右，跟山东汉子和山东媳妇一样，高高大大。据说章丘还出产过高达两米的大葱，这简直就不是大葱了，是大葱精了。

章丘大葱的特点是不很辣，但却很甜美，脆嫩可口，葱白很长，便于储存。一捆章丘大葱站在那里，看上去简直就像是一个人：青青的葱叶子，白白的大长腿，不说这章丘大葱是美人葱，你绝对不客观。

大葱的原产地其实是在西域地区，现在的新疆往西还有名叫"葱岭"的大山，指的就是山上到处都是野葱之地。据说，最早在周朝，这大葱就从西域传到了中原一带，被我国聪明的人民栽培成食用配菜了。大葱估计谁都吃过，也有不喜欢大葱的，以女人居多，据说味道太刺激。史书记载，汉代开始，大葱作为重要农作物，朝廷命令老百姓种植，到了明代，章丘大葱就闻名全国了。

在章丘，我特地去看了看章丘大葱的产地。我在武汉生活过好几年，武汉也出产一种有名的蔬菜，就是菜薹，而且，是以武汉东湖的洪山菜薹最有名。奇怪的是，也就是洪山一小片地方出产的菜薹最好吃，最茁壮，最有菜薹味儿。这就十分有趣了。据说有人把洪山菜薹拿到别的地方种，可怎么种，就是不出洪山菜薹的那个味道。整个湖北，就是洪山那一小片地方出产的菜薹好。

这章丘大葱也是如此，主要的产地，就在章丘的绣惠老城西边10平方公里的地区，只有这一片土地上种出来的章丘大葱才是最好的，才能称为纯种的、标准的章丘大葱。这就很奇怪了。我想，一方水土养一方人，那么同样，一方水土也养一方植物。章丘大葱的生长环境，一定和这里独特的气候、土壤、水分、光照有关，也和章丘人民在千百年来，仔细摸索出来的大葱栽培经验有关。章丘大葱最有名的品种叫作"大梧桐"，还有一种叫作"气煞风"，亩产在3~4吨，可以说是产量不小。章丘大葱一般有三年生和两年生两种，三年生则在冬天里播种，这样比较有利于培苗，两年生的大葱则在春天里播种，这样生长期相对比较短。

于是，我们晚上吃的一道菜就是章丘大葱卷煎饼，煎饼卷大葱，真是好吃啊，还不贵。好吃好吃真好吃。

一泉，说的是章丘的泉水。章丘是泉城啊，就像济南被称为泉城一样，这一带因为地势的原因，自古就有泉水喷涌，称为一大奇观。我说一泉，肯定说少了，章丘有名的泉起码上百个。不过，我想，来到了章丘，看了章丘泉水，百八十个泉眼喷涌泉水咕嘟嘟，都十分美丽，那么，你就可以挑选一眼你最喜欢的泉。

我最喜欢的泉，是墨泉。这就是我的一泉。墨泉位于李清照纪念馆墙外，由一方围栏圈住了，前后的围栏上刻有两个大字"墨泉"，字体是金字。墨泉为济南地区七十二名泉之一，在我看来排第一。因为墨泉这名字和样子，简直太让作家文人喜欢了！你看，泉水墨黑墨黑的，喷涌的简直就不是泉水，而是墨水啊！站在墨泉的跟前，扶着汉白玉雕刻的围栏往泉眼里看，半平方米的泉眼，一直往外面冒着水，黝黑如墨汁，咕嘟嘟地往外面冒，哎呀，那果然是神秘异常。泉口幽深，泉水如墨，浪花溅起来又是雪白透明的，实在太美丽了。

我凝视着墨泉，感觉这墨泉简直就是文人的灵感的象征。墨水和墨汁，是文人作家用来写作写字的，灵感如泉涌，现在这句话用来形容灵感如墨泉涌动最合适了。每个作家都有灵感枯涩的时候，什么时候文思能够如泉涌？好了，请来章丘的墨泉看一看，凝视墨泉三分钟，保证你的文思如泉涌！

墨泉，我想就是这么神。章丘名泉千百眼，我喜爱这一眼。墨泉墨泉，墨水之泉，文思之泉，灵感之泉，神奇之泉，美妙之泉，也是我喜爱的泉，是我的泉。

不过，你要是去章丘，你去找找你最喜欢的泉，那里还有很多有名的泉，如百脉泉、东麻湾泉、梅花泉、龙泉、漱玉泉、金龟泉、荷花泉、灵秀泉、牡丹泉、胜水泉、琴泉、太平泉、天赐泉、凉水泉、马跑泉、宝珠泉、八仙泉、黄露泉、古海泉、松间泉等等。去吧，去找一找你最喜欢的、属于你自己的泉吧，在章丘，你肯定能够找到和你的灵魂相通的一眼泉水。

一酒，就是百脉泉酒了。章丘泉好，水就好，水好，拿来酿酒的话，酒自然就好。我曾经喝过出产于章丘的百脉泉酒，一喝，一入口，低度的就感觉如同甘泉一般清冽，绵长清新，令人神清气爽；高度的则醇厚热烈，丰富旷达，就如同章丘人的大气凛然，又浑浑然有古风之大丈夫气概。

百脉泉酒，自然取名于百脉泉。百脉泉是济南章丘名泉，其特点在于有千百脉的泉眼细小如管涌，水面冒着小气泡，水下则是千百条互相连接的脉络所形成的泉眼，然后向上冒出了泉水。规模宏大却又并不惊心动魄，气势不凡却又波澜不惊。看似平静却到处都是沸腾的泉眼，这就是百脉泉的特点。百脉泉酒，就像中国好酒那样，要用好水、好粮食，再用好酒曲去发酵，然后是蒸馏、储存、提纯、勾兑，这一环环的酿酒的环节，都是中国古代文化的创造性智慧的体现。

中国白酒是世界上最有特点的物质文化产品了。酒，与时间有关，与转化有关。水，粮食，变成了糖分，经过了复杂的发酵，变成了酒。中国宋代有两本关于酿酒的书，早就给我们揭示了中国酒的秘密。一本是朱肱的《酒经》，另一本是窦苹所著的《酒谱》，将与酒有关的很多技术与传说，尽数呈现，是我看到的中国酒文化之集大成的著作。

那么，用章丘上好的泉水，用山东大地上出产的上好的粮食，山东肯定能酿造出好酒。所以，这章丘一酒——百脉泉酒，也正在声名远播，酒香四溢。章丘，一山一人，一葱一泉一酒，你来了，你就会满目琳琅，满心欢喜。

山西临汾尧庙

山西临汾可是华夏文明的发祥地之一，其人文传统和地域文化都非常深厚，属于五千年华夏文明的开端部分。

飞机落地，似乎有一层薄薄的白雾覆盖在城市上空，太阳出来了也是朦胧的，就像月亮一样。

这次去临汾，我有意要追寻的，就是她的古代文明的遗存和记忆。

从山西的地图来看，从南到北，西边是吕梁山，东边是太行山，中间是一条南北走向的汾河河谷，汾河又是黄河的重要支流，因此，这样的地理环境就决定了山西的古代文明，必定是黄河文明的一部分，是沿着河谷分布和生长的。临汾，古代称平阳，靠近的就是那条大河汾河。虽然如今汾河的水已经少了很多，但是，就是这条河，成为中华文明的源头之一，有河就有水，有水就有灌溉和农业，就有了文明的滋长。

最近一些年，在临汾下属的襄汾县陶寺村，发现和发掘出一个大型的古代文明遗址，根据出土的器物和建筑类型的形制，考古学家推断这里可能就是传说中的尧舜时代的都城。如今，对陶寺遗址的挖掘、清理、研究还在进行中，但是，越来越多的证据显示，临汾地区，的确是传说中的尧舜时代的重要的文明留存区域。

尧舜时期，目前在古代文献中的记载，大都是只言片语，属于传说时代，五千年的华夏文明，一直是一个概括性的说法，有些西方的史学家不承认我们有着五千年的文明，因为，我们确切的历史纪年是从公元前841年开始的，也就是说，根据确切的文字记载，我们有记载的历史接近3000年。但是，三皇五帝时期、夏朝、商朝等古代中国的历史阶段，随着越来越多的考古发现和出土文物，随着夏商周断代工程的进展，证明了中华民族的文明源头，绝对是人类文明中成熟最早的、远早于现今大多数西方文明的文明。只要你去了陶寺遗址，你看到了那远在4500年之前，我们的祖先建立的城池、地穴、民居、祭坛、墓地、饲养家禽家畜的栏圈、供人饮用的水井，还有石灰窑、冶铜作坊，都说明了这里早在4500年前，就是一个部落或者国家雏形的聚落地区。考古学家从墓地中发掘出玉器、陶器、石器、骨器等文物，根据碳14的测定，都在距今4500年左右，刚好和我国古代的典籍中记载的尧舜时代相近。

我进入尧庙，心存敬畏之感。来到祭拜祖先的庙宇，我感到了一种少有的庄严气氛。下午时分，尧庙广场上人烟稀少空旷，却别有一种穿越了时间的沉重击中了我。尧庙是临汾最重要的一个古代文化建筑的遗存，据说最早建于晋代，唐高宗三年迁移到现在的位置，距离今天有1300多年了。尧舜禹时代，给我们留下深刻记忆的，就是禅让制度的建立。禅让，就是把皇帝或部落首领的位置，让给贤能的人，这是中国古代政治制度最闪光的地方，也是当代官员推荐和选拔制度的遥远的呼应和回声。可以说，到今天，我们的政治制度里面，禅让的精神还在发挥影响和作用。这比那种依靠血缘关系来世袭的政治制度，要科学和先进，要对人民更有利。虽然还不是民选，但是爱民的皇帝来选任下一任没有血缘关系的贤能，还是能够起到很好的政策延续的作用。尧庙在历史上几度被毁坏，特别是康熙年间曾经遭遇地震，三个大殿完全毁坏，1695年之后，康熙皇帝亲自拨付银两，重新修建了尧庙，可见最高统治者知道用敬祖文化沐浴与统摄人心的重要。之后，尧庙就像时光里的见证一样，又经历了太平军、日军和国民党军队的毁坏，1987年，再度进入一个新的修复和重建的历史阶段。1998年，有犯罪分子纵火焚烧了其中的广运殿，还把附近的千年柏树烧死了，非常可惜。2002年，尧庙经过了多年的重修重建，按照明代和清代的建制，形成了有着绵长中轴线的宗庙建筑群，并在10万平方米的尧都广场拱卫下，形成了气势开阔宏大的建筑格局。

　　徜徉在尧庙里，发思古之幽情是必然的。而每年来这里寻根问祖的人有几十万。联想到我在日本神社里见到，无论婚礼、入学升学仪式和就业入行仪式，日本人大都在神社里举行一个庄严神圣的仪式，那种肃穆和敬畏感让我神往。我就想，尧庙在今天，还可以发挥很多和现实生活的关系，比如，集体婚礼、毕业典礼、大型政府活动、文化演出等，临汾都可以结合尧庙来进行。我们的生活中缺少仪式之美、缺少仪式的庄严神圣感，已经太久了，而尧庙作为我们中华民族的一个源头的文化记忆，可以发挥很多作用。当然，这有赖于当地官员对尧庙文化的重视。人是大地上的过客，几十年缥缈而过，而文明的记忆则是长久的，对尧庙文化的发掘和现代再生性利用，是摆在临汾人面前的新功课。而尧庙祭祀、纪念、仪式等活动的常态化，是一个很好的方向。

镇江的三山一湖

在我的心目中，镇江名气很大，我却多次路过而没有去过。好几次，在前往扬州的路途中，在润扬大桥上通过的时候，朋友遥指远处的一片江水连天之处浮现的城市说，那就是镇江。这年夏天，恰巧有个机会到了镇江，对镇江的三山一湖印象深刻。

镇江因在长江边上，其历史地位、文化积淀和杰出人物在中国古代和近代都大放异彩。从古代历史地位考察，镇江是吴文化的摇篮。当地的作家朋友一直在我耳边如数家珍，说镇江人杰地灵，历代都有著名文人和镇江有渊源。比如，从唐代的李白、孟浩然、白居易、杜牧、李德裕，到宋代的范仲淹、文天祥、欧阳修、王安石、司马光、苏轼、陆游、辛弃疾，再到明代的唐寅、文徵明、冯梦龙、吴承恩，以及清代的郑板桥、沈德潜、龚自珍等，在镇江都留下了诗词书画，给镇江的文化内涵增添了光彩。

另外，还有许多杰出的作家和学者，在这里编书写书，如梁代昭明太子的《昭明文选》、刘勰的《文心雕龙》、沈括的《梦溪笔谈》都在这里成书，还有米芾的书法绘画，成为中国文化史中的耀眼奇观。镇江还有许多历史上流传下来的故事和传说，如

《白蛇传》中的白娘子水漫金山寺、《三国演义》中的甘露寺刘备东吴招亲、明朝话本中《杜十娘怒沉百宝箱》的故事等，都有传说中的实际发生地，可以按图索骥去寻觅，并在时间的烟云中去想象其情景。

到了镇江，从宾馆的窗户中望出去，就见镇江地势雄奇，一条大江横陈，那是长江逶迤而过，一面大湖环绕，那是金山湖在我的眼前铺展开来，三面山峰黛色熏染般，隐现在雾气中。那是金山、焦山、北固山。

这就是镇江著名的"京口三山"。京口三山并不高大，这三山在我这个北方人看来，简直就是小山包。但这三山面临长江，气势不凡，闻名久远。走了一遍京口三山加一湖，我对镇江的气韵生动更有体会了。

焦 山

我先去的是焦山。焦山是一个小岛，旅游手册上介绍说："焦山，耸峙江心，碧波环抱，满山苍翠，山林遮掩古寺，宛若蓬莱仙岛在水中缥缈。"这天天阴，远看湖面上一个小岛，朋友说，那个小岛上就是焦山所在，山高 70.7 米。我问：为何叫焦山？朋友答：因东汉焦光隐居山中而得名。隐士焦光在这里悬壶济世，治病救人，后人为了纪念他就取名焦山。

我们要上焦山，得坐轮渡过去。我看到有一个防波大堤，显然是一条道路，从远处通到了焦山岛上，问，为何不从那边开车过去？朋友答曰，那样更麻烦，只能到达偏远的后门，无法从正门开始观览，结果还是要绕到前门来，不如坐轮渡方便。

轮渡很快就开过来，载着我们渡过金山湖面，抵达焦山。我想，这焦山不到百米的高度，如何能和众多名山相比？想来一定有它的理由。原来，这焦山上有江南闻名的一大碑林——焦山碑林。由于有这些碑林石刻，焦山成了一座书法之山，名列我国四大碑林之列。焦山的碑林石刻中，篆、隶、真、草、行、楷各种字体都有，特别是还有残碑"瘗鹤铭"，是从江水里打捞出来的，不知何人所写，成为焦山碑林中的瑰宝，闻名于世。那我就一定要看看这《瘗鹤铭》碑刻了。

　　上了焦山，迎面是定慧寺的山门。朱漆彩画，一对石狮镇守。门旁左右悬挂着一副清代文人所写的楹联："长江此天堑，中国有圣人。"进入山门，看到"海不扬波"四个大字，为明代书法家胡缵宗所写。焦山在大江之中，就像是一块镇水的巨石，驱逐水妖河怪，因此叫作"海不扬波"。过了一座牌楼门，处处可见亭台楼阁，焦山上的年岁在几百年的古柏树有好几棵，在壮观亭旁边生长的是一棵千年古柏，虬枝举天，枝叶茂密，有一首诗描绘它：

　　　　一株夭矫六朝松，多是坂埋与石封。
　　　　不要点睛亦飞去，前生原是在天龙。

　　焦山是江南佛教的重要场所。焦山定慧寺是江南最早的寺庙之一，定慧寺，始建于东汉兴平年间，已有1800多年的历史。它原名普济寺，元代改称焦山寺，康熙南巡的时候将其改名为"定慧寺"，至今仍叫这个名。康熙皇帝还在这里御笔题词。如今，他的御笔碑就在碑林中。

"定慧"二字，取自佛教经典中的"由戒生定"，"定"，就是去掉一切私心杂念，"慧"，就是通过"闻、思、修"这三条途径来增长智慧。"定慧"二字一向是佛家修行之要义。定慧寺在明代为全盛时期，朋友介绍说，当时就有殿宇98间、和尚3000人，参禅的僧侣达数万人，加上定慧寺两旁还有18个庵寺，号称"十八房"，因此在江南的佛教禅寺中地位很高，有"历代祖庭"之称。也难怪，东汉时期佛教才传入中土没多久，这座寺庙就建立了，自然是地位不一般。"焦山有座寺，藏在山坳里，不见形势，谓之山裹寺。"施耐庵在《水浒传》中，对焦山定慧寺有这样的景观描述。

焦山的寺庙、楼阁大多被山体的绿树掩映在阴凉中，一直有"山裹寺"的说法。我也是走马看山，一路走去，定慧寺、大雄宝殿东泠泉、御碑亭、古雅庭院观澜阁、焦山炮台、华严阁摩崖石刻、三诏洞、壮观亭、万佛塔、别峰庵、百寿亭、吸江楼等等，亭台楼阁别有风姿，观澜阁、文昌阁、汲江楼、东升楼、御碑亭、槐影书屋、黄叶楼、乾隆行宫、浮玉斋、枇杷园、蝴蝶厅，令人目不暇接，我就这么走过、路过，又看过了。

焦山现在还是江苏佛学院的所在，来此朝佛受戒学习的学徒很多。还看到已故中国佛教协会主席赵朴初在这里题写了"无尽藏"三字，让我想起来小说家庞贝的作品《无尽藏》的奥妙。

最后还是想看看《瘗鹤铭》。《瘗鹤铭》的名气很大，瘗，就是埋葬的意思，想来有一个道人埋葬了一只死去的仙鹤，为此专门写了瘗鹤铭。

有"碑中之王""大字之祖"之称的《瘗鹤铭》，就出自焦山，一向有"北有《石门铭》，南有《瘗鹤铭》"的说法。镇江的朋友很自豪，夸赞说，焦山碑林与西安碑林一南一北，各领风骚。

走过几棵银杏，在一条回廊中穿行，进入一座精致的江南庭院，朋友说，这里是当年乾隆南巡时居住的行宫。行宫是两层楼，飞檐斗拱，当年就在这建筑的外面，江水奔腾而过，惊涛拍岸，波澜起伏，在观澜阁上可见远处大江东去，白云缭绕，真是一幅美丽的千里江山图。

我急着去看《瘗鹤铭》，走马观花，看到很多名人的墨迹碑刻，脚步未曾停留。等到眼前墙上的《瘗鹤铭》残碑出现，我还是很震动的。

仔细观赏《瘗鹤铭》残碑，确实觉得其书法价值很高。有人附会《瘗鹤铭》为东晋大书法家王羲之所书，我不赞同这种说法。但《瘗鹤铭》的内容显示，它和道教是有很大关系的。肯定是有一位古人因喜欢的仙鹤死去，写下了《瘗鹤铭》以示悼念，被镌刻在岩石上，后被雷轰击崩塌后，坠入江中。宋代淳熙年间，这块石碑曾露出了水面，后来又没入水中。

清朝康熙五十一年（1712），镇江知府陈鹏年派人从江中捞起了5块原石，仅存下86个字，可见其字体潇洒苍劲，是隶书向楷书过渡的关键时期的标志性风格，书法价值极高，可算是稀世珍品。宋代著名文人黄庭坚认为，"大字无过《瘗鹤铭》"，推此为"大字之祖"。《瘗鹤铭》残石被发现以来，历代文人墨客对它都是高度评价，对《瘗鹤铭》的诞生时代、其作者、书法艺术特征等方面的研究、探讨一直在进行。经历代专家考证，《瘗鹤铭》原文应在 160 字左右，尚有很多缺失。

我就问当地的作家蔡兄，那为啥后来不继续打捞呢？老蔡告诉我，在 1997 年，镇江博物馆和焦山碑刻博物馆联合考察打捞，又在水下发现了一点《瘗鹤铭》的残石。经过整理，发现了"欠"和"无"这两个字的残碑。

老蔡说，到了 2008 年 10 月 8 日，再次对《瘗鹤铭》落石地点进行打捞考古。联合考古队动用了打捞船、挖泥船、小工作艇，利用现代化的 GPS 技术、超声波技术、多波束水下地形测量技术及潜水等，对焦山西麓的江滩进行了一次全面的打捞考古作业。

这一次，在打捞出水的 1000 多块山体落石中，经过清洗、拓片、辨识、鉴定，发现其中的 453 号石、587 号石、546 号石、977 号石上，疑似有"方""鹤""化""之遽"等几个残字。经考古专家和书法家反复辨认，能够初步认定，这几个石块上的字形大小、文字式样、笔画形态与《瘗鹤铭》书风一致。2009 年 8 月 25 日，又对疑似刻有《瘗鹤铭》的巨石进行爆破减负，以便全石打捞出水。但目前并未有新进展。

北 固 山

从焦山上坐轮渡回到岸边，再坐车前往北固山，不过是 10 分钟的路程。

北固山在一片绿树掩映中，位于镇江市东北江滨，因山势陡峭、形势险固，因起名曰"北固"。又因当年梁武帝曾登山顶，一览长江天际流，又名北顾山。山上有"天下第一江山"的碑刻题记闻名于世。

我沿着台阶上了北固山，可见山体濒临大江——现在是金山湖的水面，山势险固，甘露寺高踞在山顶，形成了"寺冠山体"的独特风貌。北固山上的亭台楼阁雄奇而又秀丽，大都与三国时期孙刘联姻等历史传说有关，因此成为外地游客前来寻访三国传说的好地方。

不过，我觉得很多地方也是附会的多，传说的多，听听罢了。比如说，在北固山公园入口处的池塘边有一块试剑石，这块试剑石就附会了这么一段故事：相传，三国时孙权、刘备曾经联盟。有一天，孙权和刘备同游凤凰池，看见池边有一块巨石，刘备立即拔下随从身上的佩剑，仰天长叹：我若能手起剑落，剑下石裂，就联手东吴合击曹操成就霸业！他手起剑落，只见火花飞溅，巨石应声而裂。于是他就牵手孙权，两家结盟。这块试剑石成了刘备联手孙权检验心智的一块石头了。

我仔细观察凤凰池边的这款石头，确实从顶端到半身，有一道裂缝。但我感觉，用刀剑是劈不开的。然后，蔡作家解答了我的疑问。

其实，试剑石的形成，来源于地质的演变：距今1亿多年前的白垩纪时代，因火山喷发、岩浆溢出地表，形成了火山岩，其质地坚硬，多裂缝，再经长时期的风化剥蚀，就变成了现今的裂缝石头的形状，这块石头绝不是刘备用利剑能劈开的。

无论传说如何荒诞，我想，仁者爱山，爬爬山，总是好的。北固山由前峰、中峰和后峰三部分组成。前峰原为东吴古宫殿遗址，现已辟为镇江烈士陵园；中峰上原有气象楼，现改为国画馆，后峰为北固山主峰，北临原来的长江主航道、现在的金山湖，三面悬崖，是一览三山映江水，长河天际流的最佳之处。

作家老蔡从小就爬这座山，如今他都50多岁了，一边爬一边给我们讲解。我们喝了一会儿茶，接着走路。看到一个小胖子趴在一块像是狼狗的石头上骑着，他上去问，孩子，你知道这块石头叫什么吗？

小胖子和他的妈妈都是一脸懵懂，不知道这块石头叫什么名字。

老蔡说，这块石头雕像的动物，不是狼不是狗，这东西叫狼。因此这块石头叫作狼石。形状像是羊又像是狗和狼，但无角也没有耳朵，左侧腹部上，刻有"狼石"二字。导游说，相传，孙权曾骑在狼石背上，和刘备共商破曹大计，定下了赤壁之战的妙计。我一听，又笑了。那这两个英雄可真是顽童啊。

老蔡也笑了，他说，我从小就骑过这块狼石，说着，他就骑上去，还真是像刚才那个小胖子长大成人，变成了老蔡。他告诉我，这块狼石是从镇江市碌碌巷的南荒场路口移过来，经过石匠加工、精雕细刻而成的一只无角狼石。

我们从北固山南麓登山，过了气象台，沿着山脊北行，到达清晖亭。在亭边有一座铁塔，生着褐色的铁锈，看着很不一般。

原来，这是唐代的唐卫公李德裕在宝历元年（825）所建，又名卫公塔。原为石塔，毁于破坏之后，在北宋元丰元年（1078）改建成九级铁塔，呈现平面八角形。

后来，这座铁塔也是命运多舛，经过海啸、雷击、战火等很多次的大劫难，到 1949 年的时候只剩下塔座两层了。经过修整，现在是四层，约 8 米高，整座塔显示了岁月的沧桑经变：塔基及一、二层是宋代原物，三、四层为原塔的五、六层，系明代所铸造。

甘露寺后面的多景楼，算是北固山风景的最佳处，楼名取自唐代李德裕的诗句"多景悬窗牖"。想必是在不同角度，看到的江天景色大不同的缘故吧。

在楼额之上，悬挂着大书法家米芾所书写的"天下江山第一楼"的匾额。山顶虽然有很多大树绿影婆娑，遮挡了我的视线，我在北固山高处好几个地方多角度看山光水色，只见金山湖上水汽蒸腾，更远处的大江就像是一条玉带，蜿蜒东去，让人心旷神怡。

金 山

下了北固山，直奔金山，也不远，十几分钟就到了。

金山的名气很大，因为有《白蛇传》、有法海法师的传说。果然是人流如织，川流不息。

金山本是屹立于长江中流的一个岛屿，"万川东注，一岛中立"，与瓜洲、西津渡成掎角之势，被称为"江心一朵芙蓉"。但沧海桑田，长江改道之后，在清代道光年间，金山岛与南岸陆地相连接，成为陆地的一部分了。金山位于镇江市区西北长江路，海拔 43.7 米，占地面积 41.6 公顷。它是长江大断裂唯一得以保存至今的物证。

金山是一座镇江三山一湖的掎角之山，一向以绮丽著称。果然，我们远看山体之上不见金山，只见到山上的寺庙殿宇金碧辉煌，游人、信徒、香客、闲人纷纷到来，都是来看金山的。远看一塔伫立在高处，直指苍穹。老蔡说，金山寺总见寺庙不见山，远看近看都是这样，所以一直有"金山寺裹山"的说法。

我们站在江天禅寺门口，我抬头一望，就看到了题有"江天禅寺"的匾额，据说，这块匾额，是清康熙皇帝来金山时亲笔题写。

江天禅寺就是金山寺，是一座古老的、在佛教史上很有名的禅宗寺庙。它始建于东晋时期，距今已有 1500 多年，寺庙建成后最开始叫作泽心寺，南朝、唐朝称为金山寺。在清代，金山寺与普陀寺、文殊寺、大明寺并列为中国四大名庙，成为著名的佛教道场。

我们信步而行，沿着台阶上山。整座金山果然都包裹在寺庙建筑中。有一座慈寿塔，非常显眼，它位于山顶，远看近看，都是金山的标志。很多游人以它为背景取景。看手头的介绍，这座塔高约 36 米，是砖木结构，有七级八面，现在不让客人上去了。平时，顺着内部旋式木梯，可直登塔顶。

我们爬到山顶，在游览平台上靠着栏杆，可见镇江城楼厦林立，一片广大。远看大江东去，金山镇江，真是能够镇住大江的波涛汹涌，的确有一种雄伟的气势。

金山寺有许多历史典故与动人传说，如《白蛇传》中的水漫金山，梁红玉擂鼓战金山，妙高台苏东坡赏月起舞等等，这些在我看来，就是听听好玩罢了。

金山寺虽有一千多年的历史，但也是几经毁坏和重修。比如，金山原有双塔，明初就不存。明穆宗隆庆年间，和尚了明在北塔旧址筹资重建了一座塔，命名为慈寿塔。

清咸丰年间，此塔毁于战火。光绪年间，金山寺住持隐儒经过多年奔走，在时任两江总督刘坤一的资助下，重建慈寿塔。那一年，恰逢慈禧六十寿辰，刘坤一让人在慈寿塔外的花墙上，刻了湖南李远安手书"天地同庚"四个大字，以示贺寿。这些花边历史，是导游最喜欢告诉游人的。

金山名气大，历代文人墨客都在金山留下了诗文和墨宝。我在这里，只引宋代王安石的一首《金山》诗，其中他写道："数重楼枕层层石，四壁窗开面面风。忽见鸟飞平地上，始惊身在半空中。"下山的时候，道路逼仄，几乎要摔倒，我确实是感觉到了王安石的"始惊身在半空中"。

金　山　湖

出了金山，我们在金山湖边的步道上走了好久。天色阴沉，下雨了，可见岸边芦苇、水草杂生。不时看到眼前的一种大鸟飞起来，飞向苍茫的金山湖上。老蔡说，这种水鸟叫作灰鹭，是喜欢偷鱼吃的水鸟，渔民稍不留神，打的鱼就要被它偷走了。

到镇江，这三山一湖值得一看，山不在高，湖不在大，的确是名不虚传。

名不虚传的，还有镇江的佳肴。比如，焦山鲥鱼是镇江独有的名菜，为长江三鲜之一。

晚上吃饭，饭桌上，主人推荐给客人的还有水晶肴蹄、清蒸刀鱼、白汁鲄鱼、蟹黄汤包、桂花白果、镇江狮子头等。河鲜非常鲜，咸淡总相宜。特别是，一碗锅盖面让我大开眼界，原来，这面是连着锅盖一起煮的。镇江一直有"面锅里煮锅盖、香醋摆不坏、肴肉不当菜"的说法。我感觉镇江香醋微带甜，肴肉很筋道，锅盖面很好吃，这镇江三怪其实一点都不怪。

泰顺的廊桥和兰草

温州市泰顺县在浙江最南端，再往南就是福建了。从温州出发，一个多小时就到泰顺了。转过几个山角，温州郊区那工业区的空气污染就不见了，泰顺的阳光透亮，空气纯度很高。这对于我们这些来自雾霾频发地的北京人，是很高兴的事情。现在，每次雾霾扑面，我就想着躲到别处去。那么，去哪里呢？现在看来，泰顺也是一个好去处。

泰顺养在浙南山中人未识。泰顺的自然环境好，如今变成后发优势了。不光是空气质量高，还有食物也很好，大都是就地取材，制作工艺独特。不过，我不想说泰顺的吃，想说点别的。在爬泰顺的大山时，我听说这里还有野生兰花，就动了心思，想挖一棵回去。我母亲是一个种花狂，家里到处都是她种的花花草草。她种花草不讲究，什么都种，有的甚至是她从广州带回来从路边挖的。我老想给她升级换代，带她去莱太花卉市场和花乡的花卉大棚，看这个看那个，那么多万紫千红，她都无动于衷。对于一个自小在农村长大的老太太，家里没有让她种上麦子稻米，已经是万幸了。好在前年我在海南昌江县，偶然在爬山的时候挖到了一棵野生兰花，做了一回盗花贼，带回来献给老妈，被她种活了。她还学着嫁接到其他兰花身上，种出来一些奇怪的兰草。

沿着山路走，我果然在路边发现了一棵兰草。那棵兰草细长的叶子，很像是从宋画里走出来的，婀娜文雅，又野趣横生。因为要继续爬山，我就做了地点标记，打算下山途中再挖出来带走。两个小时后我们下山途中，我到了那个做标记的地方，可怎么都找不到那棵兰草了。我来来回回在林子边仔细搜寻，可就是没有那棵兰草的踪迹。这就奇怪了。

同行的当地朋友说："兰花是有灵性的，是仙草，知道你要带走它，就自己跑了。"我恍然大悟，这有灵性的兰花！看来真是不愿意去北京被我妈栽在盆子里，它自己逃跑到更深的密林里了。

下了山，在山脚下一个村落边的饭馆里喝茶。这茶一喝，就发现与其他我喝过的茶都不一样。茶水的颜色是淡绿色的，跟绿茶一样，可是味道却大相径庭，喝起来那种清新、爽朗、甜美，与所有的茶都不一样。这是不是当地产的绿茶呢？我问了一下店家。人家告诉我，这种茶叫作"小青"。但"小青"不是茶叶，而是一种山里的野草，也可以做药，清肺败火，也可以当茶饮。但没有茶树，是草本的。

后来，在泰顺的几天里，我走到哪里都能喝上"小青"，喝"小青"成了我在泰顺最重要的舌尖的味道，记忆中的回味。"小青"那种独特的、我很难形容的味道，实在令人难忘。而且这个名字——"小青"，听着像一个蛇精美女的变形，又像村里河边长大的姑娘小芳，再就是像邻家妹妹。我喝"小青"，就这么喝出了无限的遐想。

泰顺还有一种温泉，叫作氡泉。氡泉氡泉，自然是泉水中含有氡这种元素。我们知道，好的温泉有硫黄味道，这氡是个啥东东，不很清楚，需要去查字典。但泰顺的氡泉很好，是当地人都知道的。泰顺的氡泉藏身于氡泉大峡谷中，这个泰顺的大峡谷，方圆几十里都是山林，景色秀美，山川清雅，时不时还可以看到悬崖上飞出黑色的鹰。山林里，到处都是流泉瀑布，飞鸟入林，一派无人搅扰的自然风貌。而从地底下冒出来的氡泉，能够让远来的客人一洗风尘，解除疲乏，有高血压、糖尿病、内分泌失调、神经衰弱、风湿病、皮肤病的，都能治疗。我看泰顺的温泉宾馆，接待能力不低，建设的条件比县城里的宾馆要好很多，这氡泉应该是泰顺很重要的旅游资源。百般烦恼，一洗了之！

最后，要说到廊桥了。我第一次听到泰顺，是看到清华大学陈志华教授搞的乡村建筑调查计划中所出版的一本书《泰顺》，里面专门介绍了泰顺的廊桥。廊桥，我们很容易与一部美国文艺片《廊桥遗梦》联系起来。不过，中国的廊桥，是带有民族特色的，泰顺的廊桥比美国电影里那个廊桥，要好看多了。我两次来到泰顺，看了泰顺的十多座廊桥，可以说是蔚为大观，精美绝伦，还带有生活的实用性、建筑的独特性，和文化记忆的永恒性。想想吧，几十年过去了，两个老人见面，还能回忆起他们在廊桥上相遇时说的话，那是一种什么感觉？再说了，关于廊桥，还可以有许多故事，甚至是爱情故事。我走过廊桥的时候，就看到了一个尼姑站在廊桥的窗口，呆呆地望着河水和廊桥外面的风景，只把一个轻灵的背影留给了路人，那她在想些尘世间的什么往事呢？又有谁能知道？

廊桥的前身是碇步桥，也就是在浅滩河水和溪流中分布的桥桩子，是石头的，人可以踩着过河。碇步桥宛如琴键一样等距离排列在水面上，又名"琴桥"。最有名的碇步桥，是泰顺东溪的大碇步桥，一共有126块，全长70米，十分壮观。

作为中国廊桥之乡，泰顺的廊桥保存得比较完好的有近20座，都是宋代建制，大部分建于明清和民国的古桥建筑。泰顺的廊桥分为三类，一类是八字木拱桥，横跨在河流之上，像个"八"字。还有一类是木平廊桥，没有拱起。第三类是石拱廊桥。廊桥廊桥，自然是有廊也有桥。有廊，就是说都有一个带有飞檐的走廊，有廊桥的桥顶，就可以遮风挡雨，避暑纳凉。桥的功能，一般是用于人通行于渡口，这泰顺的廊桥不仅用于通行，还可以用来交际，聚会，买卖小商品，观景，成为具有实用功能的多种用途的文化建筑，这是泰顺廊桥最重要的一种特色。

我看泰顺的廊桥，最漂亮的，还是北涧桥。北涧桥是红色的木制廊桥，廊顶是飞檐屋脊，还有两条龙在戏珠，并有凤来栖。桥边有两棵数百年的大樟树，树影婆娑掩映在清澈的河水上，红桥、绿树、清水、蓝天、白云，共同营造出一种诗情画意和安居乐业的景象。

想到了泰顺，我就会想到那株逃跑的兰草，小青茶的味道、氡泉，还有廊桥。

慈溪的古瓷与新桥

说起浙江慈溪这个地方，我会立即想起来两个符号：青瓷、杭州湾大桥。青瓷是慈溪古代文明的象征，杭州湾大桥是慈溪当代经济高速发展的象征。这个符号，从物质文化到文学与精神层面都有了，构成了我对慈溪鲜活的记忆与印象。

先说说青瓷。我已经是第三次造访慈溪的上林湖了，因为在上林湖的边上，有一座著名的越窑青瓷的遗址。今年夏天，上林湖的湖水似乎特别的充盈，也许是南方今年多雨的原因，那沿着湖岸供游人步行的小道，都被水淹没了。乘坐机械铁船游览上林湖，可以看到怀抱湖水的翠屏山青翠欲滴，周围的气氛寂静而神秘，好像掩盖了一个不想为人所知的秘密。我观察上林湖水，感觉到那水的颜色就像这里曾经出产的青瓷一样润泽，在船舷边捞上一捧，感觉到手心里特别润滑，就如同某种奇特的釉色液体。

中国是瓷器的故乡。有历史学家说，中国除了有石器时代、青铜时代、铁器时代之外，应该还有一个是瓷器时代。不过，中国的瓷器时代太过漫长，用来指代某个特殊的历史时期，似乎也不确切，因为到现在，我们仍旧在日常生活中大量地使用瓷器。上林湖的边上，到处都是可以被称为"文明的碎片"的瓷器、模坯的残片，随手就可以捡上几块。我听说杭州诗人潘维就偶然捡到了一个器形完整的青瓷碗，虽然是碎的，可是拼接起来竟然完好如初。湖面的山坡上，还有一座距今千年的青瓷老窑的遗址。遗址上方修建了一座长廊，由十五重檐叠加起来，构成一座外形奇特的亭子，很好地保护了裸露出来的窑址，缓慢沿着坡地向上的遗址里，从土层中裸露出很多瓷器的泥胎和模具来。据说，光是在上林湖的周围发现的唐代越窑遗址，就有 170 多座，而附近的翠屏山周围，还有其他几面小湖，都发现有越窑的遗址，可见这里生产青瓷，在唐代是多么的繁盛。

越窑青瓷的颜色乍一看不是那么扎眼，也不是那么好看，有些像绿豆发霉了的颜色，也很像茶叶的颜色，难怪很长时间里不是宫廷里的爱物。可是，这种颜色看久了，就看出味道来了。越窑青瓷后来成为唐朝宫廷里面的爱物，并且成为高度发展的唐代文明的一部分，与越窑青瓷的技术发展有关系。青瓷和青花瓷完全是两种颜色，因此，越窑的青瓷的颜色，后来又长久地被称为秘色瓷。秘色瓷在很长时间里，都不知道是什么颜色，现在，可以肯定地说，是接近青绿色的，还有一种是黄釉色的瓷器，都很珍贵。越窑青瓷的历史据考证起始于东汉，而在更早期，这里应该还有陶器的生产历史。慈溪位于浙江东部，烧造瓷器的自然条件，比如陶土、水源和运输条件都很好，当地盛产的松木可以烧出 1200℃的温度，加之水路、陆路交通都比较发达，因此，青瓷的烧造就逐渐地成了这里最著名的出产物。

在上林湖边徜徉，可以看到到处都是瓷器和模具的碎片。随手捡拾一片，你可以猜测这块碎片是盘子、碗和碟子的一部分，还是杯子、钵、瓶、罐的局部？这样的揣摩需要你具有丰富的瓷器器形器具的知识。上林湖，是接近慈溪古代文化的一个入口，她安静地铺展在大地上，以满地的青瓷的碎片，无声地叙说着沉默千年的历史。

再说说大桥。慈溪地处东海边，靠近杭州湾，是在一片滩涂之上发展起来的城市。从历史上看，慈溪就是盐碱遍地的滩涂，是不适宜人生存的，可是，就是有那么一批先民，在这样的地方移民围垦，硬是从滩涂和盐碱地上要回来了生存的土地和空间。而且，在有河湖的地方造窑烧瓷，烧出来了举世闻名的青瓷。在围垦、移民和青瓷文化的辉映之下，慈溪人以坚忍不拔的创造精神，一步步地走到了今天。眼下，杭州湾跨海大桥已经建设成功了，几年前，我第一次来这里看的时候，只见一片滩涂的中间，还只是一些桥墩子，等到我第二次来的时候，就看见了一条巨龙的龙骨出现在杭州湾的水面上。这一次来到这里，一条钢筋水泥的彩虹跨越了烟波浩渺的杭州湾。在我的眼前，由国人自己建设、自己投资的杭州湾大桥，就这么迅速地建设成功了！大桥上，我看到的都是新鲜的交通标志，还有七彩颜色粉刷的桥面格栅，会让通过大桥的司机在开车的时候眼睛不至于过于疲惫，要是颜色单一了，就容易出交通事故。宽阔的上下六车道加双向紧急车道的大桥，在杭州湾上流畅地弯曲着，沿着弧线形的线条，向对面上海境内探过去。而杭州湾大桥的尽头，就是长江的出口，中国的经济龙头——大上海。记得那年我先去上海开会，然后取道杭州来慈溪，在上海境内就堵车，到了杭州还迷路了，转了半天，才上到了杭州到宁波的高速公路，却看到，到处都是大货车，难怪，长江三角洲的经济发达，人流、物流量很大，高速公路也是熙熙攘攘的，我走了6个多小时才到达慈溪。2008年，杭州湾大桥开通之后，慈溪到上海的距离立即缩短到一个多小时了，不用再从杭州绕一个弯子到上海了。36公里长的大桥，直接将宁波、慈溪的经济快车道，接到了长江三角洲的龙头上海，一下子使慈溪变成了上海经济发展和产业后援地带。上海本来就对自己的发展空间感到了局促，这大桥的建成，必将使宁波地区和上海的联系紧密起来。从历史上看，宁波和上海的关系就非常紧密，据说有三分之一的上海人是宁波人。吃苦耐劳的宁波人到上海滩闯荡，造就了上海在中国现代史上的辉煌，成了远东的一颗光辉灿烂的明珠。在上海，过去就有"宁波帮"的说法，是宁波人依靠自己的智慧、勤劳和团结，造就了宁波帮的商业文化，烘托出近现代中国史上辉煌的一段历史。

　　而今，杭州湾大桥将慈溪推到了上海的边上，因此，慈溪也有了新的发展机遇。在未来数年间，我看，光是大桥南侧慈溪的滩涂上，正在兴建的慈溪杭州湾新区，就大有发展空间。这里肯定会以交通优势和土地资源的优势，成为发展的新热土。

　　青瓷和大桥，两个不相干的符号，却成为慈溪连接过去和未来的象征。

兴安的米粉和灵渠

桂林米粉

我们去桂林兴安县那天，天正下着小雨。雨水将大地点染成了绿色的氤氲的一片。我看桂林山水的秀气，不光体现在那些标志性的景区，比如漓江沿岸，也体现在桂林的山山水水之中。那不经意的一草一木，那不经心的一山一水，都是那么的秀美，就像藏在闺房里的美少女那样，让人感到处处是惊鸿一瞥。

兴安县位于桂林市东北方向50多公里的地方，也是广西通向湖南的要道上。我们到达的时候，已经是晚上了，夜幕把大地覆盖，但县城里的灯光却是璀璨的。朋友说，在全国到处都是的桂林米粉，就是发源于兴安的。一听这个，我就坚持一定要吃桂林米粉。结果，晚上，当地的朋友就把我们带到了一家不怎么起眼的街边米粉店。我在北京、上海吃到的桂林米粉，大都是带汤的，汤汤水水的，米粉也比较细。可桂林米粉比较正宗的，据说主要是粗的干拌粉。带汤的米粉也有，但不是最正宗的桂林米粉，是流传出去之后在城市里被城市人的口味改良过了的。

果然，店家端上来的大碗中，粗粗的米粉完全是煮好后算去汤水的干粉，然后上来的小碟子里面，有辣椒、香菜、卤肉、黄豆、香醋、酱油、蒜等各类拌米粉用的配料，你可以根据自己的口味来选择配料，放到碗里的干粉中加以搅拌，一碗真正的桂林米粉就做好了。吃到嘴里的感觉，是满溢的香，米粉的圆润和饱满感使人的口腔有一种被满足的快感。味道是鲜、辣、香、甜、咸味道都有，还稍微有点因干粉造成的噎嗓子的感觉，可就是这种感觉让人食欲旺盛，于是我们都稀里呼噜地吃了起来。一碗，又一碗，一直到撑得几乎走不动路了。米粉宴会结束，天色已经完全黑了，我们几个人就沿着灯火依稀的大街，徒步走了 5 公里，就是为了好好消化掉肚子里的美味。

　　根据考证，桂林米粉的历史也要追溯到秦代，是秦始皇的大军挥师南下的时候在酿酒的过程中发明的。公元前 221 年，秦始皇手下大将屠雎将军率领五十万大军试图攻占岭南地区，还有十万工匠专门修建灵渠，有工匠就在灵渠边用水和粮食来酿酒，剩下不少的原料，就拿来做成米粉了。怎么做的呢？聪明的工匠把牛角钻个眼儿，然后把米浆团子挤进牛角，从孔洞里挤出来掉入沸水中成为长长的米粉。米粉成了当时的外乡的大军都很喜欢吃的食物，作料也是一点点改进的，并开始沿着江河和其他交通手段，在长江流域成了流行的美食，最后成了现在的米粉的做法。

　　如今，比较传统的桂林米粉，有炒片粉、干拌牛菜粉和卤味汤粉。素材的配料必须有黄豆，黄豆是熟的，要一咬就碎，加上香椿芽、葱花、芫荽、蒜米（把大蒜切得很碎，然后炒熟成颗粒状），吃起来味道很好。这是素粉的配料，荤粉的配料主要有鸡肉、牛肉、叉烧、卤肉、卤杂碎、黄喉等，酸辣粉、三鲜粉、猪脚粉、螺狮粉、红油粉、马肉粉、大骨粉，品种繁多，汤粉、干拌粉和炒粉成了桂林米粉的三大吃法。而且，米粉因为要搅拌，所以是一种"中和"的理念在里面，强调了和谐和圆融，成为米粉的文化内涵之一。

兴安灵渠

第二天，我们就到灵渠了。灵渠，我曾经在中学的历史教科书上见到过，说是当年秦始皇为了统一中国，专门修建的，这条30多公里长的人工的运河，打通了湘江和漓江，于是也间接地把长江水和珠江水打通了。打通了水系，军队的后勤补给就建立起来了，秦始皇的部队就可以沿着漓江继续攻击岭南诸地和越国，把"南蛮之地"全部并入了秦国的版图。这已经是2200年前的事情了。

我的想象中，灵渠肯定是一条大河。可真正到了灵渠的面前，我发现它竟然是那么秀气的一条水渠。宽的地方也不过几米，水深倒是深的，水流是清亮的。灵渠的确就像它的名字那样，有灵气的一条水渠。整个灵渠分成几个组成部分，粗看起来工程似乎不怎么浩大，比较袖珍，但是一旦你真正了解了，你就会惊叹古代中国建筑匠人的聪明和伟大。

灵渠既然沟通了长江流域的湘江和珠江流域的漓江，那首先要建设一个大坝来拦水。这个大坝就叫作大小天平，它非常巧妙地选择在了合适的位置，将湘江的水蓄拦起来，三分水流向漓江，七分水继续流向湘江。铧嘴是堤坝的重要组成部分，也是中国古代匠人的发明。它就像一张犁铧的铧头那样，从大小天平上伸出去，伸到江中，成为一道石堤，现存90多米。铧嘴的功能在于使水流分开来流淌。南渠长达33公里，水流通过南渠流向漓江。南渠经过的地方大部分是喀斯特地貌，水流绕着山走，山似乎是从水里长出来的一样，景色非常秀美。北渠只有3公里多，水流重新绕到湘江，起的作用是引航道，漓江湘江之间的船只，就通过北渠互相可以通航了。

除了大小天平、铧嘴、南渠和北渠这主要的灵渠建筑，泄水天平、陡门也是灵渠建筑的重要组成部分。泄水天平有三处，主要分布在南渠和北渠上，起到的是泄洪排水的作用，而陡门则类似如今的船闸，起着导引船的航向的作用，虽然简陋，但却非常实用，操作十分简单。可以说，灵渠的修造原理，我看来看去，两千多年前的中国人的智慧和聪明真的是了不得啊，前些年修三峡大坝的时候，整个大江截留、修建大坝、引水通航、泄洪孔洞等等，怎么看都像是灵渠的放大版。可以说，没有灵渠，就没有今天的三峡水电站！

在古代，灵渠作为人工运河，主要起着连通漓江、湘江以及其所沟通的长江和珠江水系，成为秦始皇统一中国的重要交通补给线，最后也成为岭南文化和中原文化交会交融的重要节点。没有灵渠，秦朝的版图不会那么大；没有灵渠，我们中华民族的文化也就融合得慢一些。可见灵渠在中国历史上发生的军事和文化功能是多么巨大。因此，也引发了很多文人的赞叹。清代著名文人袁枚曾经写诗《由桂林溯漓江到兴安》道：

江到兴安水最清，青山簇簇水中生。

分明看见青山顶，船在青山顶上行。

　　我们坐上了小船，泛舟在灵渠之上，船上可以坐十多人，有船篷，还有导游姑娘给我们弹琴唱歌。我们船上的导游是兴安姑娘小杨，她个子不高，但长得很漂亮，也有灵气，给我们弹了一曲又一曲，那古琴声应和着灵渠水的碧波荡漾，船在灵渠中缓慢地行走，渠边是绿树掩映，红花开满了沟渠边，落英缤纷，实在是美好的时光。

苍南的山海和文脉

在阿根廷小说家博尔赫斯的早期短篇小说集《恶棍列传》中，有一篇使用了中国题材的短篇小说《女海盗金寡妇》，格外让我注意。小说中，和官军对垒的海盗金寡妇骁勇善战，在大海上多次打败官军水军的围剿。但是，有一天，当官军放出上面绘制有龙和狐狸的风筝时，海盗金寡妇却很快投降了："轻灵的龙旗每天傍晚从帝国的船队腾空而起，徐徐落到了江面和敌船的甲板上。那是用纸和芦苇秆扎的风筝似的东西，银白或红色的纸面上写着同样的字句。金寡妇急切地察看那些飞行物，上面写的是龙和狐狸的寓言：狐狸老是忘恩负义，为非作歹，龙却不计前嫌，一直给狐狸以保护……金寡妇恍然大悟，她把双剑扔到了江里，跪在一条小船上，吩咐手下的人向帝国的指挥舰驶去。傍晚时分，天空中满是龙旗，这次是杏黄色的。金寡妇喃喃地说：'狐狸寻求龙的保护。'然后上了大船。"

这篇带有神秘主义色彩的小说，就取材于温州苍南县渔寮大沙滩的外海，而女海盗金寡妇的原型，就是当地有名的海盗蔡牵妇。清代嘉庆年间，东南大海上出了一个大海盗蔡牵，他崛起于乾隆末年至嘉庆年间，那个时候官场腐败，民不聊生。蔡牵是海盗起义军，和清军的水军战斗，劫掠清军的物资，并不肯归顺清廷，最后的命运是自焚战船而死。蔡牵妇在海盗丈夫蔡牵死后，继续领导海盗和官兵对抗。在苍南的史料中诞生了这样一篇小说杰作，而且是拉丁美洲文学巨擘的杰作，实在是很神奇。

那天，我们来到了渔寮大沙滩，空旷的海湾冷风呼啸，没有游人，海面阴沉，只有我们坐船出海。船在海上走了一个多小时，虽然没有什么风浪，但光是大海的律动就让我们受不了，几个人都哇哇地吐，把早餐都吐干净了。大海的确厉害，她不喜欢那些娇弱的陆地动物。我在想，蔡牵妇在这样的大海上能征善战，我们真的是条虫子了。没有多久，船就掉头回航了。等到我们回到了岸上，天气忽然好了，阴转晴，一时间，海天一色，沙滩上游人在寻找贝壳，这个渔寮海湾的确十分美丽，让我们忘记了大海给我们的教训。我也似乎从退却的潮水中，从远处的帆影里，看到了蔡牵妇渐渐消逝的背影。这里的大海是灰色的，不见天的蓝色，但却蕴藏了东海的壮阔和丰富。

说了蔡牵妇，还要谈到苍南一个明代抗击倭寇的驻军所，叫作蒲壮所城。我们一行人来到蒲门的蒲壮所城，正好碰上下雨，雨水打湿了城墙，空气却变得格外的新鲜。已经闻不到历史的硝烟了，眼前，我看到保存完好的几公里长的城墙，把一个安详的村子完全包裹在里面。妇人和孩子在城里行走，淡定而从容。1389 年，为了抗击倭寇，明朝人在这里设置了壮士所城、蒲门所城，后来壮士所城归入蒲门所城，合称蒲壮所城，即蒲城。这里的驻军在明代抗击倭寇的历次战斗中，都发挥了重要作用。倭寇骚扰中国沿海居民，主要就是抢掠财物，他们擅长舟船，来得快，跑得也快，后来也集团化作战，因此很难防御和捕杀。但明代将领抗击倭寇最终获得了成功，跟建立军事镇所，后勤保障和军民联防，起到了很大的作用。现在，在围墙里面，当代苍南人的日常生活还在安闲地继续着。有意思的是，作家哲贵告诉我，苍南方言众多，至少有八种，蒲壮所城里面说的话，城外的人就听不懂了。

离开蒲壮所城，我们驱车直奔玉苍山。玉苍山原名叫作寿山，为南雁荡山的余脉。沿着弯曲的山路盘旋上山，我惊诧于这座山上树林的茂密。虽然是杂树生花，但是玉苍山的奇秀还是东南一绝。朋友告诉我，这山上的树都是近几十年长起来的。1958年大炼钢铁，这山上的树几乎都砍完了，全都拿去炼钢铁了，结果出来的是一些废铁疙瘩，但却把玉苍山毁成了癫痫头。希望这样的历史的愚蠢，再也不要发生了。因此，眼前的苍翠来之不易啊。我贪婪地呼吸着新鲜的空气，在各类树林中寻求小动物的影子，聆听山鸟的鸣叫。

到了山顶上的华玉山庄里住下来，我们赶紧去看了落日之下的晚霞。山影淡然，真的叫作重峦叠嶂，一层层的由近到远逐渐地铺开，都被晚霞点染成了洇红的色彩，在夜幕逐渐来临之下，黯淡了下去，那个过程是非常动人的，你不由得联想起生命消失的深沉和悲壮，联想起万物都有始有终，都会诞生和灭亡，什么都不例外，存在眼前的，却是几乎永恒的大自然。

早晨看玉苍山，又是一番景致了。站在山顶，恰好可以看见从山谷之中弥漫而起的云雾。玉苍山的云雾因此而值得赞美了。那些云雾稠密而轻飘，起于山林，聚集于眼前阔大的山谷，开始在树林的顶梢上流动，但绝不超越于山巅，就在山谷里弥漫、流淌、变形，如同万千白色的丝绸大布在微风中晃动，又如同从山谷间流溢而出的凝脂，不断地变化、伸展，改变着眼前秀美山林的模样，点染了大好河山。等到太阳顽强地腾越而起，这些白雾轻云就都消失不见了，天空湛蓝，一架飞机拖出来一条白色的烟线，给天空画出了格局。

玉苍山还有值得一看的，就是它的石头。玉苍山上的石头大多呈现黑色，如同巨大的黑色鹅卵石，带着史前时期的沧桑和顽皮，聚集在一起，又像恐龙下的蛋，又像是一场巨大的力量所形成的怪石公园。这些巨石细看也是千姿百态，像自然界里的各种动物，尤其像是龟类的集群。但我还是把它们看成是石头，不说话的，寿命比我长得多的值得敬畏的石头。今后我们都消失了，玉苍山的石头一定还在那里，继续诉说时间的沧桑和大自然的美丽。

除了山海的对称的美丽景色，苍南的人文脉搏，也跳动得十分欢快。这些年，温州出了一个在全国引起影响的青年作家群，像王手、吴玄、钟求是、哲贵、东君等十多位作家，拿到全国范围里看都是不错的，代表了这个时期的写作水平，这些作家的作品成为最近20年非常独特的文学构成。他们既讲究写作的技巧，能够从历史的复杂材料里寻找到写作资源，又能对日新月异的现实以文学来描画，顽强地发出了新文学之声。而身在海外的陈河、张翎等温州籍作家，更是成为"新海外作家群"的生力军，以题材开阔的大量作品，成了炙手可热的热门作家，因此，就有了"温州的文学现象"这么一种说法。大家都知道，温州的经济很有特点，过去比较穷，穷则思变，温州人很会做生意，全世界都有温州人，不仅做生意好，温州人写小说，也出现了那么多的杰出小说家，而且风采各异，争奇斗艳，群峰并起，形成一个格局、群落和文学的"温州派"，这就非常有意思了，就值得研究了，就值得热烈地关注了。

其实，温州的苍南自古就是文脉昌盛之地。史料上载，光是在南宋时期，这里就出了653个进士。宋元时期，这里出了不少诗人，像苍南最早的诗人陈桷，在宋徽宗政和二年中了殿试第三名，是个探花，曾官至礼部侍郎，陈桷的诗作主要收录在诗集《合掌岩》中。南宋理宗年间，苍南还出了个文状元徐俨夫。宋元时期杰出诗人还有林景熙、陈高、郑东、郑采、张著等人。郑东和郑采是一对兄弟，据传有诗集《郑氏联璧集》流布，但如今已经佚失了。张著的著作只剩《永嘉集》残卷，由苍南当地的文人杨奔先生点校出版。苍南的文脉，在明朝没有什么起色，一直到明末崇祯年间出现了诗人项师契，后面还有诗人华文漪、女诗人谢香塘等，继续延续着苍南的文脉香火。所以，如此看，当代温州小说家的群峰竞起，绝对不是偶然的，是温州文脉的代代相传，是温州当代文化的勃兴，也是温州人精神内化在文学里的绝佳反映。

湘湖的山影与舟船

还不知道浙江萧山区有个湖叫作湘湖，还以为带湘字的，都在湖南呢。

从杭州萧山机场出来，上了车，走了半个小时就到达湘湖了。阴雨的天气里，我这个北方人闻到了久违的潮湿的水汽。朝车窗外看去，果然看见一片湖泊，遥见水面起了褶皱，在细风中接受着细雨的抚慰，这样的天气很好很舒服。

住下来，从宾馆的窗户里望出去，也还可以看见湘湖，水面是蜿蜒连续的，间或有一座跨湖桥，将水面隔开来，形成了很好的风景，有桥，有堤，有排列整齐的树影，浓淡相宜，疏密有致。在几百米外还有一座小山头，是越王城山，传说是过去越王勾践屯兵的地方，在傍晚渐渐暗下来的天色里，忽然亮起了很多的灯光，远看像是一家家一户户的民宅或者是别墅。等到第二天晚上散步过去，我才发现是一种树下的灯光效果——在一棵棵的树下打上射灯，夜晚看上去，那棵蓬勃伸展的树，就像是一座座民宅或者别墅，使得整座小山很有生机和活力。

在白天里，我们拾阶而上越王城山，山不在高，有王则名。似乎两千多年以前，越王勾践那卧薪尝胆的志气还在。爬上城山，我早已气喘吁吁，却可以感觉到这里居高临下，据守要地，是个兵家必争之地。可见山下的湖泊、远处的钱塘江和近处的平原洼地，一览无余，顿时有江山如此多美，引古今人士竞折腰的振奋。

湘湖的历史很古老。在先秦时期，这里是自然湖泊，隔着钱塘江，与西湖遥相呼应。西湖的名气太大了，多少掩盖了湘湖的声名。其实，湘湖之美也并不逊色。正因为有吴王夫差和越王勾践的历史记载与悲情传说，这里早就有了被时间所涂抹的深厚的文化痕迹。据传，湘湖得名于"景若潇湘"这样一句形容，是从北宋政和二年，也就是公元 1112 年萧山县令杨时修筑湘湖的时候，就开始传布开来。

我猜想，这个杨时是不是湖南人啊，要不然怎么他在萧山修筑湖泊，就联想起潇湘的景色来，还脱口而出什么"景若潇湘"？弄得如今这湘湖想和湖南撇清关系都不行了。其实，湘湖就是浙江的湖，是能和西湖比美的湖，而且，还自有一番独特情致的湖。

但后来学者也多有考证，认为唐代的记载里，此处就有湘湖这一名称了，也有人认为湘湖的名称和湘神有关。可见，湘湖名称的来由非常古老、久远和丰富。不过，湘湖名称的来源很多，未见得就是一种解释靠谱，可以有多种的猜测和解读并存。

湘湖如今和西湖对望，一南一北，相隔才十几公里，并不远。我在想，游罢喧嚷的西湖的人，再在湘湖这面湖上游走一番，立即会感到有一种别样的美。在湘湖，但见一座座跨湖桥联结天色和水色，峰回路转，水面潋滟，湖边有漫长的步道和车道，随便你怎么走，都能四通八达，随便你怎么看，都是水色、天光和湖面交相呼应。

湘湖湖景有着野趣和幽静杂陈的气质，你想幽静，就往里面走一走，立即，车道上来往的车声人声就不见了；你想要热闹，稍微向跨湖桥上一站，就可以听见头顶上有飞机正在轰鸣着向不远处的萧山机场降落。这一时刻，大地正在召唤她那金属的儿子回家。近处的湘湖之内，音乐喷泉在灯光变换中，万变的水柱演绎着丰富无比的变奏，构成了喷泉、音乐、灯光的奇妙景象，真的是动静总相宜。

在湘湖上，有一座船形的建筑，那是湘湖很有名的跨湖桥博物馆。进入这船形博物馆，远古的气息扑面而来。那些陶器、石器，坛坛罐罐，证明了古代人的生活痕迹，说明了湘湖自古就是中国人繁衍生息之所。尤其是，这里出土了一条独木舟，经过碳14的测定，被认定为已经有八千年的历史了，成为中国考古史上的一大亮点。

在博物馆里，走向那条距今八千年的独木舟遗存，我的心情非常澎湃。这条出土的独木舟，如今只剩下一半了，也就是船帮和船底的部分，被小心地保护了起来。黝黑的颜色，像是被八千年的时光浸泡过的，也是被八千年的风雨侵蚀过的，更是被八千年的浙江古代文化所熏染过的，丰富、神秘、内敛、厚重、悠远。流连在跨湖桥博物馆里，我感觉到，这里的发掘现场，说明了在八千年以前，在中华历史明确有文字记载之前的五千年前，这里就是我们的先民生活的地方了。环顾四周，看着这里出土的陶器、石器、骨器、木弓和石磨盘，很显然，这里的文化遗迹比杭州湾南北部的河姆渡文化、良渚文化等著名的遗迹，还要早一千年。如此古老的文化遗迹，应该被我们这些子孙小心地呵护、仔细地研究、耐心地敬仰并发扬光大。

湘湖还是重要的水系命脉所系。这里沟通钱塘江水系，河湖纵横，湿地连片，花海连连。在湘湖四周，既有互联网时代里的金融创新小镇，也有融汇了儒、释、道三大文化符号的东方文化园，有莲华寺和小山上的一览亭，也有道教、儒家的文化符号。相隔东方文化园不远，就是宋城杭州乐园和烂苹果乐园，那是孩子们最喜欢去的地方了。

湘湖的美，在于她的明净自然，天然去雕饰，大境自然成，那淡淡的山影和舟船一点都不喧哗，不热闹，有乡野气，也有贵气。在湘湖这里，你尽可以赏花，问茶，读水，观山，禅思，冥想，静修，踱步，笑语，喧哗，携友，挈妇，登高，望远。

湖山凝重和秀美的湘湖，都能陪伴你活出万千形态。

在湘湖，我情不自禁地来了一句打油诗："早知湘湖好，何必游西湖"，不知道酷爱西湖的人，会不会打我，也不知湘湖人会不会帮我。也罢，不说玩笑话了，你先来湘湖走一走，再来和我理论吧。

横琴的蚝

据说，每年的 9 月到来年的 2、3 月间，都是吃蚝的好季节。朋友说，你到珠海，正是吃蚝的好时候。我想，那我一定要好好尝尝珠海的蚝。

2010 年 9 月的珠海，似乎沉浸在新一轮大发展的热烈气氛当中。报纸上、电视上以及接待我们的朋友的言语之间，都透露着这种情绪。一方面，是珠海经济特区成立 30 周年之际，特区的面积扩大了，珠海有了更多的发展空间和土地储备；另外一方面，和澳门一条河道之隔的"横琴新区"的整体规划获得了国务院的批准，开发势头非常猛，前景也非常广阔。我到过所有的经济特区，唯独珠海给我的印象最好——珠海是适合生活的不大不小的海滨城市，不像深圳那么的纷纭忙乱，人人都像被金钱之狗追逐的兔子一样急惶惶的。珠海一直是那么的气定神闲，一副追求生活品质的模样。这里的气候也适合人居，难怪我的不少北方的朋友在这里买了房子，北方的天气冷下来的时候，他们都到这里过冬来了。

横琴岛和澳门一水之隔，面积有 106 平方公里，基本上处于未开发的状态。这么一块宝地，如今被提上了加速开发的日程。

几天里，我们在横琴岛的上上下下里里外外，走了一个遍，还从澳门的方向眺望，规划沙盘和实地勘察，使我对横琴岛的未来前景有了印象。五年之后，这里就是另外的一副模样了。

蚝，其实就是牡蛎，法国人吃牡蛎是非常有名的。在我国沿海地区，吃牡蛎也是风尚。横琴的蚝很有名，围绕横琴岛，有不少蚝的养殖基地。因为横琴岛四面都是水，而且还处于咸水和淡水的交界处，温度和水质决定了蚝的生长质量。蚝的壳据说作为建筑材料，非常紧密坚固。这里的蚝和我在大连、山东吃到的不一样，非常的肥大白嫩，口感也好。而北方的蚝肯定和水温以及水的影响有关，蚝肉普遍比较小。蚝含有丰富的蛋白质、氨基酸、维生素、油脂等等，既能壮阳又能养颜，因此，有人戏称，蚝是"男人的加油站，女人的美容院"。横琴岛养殖蚝的历史很长，据考证，从宋代开始，这里就有人用插竿的方式来养殖蚝，历史十分悠久。

"不管横琴岛会变成什么样子，能不能吃到闻名中外的横琴蚝，是横琴岛开发成功与否的标志。"一位诗人这么说。当地负责开发的一位领导保证，肯定还可以吃到横琴蚝，"但是到时候，价钱可能也比现在贵很多了。"诗人笑了，"那我们的工资肯定也会涨很多的。"

诗人说得对，这也是我的想法。现在，追求经济发展的欲望越来越多地将受制于环境保护，我们一定不能再搞那种断子绝孙式的开发了。好在横琴的开发，无论规划还是启动工程，都是经过了环保评估的环节的。从布局上看，在横琴岛上的大横琴山和小横琴山之间和两侧的可供土地中，商务区、大学区、口岸服务区、科技研发区、文化创意区、休闲度假区和湿地公园，功能分区都非常具体而合理，并根据和澳门对接服务的原则，在口岸服务区和澳门大学横琴校区建设方面，都有更详尽的设计。

远景看到了，那么，近景，就是吃蚝。于是，每顿饭都可以吃到横琴的蚝。广东有一道十大名菜之一的"鲍汁扣横琴蚝"，我在广州吃过，味道很好。我还记得，我在厦门吃过"海蛎煎"，主料是厦门产的僧帽牡蛎，那种牡蛎或者蚝的肉质也非常好，鲜嫩肥美，就是个头稍小，每个蚝肉都裹上番薯粉，然后生煎，在蚝肉上再打一个鸡蛋，平摊在盘子里，二三十粒蚝肉紧密地"团结"在一起，好看又好吃。

横琴蚝的吃法，也有很多种。生拌生吃是一种，这需要你有一个坚强的胃，有的人就不大容易消化生的海鲜。生拌生吃，味道自然鲜美，好在横琴蚝养殖的方式就采取了无公害的绿色养殖法，而采回来的蚝肉又经过了剥离、去腥、除菌的处理，除了鲜味，没有别的异味。比如番茄酱拌生蚝，就很不错。什么作料不加，就生吃，也是一种吃法。生吃可以尝到蚝的鲜美的味道，是别的吃法所不能比拟的。吃生蚝，一般最好喝点高度白酒，或者吃生蒜，这样会增加肠胃的消化吸收功能，要不然有的人胃动力弱的话就会拉肚子。

烤生蚝是另外的一种吃法，把蚝连壳烤，蘸蒜汁或者红醋，味道都很不错。起司蚝，就是用起司覆盖蚝身热烤，也是一种吃法，这实际上是西餐的一种吃法，起司酱的味道加上烤熟的蚝肉的香味，实在是人间美味。

炒蚝有很多做法，比如蒜辣蚝肉，就是大蒜和辣椒炒出来的。豆豉炒蚝肉，我觉得豆豉的味道过重，压过了蚝肉的鲜美。洋葱炒蚝，味道也很独特。葱姜炒蚝肉也是一种吃法，蚝肉在葱和姜的提鲜之下，显得更美味。蚝肉做汤，也是一种很好的吃法，比如佘蚝肉汤，我就自己做过：用蚝肉250克，控干水以后，把冬菇和冬笋焯水后，放入高汤、姜汁、味精、盐、黄瓜片、料酒等高火烹煮成汤，撇去浮沫，就是很好的蚝汤了。酥炸黄金蚝，是横琴岛一种比较有名的、特殊的吃法，经过了油炸的柔软的蚝肉，竟然香脆可口，达到了"脆"的地步，委实让人惊异。

横琴岛的开发，自然会占用大小横琴山之间十分天然的养殖蚝的水域，但是，据说，开发者在横琴岛石栏洲找到了一片水质更好的地方，用来养殖更多的横琴蚝。希望横琴蚝的品质和味道，不会降低。

江津打铁花

曾经听说过打铁花和舞火龙的民俗，一直没有机会看到。今年，碰巧在重庆江津参加文学活动，晚上赶到近郊，看到了一场很漂亮的、令人难忘的元宵舞火龙、打铁花和放烟火的民俗盛景。

我们抵达现场，暮色沉沉，跑旱船、舞旱龙的活动就结束了，旱龙灯主要包括大蠕龙、火龙、稻草龙、笋壳龙、黄荆龙、板凳龙、正龙、小彩龙、竹梆龙、荷花龙 10 个品种，其中以大蠕龙最有特色。不少女士穿着节日盛装，逐步退场，打算让位给打铁花的人来表演了。接着，夜幕降临，在一片早就准备好的空地上，舞火龙和打铁花开始了。

在活动举行之前，当地的作家告诉我，不要靠近打铁花的现场，要不然衣服会被滚下来的铁水珠子烧出一个个的洞。

我一听，吓了一跳，这打铁花，难道不是玩儿命的事情啊？铁水珠子落到人身上，那还不烫得人皮开肉绽？怎么这么一个元宵节的民俗这么的猛烈和吓人呢？

于是跑到了打铁花附近的一幢楼的二楼，站在一处长长的走廊阳台上，俯瞰几十米之外的打铁花、舞火龙的现场。

只见一片不大的广场上，人山人海，围成了一个圈子。在圈子里，舞火龙开始了！在锣鼓有节奏的敲击伴奏之下，十多个男人半裸上身，舞动了火龙。火龙火龙，是真的烧着了的火龙啊！气氛顿时紧张、热烈起来了。接着，看到了一片火树银花一样的东西被一个人一下子洒向了半空，围观的群众一片惊呼，赶紧躲闪，有的人打出了伞，这铁花是真铁花！就是一勺勺的铁水，在一挥之间打散了，瞬间在空中开成了灼热、璀璨、星光四溢的铁花！

当地的舞火龙一般被称为"耍龙""舞龙灯"。江津火龙热闹非凡，一时之间，就在我眼前，成百上千人的围观下，打铁水，舞火龙，只见那人在火中舞，又见那龙在火中飞，场面非常热闹。

江津地处长江之滨，当地人民对水十分敬畏，在古代就奉龙为神，所以在年节时总要舞火龙，打铁花，以求平安。而打铁花，是过去流传于河南和山西地区的民间传统烟火，其历史，根据历史考古学家的研究，可以一直追溯到春秋战国时期。因为在那个时期，冶铁业就已经在中原大地上兴起了，人们对铁的冶炼，对铁水的控制，就有了相当的水平。后来，冶铁技术逐渐传到了巴蜀大地。打铁花民俗因此依附于铁匠行业的开炉庆祝，也演变成民间年节的喜庆日，故能够传承千年，绵延至今。

打铁花场面恢宏壮观，技艺性很强，稍有疏忽就会被烫伤。在我眼前，整个舞火龙、打铁花的现场锣鼓喧天，两条喷着火花的盘龙在人们头顶盘绕，场子边上，打铁花的壮汉是赤膊上阵，不断地将铁花打到空中，四散开来，据说这 1000 多摄氏度的高温铁花瞬间升空，会很快降温，被击打后的铁花绽放在半空，就像是银花在朵朵绽放，场面热烈，气氛欢腾。

这一刻，舞火龙的两支队伍穿梭在铁花飞溅之下，毫无畏惧，这被称为"龙穿花"。"龙穿花"是表现江津人的豪迈、热情和对美好生活向往的最佳时刻。"龙穿花"的那一刻，人们在铁花四溅中尖叫和惊呼，一阵阵地将舞火龙和打铁花的热烈现场气氛推向了高潮。

我询问了当地的作家，他们告诉我，在重庆江津一带，很早就有铁匠铺的大小作坊中的工匠，在元宵节这一天进行"打铁花"活动，村镇集市里的小炉匠、小铁匠铺，也会举办小型的"打铁花"活动。

乡里打铁花，一般要先在宽阔的场地上搭起一个四角大棚，棚子顶上铺一层新鲜的柳树枝，因为柳树枝条细嫩，含水多，不易燃烧，千万别用松树枝，松树枝条都有油脂，容易着火。在柳树枝上绑满各种烟花、鞭炮，棚顶中间竖起三米高的杆子，在花棚旁边立一座熔化铁汁用的熔炉，用大风匣鼓风，把生铁块化成铁汁，这打铁花用的铁水需要达到1500℃以上，铁水迸射出金花才算合格。

打铁花虽然好看，却极具危险性。过去打铁花时，要先把熔好的铁汁注入事先准备好的"花棒"———一个拳头粗细、一尺多长的新鲜柳树棒，棒的顶端掏有直径3厘米大小的圆形坑槽，用以盛放铁汁，打花者一手拿着盛有铁汁的"花棒"，一手拿着未盛铁汁的"花棒"，用下棒猛击盛有铁汁的上棒，让棒中铁汁冲向花棚，一棒接一棒，一人跟一人，铁汁遇到棚顶的柳枝而迸射开来，又点燃了棚顶上的鞭炮、烟花，一时之间，鞭炮齐鸣，铁花四溅，真是璀璨热闹，感天动地。

这打铁花是重庆江津的古老民间习俗，又是很有文化特色的非物质文化遗产。是江津人民表达祈福心愿的最佳方式，文化内涵丰富，很有特色。

这边的舞火龙、打铁花，锣鼓喧天之中，逐渐抵达尾声。人们不知疲倦地欢笑着，在远处的江边上，从晚8点开始，烟火表演开始了。

这是有设计的焰火晚会，使江津元宵节民俗晚会活动达到了高潮。只见一组组颜色各异的焰火腾空而起，抵达数百米高空，随着一声声的炸裂，五彩的烟花不断散落。就像是一曲优美壮观的交响乐，一节节的焰火乐章稳步进行，在我们的眼前演奏，但不同的是这是视觉的盛宴，是璀璨的烟花绽放的瞬间艺术。人们将目光投射到远方，看到这焰火在空中组成汉字，组成花朵和心的形状，组成一些吉祥符号，组成一艘大船，组成更为抽象的线条。圆的、方的、椭圆的、流线的、瀑布形的，各种焰火瞬间构成的空中景象让人目不暇接，让人惊呼连连，让人仰脸期盼着奇迹。整整半个小时，每个观看的人都能体会到焰火腾空的瞬间，自己那愉快的心情，会伴随焰火散开的瞬间而明亮起来。据说，当天有十多万人在现场观看，活动结束，退场秩序井然舒缓，安全得到了很好的保障。其实，即使有危险，但只要组织好了，带来的欢乐远大于可能的损失。我们的一些政府管理部门，要多多从民生、民俗、民心角度考虑问题，就不至于因噎废食。

在江津过了一个有舞火龙、打铁花和烟火晚会的元宵节，我觉得这才算是真的过年了。

泸州纳溪的竹

四川泸州是一个好地方，泸州有一个区叫作纳溪。我这年来到了纳溪。纳溪自然也是一个好地方，可看的、印象深的地方很多，比如当地出产一种酿制的醋，叫作"护国陈醋"，就很有特点。但要写醋，是另一篇文章的事了。这一次，我就专门写写纳溪的竹子。

竹子在中国南方和北方到处都是，遍布九州大地，不过，长江流域往南的一些省份，像四川、湖北、湖南、浙江、江西、福建的竹子比较多，都很有名。据说，中国有 500 多种竹子，几千年来，竹子和中国人的日常生活密切相关，形成了使用竹子的独特文化。我想，我们有青铜文化、瓷器文化、玉文化，其实，没有人提出来过，我们还有一种源远流长的文化——竹文化。

在泸州的纳溪，我来到了大旺乡，看到了这里的 20 万亩竹海。整个纳溪区，据说有 100 万亩竹子，那么，纳溪的竹，就是一种十分重要的当地物产了。

竹子，在我看来，分为物质的竹和精神的竹。

物质的竹，就是中国人生活的辅助材料，广泛地应用于我们生活的各个方面。竹子在我们日常生活的范围里，使用极其广泛。竹子全身都是宝，我查了一下《现代汉语词典》，仅竹字头的字就有 200 多个，每个字对应的，都是相关的竹制器物，比如：竿、篓、笈、笔、筅、笏、笺、笙、笛、笠、筐、简、篷、簋、箩、簧、簸、箕、箭、箍、篇、簪、筝、筷、筛、篮，等等。这些汉字的背后，对应的，都是中国人把竹子作为生活器物使用所创造出来的东西，涉及日常用品、兵器、书写工具和乐器等。竹笋是中国人餐桌上最重要的配菜之一，竹荪和竹花也都是可以吃的。我国的国宝大熊猫的食物，就是四川生长的箭竹的叶子，别的东西它不吃。竹子的特性是柔软而坚韧，竹子的生长周期很短，毛竹往往两个月就成材了。小时候，我还记得有孩子们骑着竹马在奔跑，一边说唱着："摇竹娘，摇竹娘，我长壮来你长长。"

就说这纳溪大旺的南竹吧，俗称毛竹，长得高高大大，十分茂盛。我们在大旺先参观了一家叫作"岁月竹韵"的竹制家具厂。

在陈列厅里，我看到，竹子家具的形制可以说是非常齐全，成套的家具样样都有。竹子这种南方较为常见的东西，做成家具之后，有很多优势，比如不易变形、耐虫蛀等等。因为南方潮湿，因此竹家具比较好用。在这家家具厂，带有中国传统明清家具样式风格的各类家具，很受欢迎，应有尽有。

竹子容易生长，大面积种植比较容易，竹子原材料比较便宜，所以要把竹子做成能创造出高附加值的东西，在竹产业上下功夫，我想，这是纳溪一个很重要的方向。既然这里有百万亩竹海，那么，就可以想办法将竹子的衍生产品链条延长。那么，制作中高端的竹制家具，自然是一个好办法。

　　竹子是一种很亲和的植物，它和木头、藤都能亲密结合，所以，我在这家家具厂里看到，这些竹家具显现了竹制品的衍生价值和高附加价值，一套家具往往要好几万元，就使比较便宜的竹子，变成了尊贵的竹制品。虽然这些家具一件就有几千元，但凝聚着手工艺人的匠心，是家具匠人花费了大量心血，是值这个价的。

　　除了竹制家具，在纳溪，让我惊奇的，还有竹酒。这是一位叫朱天虎的泸州老窖原销售总经理孜孜不倦创造出来的。中国白酒的酿酒技术，有几千年的历史，其中，固态发酵、糠水温酿是非常重要的手段。麦糠、谷糠是白酒发酵的重要原料。而朱天虎20多年来一直想着用鲜竹作为酿酒材料——把鲜竹子粉碎成颗粒，然后替代麦糠谷糠，再加入酿酒的粮食如高粱或者五谷，酿造出带有竹子的鲜亮清香的白酒——竹酒。于是，竹酒就这么在纳溪的竹林里诞生了。我想，蕴含着天地之灵气的竹子替代了糠壳之后，也去除了糠壳的农药残留、黄曲霉素和糠醛等，带上了竹子本身特有的、来自大自然的造化和雨水滋润的清醇和芬芳。

　　酿酒大师朱天虎，还发明了"活竹长酒"——将优质的鲜酿原浆白酒，注入生长状态良好的竹腔之内，利用活竹体腔内的吸纳、分解和转化的功能，将气味、微生物、有益菌、氨基酸充分溶解到酒体里，也使高度的酒精度被缓慢释放，降低了酒精度，而色泽和口感却得到了大幅提升。这种酒和竹子、酒和时间一起生长的"活竹长酒"，实在是纳溪人聪明才智的体现啊！

最神奇的是，朱天虎还让人采集笋露——一种竹子生长过程中自然分泌的液体，这种珍贵的分泌物只有在凌晨和清晨的时候，才在竹笋上喷发出来。每天，在清晨，人们去山里的楠竹林里采笋露，这是采笋露的最佳时机，他们找到粗壮的笋子，一点一滴地采集笋露，小心翼翼地将这上天的赏赐放入玻璃瓶。另外，青竹在成长中，还会分泌出竹体液，一般是积存在活竹体腔内，被人们采集出来。然后，酿酒师傅们在朱天虎的指导下，将这保鲜的笋液和竹体液按照比例，调入竹酒之中，于是，形成了浑然天成的、自然的竹酒清香。这竹酒于是成了纳溪出产的、集天地之灵气、采日月之芳华的绝佳造物。

竹子一直是民间工艺的重要材料。在四川，有一种竹制工艺品很让我喜欢，这种工艺品是和瓷器结合起来，叫作"竹丝扣瓷"。

竹丝扣瓷这门工艺，据说，是100多年前，四川一位姓张的手艺人发明的。他把竹篾分成了细腻扁长的竹丝，然后经过编织，紧密地包裹在瓷器的外围，使得瓷器和竹丝完美契合在一起。有时候，100斤竹子，据说才能出产8两竹丝。制作一套竹丝扣瓷的茶具，往往需要几个月的时间，真所谓慢工细活，巧夺天工。

"竹丝扣瓷"所需要的竹片，首先要晾干，然后是烤色，再泡入石灰水里要一个星期，直到竹丝变成了好看的褐红色。这个时候，竹片已经薄如蝉翼了。量好瓷胎的尺寸，将竹丝在外围编织起来。工艺大师通过"挑、压、藏、破、拼"的办法，编织出动物和花卉图案，如大熊猫、牡丹花等。这就需要工艺大师花费耐心、细心和匠心，一点点地做，这还要眼力好，不花眼，手也不抖，才能一点点地把竹丝扣瓷做好。这简直就是刺绣和工笔的功夫了。好在竹丝有韧劲儿，不容易折断。我就买过一套匠人花费一个多月、有着大熊猫图案的茶具，外面包着细腻生动的竹丝，里面是精美的青花白瓷器，把玩在手，手感很好，一杯清茶，赏心悦目。

在四川、湖南的乡间，还有一种专门的竹子手艺叫作"郁竹"，靠这门手艺吃饭的匠人叫作郁匠。很多年以来，在四川、湖南、浙江等竹子产区，都有专门的竹郁作坊。

所谓"郁"，就是火烤，郁竹，就是用火烤竹子，使竹子能弯曲、变形到匠人想要的样子。其中，制作粗毛竹的郁竹手艺，叫作"大郁"，像盖房子、架桥梁等等，都是大郁了。粗大的毛竹在火焰的烧烤之下，带有韧性的竹子开始弯曲变形，掌握火候就得恰到好处，然后被用于房屋桥梁支撑和架构的主体，成为承载重量、连接其他建筑材料的重要组织。郁竹一般选用两年生的竹子，将竹子缩水，竹节泛白、不青的竹子不好。郁竹，离不开火。一般第一道工序就是下料，就是把竹子分开为需要的长度。郁竹要缓慢进行，郁过的地方要是发黑了，那么这个工匠就是新手。然后用水降温，使竹子不变形。还要刮去竹节，竹节是竹子本身最为结实的地方。最后，就是竹压花，也就是火郁成型，使材料之间互相支撑。

5厘米之下的火烤竹子，这门手艺叫作"小郁"。小郁的器物，自然是比较日常的、精美的用具。

在四川，我曾见到有工匠专门用竹子制作古琴的曲面，这是"小郁"的手艺。古琴热这些年在大江南北流行开来。古琴的琴体，大部分是木制的，比如梧桐木，也有独特的用竹子来制作琴面的。这就要依靠"小郁"的手艺了。将竹片以每一条3厘米的宽度，用火烤之，然后使之成为一个曲面，联结起来，变成一个古琴面。配上琴弦，弹奏起来，别有一种丝竹之声，韵味独特，那是清风掠过了竹林的清幽、绵长和高古，声音活泼、柔美和鲜亮，古琴发出了当下的清音。

小郁这门手艺，还被广泛地用来制作桌椅板凳，装饰屋子内部的边边角角。整个郁竹的过程，这门手艺有一个很关键的特点，就是不能有一枚铁钉子。我曾参观过用小郁制作的一些竹椅子，的确，没有使用过一枚铁钉子。那一张张椅子，都是以郁竹的手艺，使竹子和竹子之间形成了榫卯结构，自然地契合在一起，非常结实耐用。

泸州出产一种油纸伞，非常闻名，也和竹子有关。在泸州分水岭镇出产的泸州油纸伞，可以说天下闻名，成为活的物质文化遗产。做这种伞，要有特殊的纸——皮纸，还要有结实的伞骨——竹子，以及桐油和彩画拓印。

这是一门流传千百年的中国泸州民间手工艺，我曾经参访过泸州油纸伞的制作作坊，看到一双父子在那里精心制作油纸伞。制作一把油纸伞花费的工夫很长，先是要将皮纸裁切出来，用刀蘸着油来切，皮纸吸附油很给力，然后就是制作竹子伞骨。将伞骨做好了，骨架有了，就要糊伞，是用干竹笋叶，还有皮纸进行。拓印后的皮纸伞面糊上之后，要进行 24 个小时的晾晒，然后进行"扣扎"，也就是将伞叶收拢起来，再送到烘烤炉里进行烘烤。烤炉里的温度是 70～80 摄氏度，温度不能高也不能低，低了烤不好；高了，伞就烧焦了。伞要在烤炉里烤一天，拿出来之后，抽去临时的伞杆，换上正式的木制或竹制的伞杆，打开来，再给伞面上桐油。

桐油是桐树的油，要把桐油进行熬制，这样就去掉了桐油里的水分，刷到伞面上，可以防水、防虫蛀、防破裂，在伞面的正面和反面都要刷上桐油。晾一段时间后，进行最后一道工序，那就是给伞骨的支撑部位，用五色丝线进行穿绑。这时，就要看一个匠人的细心了。五色丝线在匠人的手里来回穿梭，要缀两千针，才能将五色丝线穿好。这时看上去，伞骨上五彩缤纷，同时又形成了丝线的伞状支撑，这个时候叫作"满穿伞"，就成了。

做好的油纸伞，在水里泡 24 小时，都没有问题。当然，油纸伞怕火，不能烧。这泸州油纸伞不仅能遮风挡雨，还能防止紫外线。漂亮、艳丽的伞面图案，具有雨天里让人眼前一亮的景观。因此，泸州油纸伞在美女的手里打着，走在雨天里，绝对是一道风景，谁看见，谁就忘不了。

泸州油纸伞，谐音是"有子"，象征着家和万事兴、子孙兴旺的传统理想。而油纸伞的最重要的支撑——伞骨，就是竹子做的。

竹子的工艺很多，我有一年去湖南的安化，看到当地人做安化千两茶黑茶的时候，专门编织一种篾篓，叫作"千两茶篾篓"，留下了很深的印象。每年，安化出产自己独有的黑茶，茶农们要采茶，采来的茶要先杀青，也就是在大锅里炒制，然后是揉捻，接着是发酵、干燥。安化出黑茶，安化有一条江叫作资江，每年资江的水量一变小，就开始采安化黑茶了。这个时候往往是7月份。

做千两茶的篾篓所需要的竹子，就是南竹，也叫毛竹。竹子的年龄一般超过三年，竹子的材质结实坚韧，砍下来整棵的毛竹，要放几年，不能直接使用。这样竹子的性能就稳定下来了，内部的水分也没有多少了。

制作盛装安化黑茶千两茶的篾篓，要将竹篾破成又细又长的条子，然后进行编织。编织的时候，先要做出"压花"，也就是像海底的水母的形状，这是篾篓的底部。接着就编织起来，这叫作"收花"，收花，就是快速编织出篾篓。筒状的篾篓很快在收花过程中编织出来，在里面还要衬上箬竹的叶子，箬竹叶子宽大，一般都用来包粽子。在这篾篓里衬上棕榈叶子是防潮的，然后装上安化黑茶。

装了安化黑茶的篾篓要晾制一段时间。安化黑茶要晾制七七四十九天，这是要经历一次月圆月缺的整个过程，按照天时来运行的。这个晾制的过程，也是安化黑茶的一个自然发酵的过程。如此之后，安化黑茶才制作好了。

安化黑茶分为千两茶、百两茶、六十两茶不等。安化黑茶是我国名茶，降血压、降血脂的功效非常好。而竹篾制作的篾篓，则成为和安化黑茶浑然一体的东西了。

现在，从竹子里提炼出来的竹纤维，被广泛地用于生活用品当中。从竹子中提取出的纤维素纤维，是继棉、麻、毛、丝后的第五大天然纤维。科学家告诉我们，竹纤维具有良好的透气性、瞬间吸水性、较强的耐磨性和良好的染色性等特性，具有天然抗菌、抑菌、除螨、防臭和抗紫外线功能。

现在，在航空航天工业中，以及一些高科技产业中，使用的碳纤维复合材料，主要是由碳元素组成的一种特种纤维，其含碳量随种类不同而异。碳纤维具有一般碳素材料的特性，如耐高温、耐摩擦、导电、导热及耐腐蚀等。

我看到一则新闻，说是美国有家著名的"Boo Bicycles"金属锻造工厂，前不久，采用手工制作方法，精心打造了一款车架全部选用碳纤维和竹子制作的、堪称"真正意义上的轻量级"轻量化竞赛自行车。不知道这样的自行车用到眼下流行的共享单车市场上，是不是就便宜多了。

我们在新车、新装修的房子里，也常常使用竹炭。竹炭是以三年生以上高山毛竹为原料，经过了接近1000℃高温烧制而成的一种炭。竹炭质地坚硬，有很强的吸附能力，能净化空气、消除异味、吸湿防霉、抑菌驱虫。与人体接触能去湿吸汗，促进人体血液循环和新陈代谢，缓解疲劳。

竹炭的炭质本身有着无数的孔隙，这种炭质气孔能有效地吸附空气中一部分浮游物质，对硫化物、氢化物、甲醇、苯、酚等有害化学物质起到吸附、分解异味和消臭作用，尤其是纳米活矿石一类的矿石活性炭。竹炭细密多孔，比表面积大，若周围环境湿度大时，可吸收水分；若周围环境干燥，则可释放水分。

有材料说："竹炭还可以制成新型复合材料，如超微粉竹炭布、竹炭陶瓷多孔体、粉末成型复合材料，还可以制成可降解塑料的填充剂、饲料添加剂等。用竹炭制成的人造板，可有效减少建筑残材的污染物，保护空间环境。竹炭在建筑装潢上很有用，将竹炭放置在楼房底层或地板下，具有防潮、防霉、防虫、改善环境的功效。竹炭还是良好的净水处理剂，能吸附水中残留的有害化学物质和水中的臭气，用竹炭颗粒治理河道、污水，特别是城市污水，不但能净化水质，还能除去臭味，美化环境。

竹炭中含有乙酸、乙醚、酒精等成分，对皮肤过敏、气喘、脚气有作用。在日常生活中，可根据竹炭的特性制作生活用品、床上用品，以及冰箱除味保鲜、衣柜防霉除湿的专用炭包。利用毛竹各部位烧制的竹炭，制作成调湿炭、工艺美术品，如竹根炭、竹筒炭、炭酒杯、炭花篮等。在食品行业，近些年出现了竹炭花生、竹炭点心等，在这些食品上包裹一层竹炭，可以起到清洁肠胃的作用。

竹子真的浑身都是宝啊，所以，纳溪的竹产业今后有很多可以拓展的空间呢。

物质的竹子说不尽，我再来说说精神的竹子。在我国古代文化里，文人墨客最喜欢的植物花卉，有梅、兰、竹、菊四大君子，象征着文人精神气质的傲雪凌霜（梅花）、清雅高妙（兰花）、有礼有节（竹子）、富贵祥和（菊花），其中，竹子是很多文人的最爱，就是因为竹子是节节高的，竹子是有节就是有骨气的，有韧劲，不会轻易折断，又拔节向上，有着一种傲然生长的气息。

可以说，清雅高洁、高拔傲岸、秀气自然是竹子的品质，也是文人追求的境界。在文人看来，竹子有刚柔并济、忠义双全、贤德谦让、韧性十足的特点，竹子位列岁寒三友和四君子中，大量的文学作品对竹都有赞美。

苏东坡曾说过："宁可食无肉，不可居无竹。"可见竹子在大文人心里的地位。于是，后来人们发现了文竹这种小盆景里能够替代竹子的植物，也成了一大景象，还有在宋代就流行的蒲草的种植，也和竹子有关联。

湘妃竹，更是将古代楚国和湘妃，楚辞的鬼魅和优美，与女人和爱情联系起来。在北京的紫竹院，就有湘妃竹，斑斑点点，就像湘妃的泪水造就。

竹子，观赏起来，竹干的骨感和挺拔，枝叶的柔媚和婆娑，竹叶的椭圆和尖利，都具有非凡的美感，成为文人画家的最爱。古代就有竹简，成为中国人在纸张发明之前最重要的文字书写工具载体。

更多的画家以画竹子闻名。最有名的，就是郑燮郑板桥。从古到今，大量的中国画家都画过竹子。元代有一个叫李衎的人，曾当过浙江省平章政事，是个高官。他生平就爱竹，喜欢画竹，终生都不厌倦。他写了一本书《竹谱详录》，曾收入过《四库全书》，有图有文，分为"画竹谱""墨竹谱""竹态谱""墨竹态谱""竹品谱"等几个部分，描绘了中国的300多种竹子的样态以及画法，可以说，是古代中国绘画里对如何画竹，竹子的形态、美感、种类、象征、状态、脾性、品格、样貌、情景、细节，进行了全面的收录，想学习画竹子的人，想了解中国画竹的方法的人，都可以找来看看。这本书可以说是画竹的大观。

至于历代诗人作家写的关于竹子的诗文，非常多，几乎到了汗牛充栋的地步，就不是我这篇文章所能包括的了，那是另一篇大文章了。我在这里，写的只是泸州纳溪的竹子带给我的各种联想和启发罢了。

洪雅的藤椒

　　我对日常生活中使用的各种香料和食物佐料，一直很有兴趣，在超市里，我最喜欢逛的，就是放这些东西的货架。而且，我会仔细地琢磨这些东西给人的舌头带来的感觉，根据不同的产地和效用，来想象不同地区的人使用这些调味料和佐料，它们带给人的，到底是什么感觉。这主要涉及人的视觉、味觉、嗅觉，进而涉及生活本身的味道和幸福感。因为食物是人赖以生存的东西，和食物有关的感觉是幸福感的基础。可见，这香料、佐料，已经不单纯是一种物质了，它还与精神有关。

　　食物配料很丰富繁杂，其中孜然和花椒是我最喜欢的食物配料。孜然又名波斯小茴香，在中国西部地区的烤肉和菜肴的烹制过程中要使用它。孜然的味道香鲜而奇特。

　　花椒，似乎在我们的生活中更为常见，是最主要的几种配料。花椒以红色居多。这次来到了四川洪雅，看到当地生产一种绿色的花椒——藤椒，觉得很不错。藤椒油所淋制的凉菜，麻、鲜、香、嫩、滑，味道非常清爽提神，在主菜上来之前，吃点拌有藤椒油的凉菜，令人胃口大开。接着，有麻椒做配料的水煮鱼，更是鲜美异常。饭后，我们参观了洪雅"幺麻子"牌藤椒加工厂，了解到藤椒的制作工艺，藤椒油的提炼过程，这个过程是流传很多年的传统工艺，藤椒的采摘时间、鲜果的保存、藤椒的挑选、萃取藤椒油的火候，都有一套严密的技术要求。在工厂的旁边还建有一座花椒博物馆，陈列了各种花椒的相关物品，算是加深了我对包括藤椒在内的花椒的认识。

我闻到了青花椒的香味，感觉到青花椒比红花椒更给我带来了一种神秘和清新的感觉。我在北京吃过一种水煮鱼，放的就是青花椒。我想仔细地观察一颗青花椒，或者又叫作洪雅麻椒。我就向幺麻子品牌加工车间的师傅要了一袋青花椒，取出来看了看。这青椒一般有两三个上部离生的小蓇葖果，集中生长在小果梗上，蓇葖呈球形，沿腹缝线裂开一道纹路，一般的直径在三四毫米。一颗青花椒的表面看上去，是灰绿色或暗绿色，散布了几个突起的油点，以及细密的网状隆起的皱纹。掰开来，可以看见青椒果实的内部呈现出类白色，十分光滑。

四川洪雅的青花椒，当地人一般叫作藤椒。藤椒的颜色比普通青花椒要浅，味道却比一般的红花椒更强烈。四川洪雅的花椒种植历史悠久，古称"贡椒"，自唐代元和年间就被列为贡品，长达一千余年，史籍多有记载。

花椒属于落叶灌木，用作调味料的，主要是其果壳，花椒油是花椒的提炼物。一般人家在做饭的时候，主要使用花椒去遮蔽和清除鱼类、肉类的腥气，而人只要是闻到了花椒的香气，就会食欲大开，唾液横流，因为，花椒能扩张血管，降低血压，增进食欲。

此外，花椒还是一种中药，并且可以加工成肥皂。我国的川菜谱系对花椒的使用很频繁，这些年川菜口味成为国人的主流口味，川菜中，一般都是以麻辣入味，这麻辣中的"麻"字，就是花椒带来的味道。因此，花椒也成了世界级的调味品。可见花椒之重要。

我国产花椒的地方很多，种类也很多。花椒主要分为红花椒、青花椒、白花椒、山椒等，分布的区域从东南省份的江苏、浙江，一直到西南的四川、贵州、云南和西藏东南部。西北地区，如陕西、甘肃、山西、山东等地，也都产花椒，其中，比较好的花椒出自甘肃天水，古代典籍中有"秦椒出天水，蜀椒出武都"的记载。

花椒在国外主要产自南美洲，至今还有一些品种在野外生长。而且，花椒还属于那种能够在房前屋后种植的灌木植物，种在房前屋后，家庭主妇可以随时取用，十分方便。花椒的枝蔓婆娑伸展，累累果实的繁密和大红色、青嫩色，也给人一种喜庆、亲切和茂盛的感觉，是与人很亲和的植物。

花椒的药用效果和用途也很广泛，喝花椒水，能打下来肠胃里的寄生虫。根据医学实验，花椒对炭疽杆菌、溶血性链球菌、白喉杆菌、肺炎双球菌、金黄色葡萄球菌、柠檬色及白色葡萄球菌、枯草杆菌等十多种革兰氏阳性菌，以及大肠杆菌、宋内氏痢疾杆笛、变形杆菌、伤寒及副伤寒杆菌、绿脓杆菌、霍乱弧菌等肠内致病菌都有十分明显的抑制作用，中药中也在广泛使用。如此看来，这花椒真的是一种宝贝了。

夏塔的雪峰

在地图上看，新疆伊犁的昭苏县，实在是有些偏远，它远居于我国的西北边境，毗邻哈萨克斯坦。

前往昭苏的路途无疑是遥远的，我现在已经无法想象当年的汉唐使者与将军们到达这里的艰难程度了。现在，喷气式飞机和汽车，解决了路途艰难的问题。早晨我们还在北京，中午就到达了乌鲁木齐，下午，我们的飞机继续飞行，飞越了西天山那苍茫逶迤的皱褶遍布的群峰，然后，我们就降落在伊宁市所在的河谷之中。

从空中，我可以看见白云朵朵之下，很多农田阡陌纵横，分布齐整，绿色深浅不一，显示了农作物的种类稍有差别。有意思的是，很多民居的屋顶，都是大红或者青蓝色，非常鲜艳显眼。不知道为什么有这么多大红或者青蓝色的屋顶？落地之后，与当地朋友的聊天之中，他们告诉我，这大红和青蓝色屋顶是受惠于新疆维吾尔自治区政府的补贴项目，政府补贴了彩钢作为居民盖房时的建材，因此，才有了很多煞是好看的大红和青蓝色的美丽屋顶。

从伊宁机场出发，前往昭苏县，要翻越一座大山。这座大山叫乌孙山，是西天山山脉的一个支脉。翻越乌孙山时，刚到达半山腰，天气陡变，就开始下雨了，冷风立即扑面而来。山势险峻，盘山公路蜿蜒曲折，我们的轿车喘着气最终爬上了海拔数千米的山顶隘口。

乌孙是一个西域古国的名称，常见于汉唐的历史著作，是古代哈萨克族建立的。汉代的时候，汉武帝曾经派遣张骞等使者前往这里联络乌孙、大月氏和大宛，希望联合他们夹击漠北的匈奴。因此，在翻越乌孙山的时候，我也是心潮澎湃。有多少历史人物，曾经走在这条古道之上。听说，玄奘、丘处机都曾经路过这里，前往天竺和阿富汗，一个求法，一个去面见成吉思汗讲解长生之道。

翻越了乌孙山，一路向下，半个多小时就来到了昭苏县城。昭苏县的北侧是乌孙山脉，南侧则是天山那连绵逶迤西去的庞大山体，昭苏县安居于山脚之下的舒缓谷地中，这里水草丰美，自古就是兵家必争之地和游牧民族的天然草场。

吃过了晚饭，我感觉天气寒凉，7月底8月初，这里已经是早晚凉的天气了。因为第二天要上夏塔山沟，冒着小雨，我们几个人去添置了秋衣秋裤，以备应急。我经常出差，大致清楚在各个季节里各地的天气状况。但无论到哪里，只要是上山，只要是这山还有点海拔高度，那长衣雨衣、夹克秋裤应该是必备的。我们中间有的人是穿西装大短裤来的，一落地就发现太冷了，就赶紧添置衣服。

第二天，我们前往西天山的夏塔景区。一路上，可以看到大片的紫苏在怒放。紫苏的花自然是紫色的，与薰衣草的那种青紫色不一样，是一种偏浅蓝的蓝紫色，蔚为壮观。紫苏可以长到人半腰的高度，是很好的经济作物。不久，我们又看到了昭苏引以为傲的百万亩油菜花的一部分。油菜花开的景象，是那种繁盛、喜悦和密集的欢欣感，看到那嫩黄色的油菜花被青青的油菜秆高高举起，仿佛有无数枝花朵在我们面前欢呼、跳跃，在整齐地歌唱、摇摆，等待着你的检阅，实在令人兴奋。我们奔向了那大片油菜花田，使劲地拍照、跳跃和欢笑。

油菜是中国一种很特别的、种植面积极广的农作物。从福建长汀到这西北边陲昭苏，连绵几千公里，春季之后，随着时间推移能够次第开放。我在四川、河南都见过油菜花的盛开，为这农作物花期的繁茂和赏心悦目而感动。记得多年之前，每年的暑假，翻越祁连山的乌鞘岭，我也从火车窗里见到过河西走廊那大片的油菜花，蔚为壮观。油菜花的淡香和浓艳，让人倍感兴奋。

走了一个上午，我们的车子来到了夏塔山谷沟口的一处休息点。这里还有一些古墓，其中有一座汉朝和亲的细君公主墓。也不知道是衣冠冢还是实墓，但那高大的封土堆周围，是这一带特有的天山高山草甸子，是真正的草原。各类草、花都混杂在一起，其中不乏贝母、芍药等中药材，但见各色花朵都在竞放，花香沁人心脾，蚂蚱、蝈蝈、蛐蛐、蝴蝶等各类昆虫，甚至还有一些小鸟在这杂草生花的无尽原野上鸣唱。

远眺天山，可见云杉林像兄弟一样密集地站立在山坡上，而云杉之上，就是雪山那白雪王冠和白云的飞逝了。

继续沿着小山谷向夏塔进发，道路在翻修铺油，因此崎岖颠簸。那条发自高山冰川融雪的河流，带着白色的浪涛，激流跳荡，在山道边喧哗。又走了半个多小时，我们来到了夏塔景区的宾馆，安顿下来，立即乘坐电瓶车，前往能够看见远处那白雪皑皑的莲花峰的观景地。电瓶车在开满了小黄花的山间谷地里奔走，两边高山夹峙，云雾缭绕，忽云忽雨，天气变化很快。河道也变得开阔了，类似石灰水一样的浑浊河水，在河道的大小石块间奔走。而远眺那如同五朵莲花开放的莲花峰，我们都惊呆了。

确实，夏塔的景色，不输于世界上任何一个高山景观带。夏塔有多种叫法，也叫夏台、夏特等。可以看见有些驴友正整装步行在前往雪峰的道路上。这里有一条翻越天山的古道，这条古道，是新疆翻越天山、贯通南北疆的四条古道中，最西边的一条，就叫作夏塔古道。而翻越了我们前方的雪山，就会到达南疆阿克苏地区的温宿县。

我注意到，从我们所在的角度，还看不见西天山的海拔6995米高主峰汗腾格里峰，而眼前的雪峰，叫作莲花峰，如同开放的莲花一样，以五朵重峦叠嶂的方式，头戴白雪王冠，屹立在遥远的山谷前面，如同巨大舞台中显现的主角，横亘在那里，十分壮观。在乌云笼罩了一阵之后，忽然出现了太阳光，让莲花峰逼真地呈现了。这一刻，莲花峰掀开了神秘的面纱，似乎面露微笑，使我们欢呼雀跃，或者静默地凝视它，与它交流。

作家张承志有一篇很有名的散文《夏台之恋》，写的就是西天山夏塔地区的山川风物、人文历史、民族构成等。在他那篇文章中，他认为，夏塔是他见过的世界上最美的地方。同时，在他的笔下，还出现了一些具体生活在这里的哈萨克、柯尔克孜、汉、回、蒙古等各民族居民的故事。可见，这里的世居民族，是非常和谐和互相包容、彼此尊重地生活在一起，与山川一起共生共荣的。

在夏塔，我们住了一个晚上。夏塔景区的山谷里，傍晚的多云和第二天清晨的云雾，美丽异常。河水的喧哗在我的梦里躁动了一夜，但因为凉爽，我们睡得很香甜。昭苏的核心景色，我以为，就是这夏塔的风光了。雪山，河流，高山草甸，云杉，构成了天山景观的多个层次。夏塔，的确是最美的地方。

下山之后，我们驱车数百里，来到了中哈边境线，看到了当年康熙皇帝平定准噶尔部之后所立的一个石碑，稳固地站立在一片开阔的高地上，牢牢地守卫着疆土。

到了下午，我们又来到了一个现代的赛马场，看到了包括两匹汗血马在内的很多名贵赛马。昭苏在古代就盛产马匹，从汉代开始，内地曾经多次从这里购买良马，所以，昭苏号称天马的故乡。如今，昭苏的马生意也做得不错，很多内地省份需要改良马的素质，从这里购买种马的精液，每年都达到惊人的份额，使昭苏能够有超过千万元的收入。

看着赛马场的骑手们遛马、赛马，一马当先或者十马奔腾，不知道为什么，我想念的，还是数百里之外的那夏塔的景色，那满山谷的不知名的小黄花，那逶迤的山体和微笑如罗汉一样并排站立的莲花峰。

昆明的颜色

我过去没有到过昆明，对昆明自然有很多想象，但是这些年根据我去过的大多数城市所获得的印象来看，几乎所有的城市都越来越像了，尤其是省会城市，在城市的建筑外观来说，没有什么根本的区别，无非是有了越来越多的耸立在市中心的"人工屎林"——一个建筑学家对玻璃幕墙摩天大厦的别称——加速地破坏着一座城市独特的景观。因此，我对昆明也没有什么期望，并不期望这个城市能够带给我什么新鲜的东西。那里也许也是一个有着越来越多的"人工屎林"的城市吧？

果然，下了飞机，在环城高速路上行驶，我就看见了远处矗立的一幢按照一个烟盒模样建造的大厦，我就知道这座大厦一定与烟草行业有关。向当地的朋友一问，果然是烟草行业的大楼。我就十分的失望，觉得为什么我们的建筑师那么低能，非要设计这样一个和烟盒一模一样的写实的玻璃幕墙大楼？他的想象力到哪里去了？它破坏了昆明的城市天际线。倒是忽然在路边闪现的一些低矮的老房子，却似乎有着和"昆明"这两个字有一些关联的东西，但倏忽间从眼前飘逝，很快又被一些高大的建筑给遮蔽了。

对一座城市没有太多的期待倒好，接下来的一些天里，昆明很快就给了我很好的感觉，即使是有着一两幢缺乏想象力的大楼，这座城市仍旧给了我强烈的印象。尤其是她的颜色，竟然是如此的多姿多彩，让我难以忘怀，大吃一惊。

昆明其实是一座老城市，从人文历史角度上看，她和诸如西安、杭州、天津、广州这些有着丰富的历史资源的城市完全是并驾齐驱的，一点也不逊色，甚至还有她自己独有的边疆性和传奇性的特点。可是我不可能在很短的篇幅里描绘她的历史，我只能够描绘她带给我的强烈的视觉刺激，在这个北方还是一片严冬天气的春天里。

我们这回到昆明正好赶上了昆明国际旅游节，在我们下榻的饭店边上，就是昆明民族村。一大早，在民族村门口，我们正好赶上旅游节的开幕仪式，我看见那里已经是"欢乐的海洋"，到处都是穿着色彩鲜艳民族服装的人在台子上表演，男人强悍女人妩媚，他们的衣服的颜色让我眼花缭乱，让我一下子就感受到了昆明的颜色，而这种颜色肯定是不光在这个节日里才有的，她在平时就是这样的五彩缤纷。

在民族村里的游览没有什么好说的，但是我的眼睛却一次又一次地受到了云南少数民族的艳丽服装的刺激，加上头顶的蓝天白云和歌舞声声，心情一下子特别好。我在新疆长大，看到过新疆很多少数民族的艳丽的服装，但是在云南，少数民族服装的颜色似乎更加的大胆、更加的美丽和强烈。因为云南的少数民族大都是山地少数民族，他们往往以衣服的颜色和花样的变化来区别，因此在衣服的花样和颜色上是十分的出奇的，像彝族，她的二十几个部族中，每一个部族的衣服颜色样式都是不一样的，由此扩大到其他的少数民族，他们衣服的颜色之复杂多变就可想而知了。

后来，我们在当地朋友的引领下，又去了花市，那里的花卉使我再一次感受到了昆明的颜色。

这个花市的面积相当的大，就像是内地的蔬菜批发市场一样，各种各样的我叫不出名字的花卉成堆地摆放着，交易着。这里的花卉是论斤卖的，几十枝玫瑰只卖几块钱，一枝玫瑰因品种不同，只合几分钱或者几毛钱。

今年的情人节，我在北京买到的最便宜的玫瑰是 18 块钱，据说都是从云南贩运过来的。我的眼睛就在各种花卉的颜色的鲜亮的击打下越发闪亮了。有趣的是，我在花市上还看到一个吹着欢快的笛子的小伙子，在他的身后，跟着十几个人组成的怀抱成捆各色鲜花的队伍，快速地穿越整个熙熙攘攘的交易大厅，气氛十分的美好欢乐。我问旁边的人这个队伍是干什么的，他告诉我，那是买家选购好了花卉，离开大厅去装车的，为了怕花农走散，就吹着笛子带路。你看，在这样的气氛下，你绝对会被花朵的颜色感染。花卉的颜色就是昆明的颜色，在花市，我又一次感受到了她的缤纷和美丽。

当然昆明还有别的颜色继续让我感到眼花缭乱的。比如昆明的吃，在餐桌上的滇菜菜肴的颜色搭配，也是相当的好看，似乎有自己的特点。慢慢地在昆明的大街小巷溜达，看到了这座城市的春意盎然的颜色似乎是永远如此的，并没有太多的季节之分。而一些过去的建筑比如云南讲武学校的穿越历史风云的黄色，和附近的翠湖风景的明亮的颜色是和谐搭配在一起的。

昆明给我的感觉非常的好，以她缤纷的颜色。如此多姿的色彩却给人一种处乱不惊的感觉，而昆明人的生活就是这样不紧不慢的，在美丽繁多的颜色的滋养下，有滋有味地生活着。我觉得昆明是一个应该经常去的地方，在辽阔空旷、颜色单调质朴的北方，我肯定会梦回昆明。

昌江的木棉花

以前去海南，主要在海口和三亚活动，对海南东海岸的风景比较熟悉。但我很早就知道海南有大山。上中学的时候，我读过孔捷生写的小说《大林莽》，说的是几个知青下乡，进入海南的原始森林里，企图开辟出一条新路。结果，他们在森林里迷路了，有的得病了，有的鼻子里爬进去了可怕的蚂蚁，好几个人没有走出去，最终在森林中丧生。

现在看来，《大林莽》可以说是一部象征主义小说，那"大林莽"象征的就是 20 世纪六七十年代的社会氛围，如同迷雾、迷宫和不可测知的地域，你进去了，能侥幸安全地走出来，就非常幸运了。那些当年下乡的"知青"有的就那么在时代的迷雾里出不来了。所以，我十多岁就知道了海南的原始森林的可怕。

这次来到海南昌江，我才目睹了海南西线那壮阔的、山海相互映照的风景。离开了苍茫的海岸，汽车就拐到了上山路，景色逐渐青翠和秀丽起来，我们一气就上到了霸王岭的原始森林山庄，进入天然的氧吧里。昔日的小说《大林莽》给我留下的迷雾一样可怕的记忆，在我眼前顿时消失了。代之出现的，是茂密而友善的森林，植物繁茂的世界张开了欢迎的怀抱，让我们这些差点被城市汽车尾气毒死和被那些高楼大厦挤压得快得了精神病的人，都感到了畅快和欣喜。

人是猿猴变的，难怪我每次见到森林和山地，都会有一种天然的、本能的欢快，就像是到了老家一样，久违的隐秘的原始记忆会在我内心里浮现，我会嗷嗷叫着扑向那些我再也爬不上去的参天大树，拥抱住树干，如同拥抱住老母亲那久违的怀抱。传说，这里还有两群长臂猿猴，一共 20 多只，是比大熊猫还宝贝的动物，但一般人很难见到，它见到人就躲得远远的。

霸王岭名字很霸气，但风景却非常宜人，有着原始森林和原始次生林的景观，植被非常茂密，如果你离开特地开出来供游览的山路，那么你连插脚的地方都没有，因为到处都是草木藤蔓，还有藤竹、野生兰花等各类植物。为了便于游览，霸王岭以及附近的山岭开辟出几条铺设了木板的山路，分别叫作"情道""霸道""天道""钱道"和"王道"。

我想，那些游客大部分都是俗人，因此，为了吸引他们在游览时的兴趣，山道恐怕就要起一些让他们兴奋和关心的名字。人生在世，无非是婚姻爱情、事业霸业、发财致富、天道人伦。因此，这些现实的、俗世的概念，就成了几条山路的名字，可以供你选择：你是喜欢走曲径通幽、柳暗花明的"情道"呢，还是喜欢看到滚滚巨石横陈在山谷里的"霸道"？由此想到像项羽那样即使成就不了霸业，也要在历史上留下巨石一样的传说。

"天道"，则弯弯曲曲地往最高的一座山峰上钻过去，运气好的话，还可以在半山腰的云雾里穿行，但见白色的飘带缠绕山间，行人在云雾中游走，就如同走在仙境里，在童话里，在传说里，在天堂里，在一种超越了俗世的宗教氛围里。最后，登上最高处，一览天下，可以见到眼前的山峦如同波涛一样簇拥过来，以你为中心，形成了一种向心的秩序，那种豪迈和天人合一的感觉就会在你的心头浮起。

你要是喜欢财源滚滚，那自然要去走"钱道"了。那在另外的一座山岭上，钱道走起来，也是婉转回环，高高低低的，可见钱道就如同股市一样，或者就如同过山车一样，可见人发财还是很不容易的。

接着，我们就走上了"王道"。"王道"上，走不多远就可以看到两棵两个人抱不过来的大松树，分别被命名为树神和树王，都是陆均松。树王的年龄据说是 1600 年，从魏晋时期就开始生长了；树神的年龄更老，据说已经生长了 2000 年，那就是说，从汉朝以来，这棵大树就站在那里，经受着雨雪风霜和岁月的侵袭，看遍了星辰日月和人世间的风景。当我上上下下走完了"王道"，看到树神和树王这样的大树，肃然起敬，真的是有一种对万物皆有灵的敬意了。

山上还不时地可以看到野兰花，生长在枯树的根部，隐藏在茅草的旁边，细心地看，才可以分辨出来。

徜徉在昌江的山林里，你会有一种由衷的畅快。

在这个季节来到昌江，正赶上了木棉花开。当地政府也借助木棉花季，打造着自己的文化和旅游的地域符号。过去，我没有见过木棉花，或者没有直接地目睹那么多木棉树开花的景象。

我听说过木棉花，还是因为以前看过的一部武打片《木棉袈裟》，里面的大和尚穿着一件红艳艳的袈裟，就是木棉的红色。但我一直不知道，"木棉袈裟"到底指的是用木棉做的呢，还是颜色像木棉花一样鲜艳。这次来到昌江，当地的朋友给了我确切的答案：木棉袈裟，指的就是木棉的大红色，那种鲜艳亮丽的红色袈裟，只有寺庙里的住持大和尚才可以穿。至于袈裟的质地，可以是丝绸和布料，也可以是别的。

木棉树身材挺拔高大，一棵棵地站在河谷里、山道边、农田旁、村舍中，精神抖擞，气宇轩昂，满身挂满了红色的花朵。那感觉，真的像一个披红挂彩的英雄男人，从战场的硝烟里得胜回到了家乡，或者，就如同就义的战士那样浑身鲜血也站立不倒。因此，木棉树被称为英雄树。

我很兴奋，近距离、远距离地调整着视距，如同画家和摄影家那样从各个角度观察着、欣赏着木棉树，在山坡上的木薯地里、在水稻田里、在椰子树旁，观察着木棉树，为木棉树的苍劲、雄奇、潇洒的身姿所感动。木棉花的花朵颜色鲜艳，花朵硕大繁茂，开花之前是先长叶子，叶子落了就开花，结果开了一树的红色大花，累累的，如同石榴和柿子一样的花朵沉甸甸的，挂满了枝头，在满山、满田野都是绿色的背景下，木棉却一树的大红、橘红和鲜红，真的是蔚为壮观，很扎眼、很跳跃、很超越地出现在人们的视野里，带来了一种强劲的美和坚忍不拔的精神。

过去，海南的黎族人家里生了孩子，就会种上一棵木棉树。据说木棉浑身都是宝贝：木棉的材质松软，可以做成家居用品；木棉花可以晒干了做药，清热解毒，对消化系统的疾病有疗效；木棉籽则可以抽出里面的毛絮，除了做成黎族很出名的黎锦，还可以做成枕头和被子。那种手工的木棉籽枕头和被子如今比较少见了，这原来可是当地的黎族人的拿手东西。木棉籽被子盖在身上，不如鸭绒被或者别的什么绒的被子那样轻盈，显得十分沉重，但是那种沉重中，其实有着环保和保暖的作用，我是希望以后回到手工时代，木棉被子重新成为宠儿。因为，手工的东西总是最珍贵的。

几天的游历，昌江除了霸王岭原始森林风景区和七叉河的木棉树，还有南尧河的十里画廊，海尾镇的棋子湾原始海景区，真是怪石嶙峋，有海龟一样的大石头，也有棋子一样的石头布满了海滩，完全不同于海南东海岸的秀气和柔和，显得十分狰狞而突兀，让人流连忘返。还有黎族聚居区里的民俗风情和居住环境也值得去探访，比如，保留下来的原始的"船形屋"和黎族民俗风情区，都值得一看。

那我就下次再去吧，这样就还有另一篇写昌江的文章在等着我了。

第三辑

写作的巨大的意义和功能，就在于为一个人经历的岁月留影，为一个人经历的时代做见证。

威廉·福克纳：书写美国南方的史诗

一、威廉·福克纳诗三首

我的墓志

请把可能的忧伤化作雨露

那一定是哀悼携带的银色忧伤

葱茏的树林在绿色里做梦

热望在我的心里苏醒，假如我能真的醒来

我将要长眠不醒，并且长出根系

就像一棵倒立的树，在蓝色的岗丘下

在我的头顶睡眠，这就是死亡

而我将远行，紧紧围拢我的泥土

肯定会让我继续呼吸

绿色枝条

人们你来我往，留下的

只是有着他欲望残痕的白骨

他所爱恨交加的坐骑

也最终被驯服地关进了尘土的马厩

他曾百般鼓舞那坐骑兴奋，而坐骑
也会满足骑手的所有要求
如今一切都已完结，欲念终止
他却发现，是坐骑把他哄骗了一生

向海伦的求爱

不要让"永别"出现在两张嘴之间
它们注定将合二为一
生命的青葱，使语言焕发生机
等到它变得昏聩衰朽时，再说"永别"
也不算晚

生命十分脆弱，脉搏时断时续
只有爱情的火焰，才使生命存活
"永别"却是一把纸剑，那鲜活的生命
笑闹之间就能击溃这结果。下面才是真情流露：

像燃烧的火油在她的床上奔腾
肉体感到了满足，欲望满足
但她那空洞的灵魂并未被打动
而一旦激情耗尽，她就要
愤怒地咆哮。所以等我们都死去了

"永别"，才真的具有了意义。

（邱华栋 译）

二

威廉·福克纳（1897—1962）是欧洲现代主义小说创新的潮流转移到了美洲大陆的新象征。在此之前，欧洲小说在精神和形式的创新上，都占有绝对的优势。但是，自从威廉·福克纳在美国出现之后，20世纪现代主义小说创新的因子就开始在北美洲大陆生根发芽，并逐渐向南美扩展。不过，威廉·福克纳的文学价值首先是由法国人认定的，美国人一开始并不认识威廉·福克纳的巨大价值。威廉·福克纳师承詹姆斯·乔伊斯，并将美国南方的历史和人的生存景象纳入他所创造的类似当代神话的小说中，形成了一座新的文学高峰，还影响了加西亚·马尔克斯写出了《百年孤独》，加西亚·马尔克斯的作品后来又影响了莫言等很多作家，使一团文学创新的火种在各个大陆的杰出作家之间不断地被传递。

威廉·福克纳1897年9月25日生于美国南部的密西西比州一个大庄园主家庭。而这个大庄园主家族，已经在他父亲那一代彻底衰落了。因此，从小，威廉·福克纳就对家族的兴衰史有着极大的探究兴趣，他逐渐了解到了自身所在的大家族的兴盛和衰落的情况，这为他后来找到写作的源泉提供了一个前提。"一战"爆发之后，年仅17岁的威廉·福克纳参加了加拿大空军，但主要负责地勤工作。战后，他开始学习写作。他最早的文学启蒙老师，或者说，给予了他决定性影响的人是作家舍伍德·安德森。1925 年，28 岁的威廉·福克纳在新奥尔良拜见了他，亲耳聆听了舍伍德·安德森的教诲，舍伍德·安德森劝他去写脚下土地上的人和历史。在舍伍德·安德森的帮助下，威廉·福克纳于 1926 年出版了自己的第一部长篇小说《士兵的报酬》。这部小说直接取材于威廉·福克纳参加军队作战的经历，描绘了在第一次世界大战中的青年士兵的幻灭感和他们的痛苦经历。这是威廉·福克纳在 30 岁之前书写自我经历的一次尝试。这部小说没有引起大众的注意，因为小说在题材上和写作技法上都显得很一般。1927 年，威廉·福克纳又出版了他的第二部小说《蚊群》，这是一部艺术家小说，在小说里，威廉·福克纳塑造了带有 20 世纪 20 年代繁荣时期的美国病的艺术家群像，描绘了艺术家们的肉体活跃和他们的精神迷茫。这个时期是威廉·福克纳写作上的练习时期，他需要不断地寻找自我，而美国读者和文学界对青年作家威廉·福克纳的出现也并不重视，好像他根本就没有出版过这两本小说一样。

1929 年，威廉·福克纳出版了他的第三部长篇小说《萨多里斯》，这是威廉·福克纳苦苦寻找到了自己的写作资源和叙述方式的第一部真正的开端之作。于是，从这部小说开始，他的"约克纳帕塔法"系列小说正式诞生。《萨多里斯》这部小说，描绘了美国南方密西西比州的大种植园自蓄奴时代以来的历史，其中，塑造了一个重要人物萨多里斯上校，讲述了包括上校在内的整个南方种植园主阶层逐渐衰落的故事。因为，威廉·福克纳发现，"自己家乡那块邮票大的地方很值得一写，而且永远也写不完。"后来，他接连写了 16 部长篇小说和 70 多个短篇小说，从小说的题材上和地理背景上看，全部都和他的家乡有关。他根据家乡的地理和环境虚构了一个叫作"约克纳帕塔法"的地方，为此，还专门绘制了一张"约克纳帕塔法县地图"，在地图上，他标明了山川与河流，家族和人物，传说和习俗等元素。我想，有了这张地图，他后来的写作就变得简单了，如果说他想用文字创造一个世界，那么，他只需要像建筑师那样按照自己的地图规划施工就可以了。

威廉·福克纳的整个"约克纳帕塔法"系列小说，从叙述时间上，要追溯到美国独立战争之前，然后一直到"二战"结束之后。在他创造的长达100多年的小说时间里，一共写了600多个有名有姓的人物，这些人物往往在这篇小说里成为主角，在下一篇小说里可能就是配角，在这篇小说里消失了，在另外一篇小说中又出现了，从故事、人物、情节来看，每一部小说都是独立存在的，但它又都是主题统一的一个大整体的一部分。其实，要是单篇来看福克纳的小说，我觉得似乎每一部都有一些缺憾，比如他的《喧哗与骚动》，结构完美、形式精巧、叙述华丽而又精到，但是却缺乏一种更加宏伟扎实的力量，比如《复活》中的赎罪和忏悔的力量，比如《百年孤独》中的一个大陆的历史命运的整体力量。后来，我渐渐明白了，阅读福克纳，应该把他的19部长篇看成是一部小说，这样，我就一下子理解了福克纳的伟大，他完成的功业一点也不比巴尔扎克和人类历史上任何伟大的作家要小。威廉·福克纳所写作的，是有着19个章节的一部篇幅更加浩繁和巨大的长篇小说。虽然，其中的4部小说在题材上和"约克纳帕塔法"小说系列没有直接关系，但作为序曲和插曲，照样可以纳入整个系列。只有这样看待他的创作，你才能理解威廉·福克纳的伟大和他的雄心壮志，理解人类的小说在他的手里发生了多么大的变化，你才会理解他对小说艺术的巨大贡献，而这贡献是如何与美国新大陆的历史挂上了关系，并实现了我所说的"小说的大陆漂移"在美洲的发展。是威廉·福克纳将现代小说的创造性的火种引到了北美洲，因此，他成为 20 世纪美国小说家中最重要的一个。

三

1929 年，威廉·福克纳出版了长篇小说《喧哗与骚动》，从此进入他创作的全盛时期，一直到他的小说《去吧，摩西》（1942）的出版，这十多年的时间里，是威廉·福克纳小说创作最辉煌的时期。《喧哗与骚动》与他的第三部小说《沙多里斯》一样，都反映了美国南方白人种植园世代家族的衰落过程。那么，《喧哗与骚动》讲的又是一个什么样的故事呢？首先，这部小说以多个视点和叙事的角度来结构作品，讲了一个可以拼合起来的完整的故事，但是，这个故事需要你去把它们拼接起来，需要你亲自去复原小说的故事情节。在这部小说里，威廉·福克纳在叙述时间的运用和结构的多层次以及意识流和内心独白手法的运用上，都达到了匪夷所思的地步。

《喧哗与骚动》作为威廉·福克纳经营了一辈子的"约克纳帕塔法"系列小说的最重要的作品，它的书名的来源是莎士比亚的戏剧作品《麦克白》。在莎士比亚这出和复仇有关的戏剧中的第五幕第五场戏中的主人公麦克白有一段独白："……我们所有的昨天，不过是替傻子们照亮了到死亡的土壤中去的道路。熄灭了吧，熄灭了吧，短促的烛光！人生，不过是一个行走的影子，一个在舞台上指手画脚的拙劣的伶人，登场片刻，就在无声无息中悄然退下；它是一个傻子所讲的故事，充满着喧哗与骚动，却找不到一点意义。"（朱生豪译）从情节主干来看，这部小说讲述的是美国南方种植园主康普生一家的故事：小说的时代背景大约在 20 世纪初期，作为种植园大地主家族的后裔，老康普生已经丧失了创业的斗志，家族产业到了他的手里开始衰败，这个家族过去曾经彪炳史册，几代人中间出过州长和陆军将军，他家的庄园望不到边，阡陌相连，黑奴成百上千。可是，自从美国南北战争结束，南军失败，伴随着大势已去的蓄奴制度的瓦解，康普生家族也开始衰落了。到了老康普生的手里，只有一幢十分破旧的大宅子和一户黑奴帮佣了。因此，老康普生整天就是酗酒、瞎逛。他的老婆是一个自私势利、眼光短浅的女人，将家族衰败的怨气都发泄到他身上。他们有一个长子昆丁，是小说中比较正派的角色，希望家庭能够保持稳定，恪守南方保守的文化传统。他的妹妹凯蒂则是一个多情的女人，和男人有婚前性行为，被大家认为辱没了康普生家族的荣誉，最后不得不跳水自杀。康普生夫妇的次子是杰生，他是一个坏小子，冷酷无情、自私贪心，凡事都为自己考虑，对家庭造成的羁绊感到恼火，渴望寻求自己不羁的生活。而康普生最小的儿子班吉则是一个白痴，在小说的叙述时间里，他都 33 岁了，却只有 3 岁儿童的智力水准。班吉还打算强奸邻居家的一个女孩，未遂之后受到了惩罚，被割掉了生殖器。整个康普生家族中，只有黑人女佣迪尔西是忠心耿耿的，相信这个家族还有希望。她不仅担负起康普生家族的大量家务，还担当保姆，从很早开始，就一直护佑着几个孩子们的成长。这是小说中最主要的几个人物，正是这些人物的意识活动构成了小说的核心内容。

在小说的结构上，《喧哗与骚动》如同坚固完美的建筑那样，清晰地由四部分组成。各个部分的叙述者不一样，前三个部分都是第一人称的独白叙述，第四部分则是第三人称的全知全能的叙述，构成了补充性说明。小说的第一部分，是由家族的小儿子、傻子班吉来讲述，叙述时间为 1928 年 4 月 7 日。因为，这一天是白痴班吉的 33 岁生日，女黑佣迪尔西的外孙带着班吉去玩耍了。于是，班吉就开始用断断续续的意识和白痴特殊的思维，回忆了这一天的全部经历。班吉对时间的感觉等于零，他尤其无法对过去、现在和未来进行时间上的区分，因此，这一部分的意识流就像是天书，威廉·福克纳用文字的最大可能性来表现班吉的白痴意识，他的内心独白看上去杂乱无章，没有逻辑，但是在小说史上却最为有名。于是，在班吉所回忆的很多场景中、在大量的家族生活、人与人关系产生纠葛的片段中，我们逐渐分辨出班吉眼睛中的家族故事：他的童年、某年圣诞节的快乐、姐姐凯蒂隆重的婚礼、父亲康普生的去世、大哥昆丁的自杀，等等，这些家族中的重大的事件在班吉凌乱的回忆里如同波光水影，在意识流过的瞬间全部显现。在班吉的眼中，姐姐凯蒂是他真正的保护人，一个带有母性色彩的保护者，姐姐凯蒂如何呵护班吉，是班吉的意识流中最温暖的部分，因此，班吉很喜欢凯蒂，也依赖和崇拜她，并且为凯蒂后来的不贞洁遭到了大家的唾弃感到难过和不解，更为她的自杀而疑惑和痛苦。自此，小说的第一部分就结束了，我们从中基本上了解了这个家族的悲剧命运和人物之间的关系。

　　小说的第二部分的叙事人是长子昆丁，叙述时间是 1910 年 6 月 2 日。在这一天，昆丁自杀了。昆丁当时在哈佛大学念书，早晨他醒过来，发现寝室里就他一个人，手表的滴答声十分急促，好像要催促他去作某种决定。他愤怒地砸碎了手表，趴在桌子上写了一份遗书，决定去寻死。他走出大学校园，坐上电车，横穿城市，不知道自己应该去哪里。这一天，昆丁遇到了很多不顺心的事情。他先是去购买打算跳水自杀用于自沉的熨斗，结果被人误认为一个诱拐犯而遭到了警察的逮捕。在警察局，他的解释无法说服警察，昆丁只好联系朋友，被保释了出来。出来之后，他又与朋友发生了口角，两个人打架了。造成他心绪不宁的主要原因，还是妹妹凯蒂的不贞洁，对此他难以接受，耿耿于怀，因为，他作为家族长子，十分珍爱家族荣誉，是一个十分保守的南方人。他想起妹妹凯蒂、她的丈夫和她的情人之间的纠葛，以及他和他们的两次会面带给他的糟糕感觉，他的心情就越来越坏。昆丁对她十分恼怒，但是他又不能去惩罚她，心情万分沮丧。就这样，到了 1910 年 6 月 2 日的晚上，昆丁就投水自杀了。在这个部分，昆丁的意识是激动和紧张的，因此语言语速十分快捷，而昆丁又是哈佛大学的学生，他的思绪带有强烈的理性色彩，呈现了他对人生的基本态度。但是，他的精神恍惚与迷离，也造成了这个部分内心独白的混乱与缭乱、激昂与颓废。

　　小说的第三部分是二儿子杰生的叙述，叙述时间为 1928 年

4月6日。这一天，杰生遇到了好几桩不如意的事情。姐姐凯蒂后来生了一个女儿，叫作小昆丁——看来是为了纪念哥哥昆丁而取的名字，小昆丁喜欢逃学，还和一些流浪艺人混在一起，不服从舅舅杰生的管教。在这一天，他还收到了姐姐凯蒂的一封来信，在信里，凯蒂询问他，她寄给小昆丁的钱，他给小昆丁了没有，这使得杰生很恼怒。同一天，杰生还收到自己的情人的来信，这也是让他感到恼火的一封信。同时，杰生耽误了在股市上发财的一个机会。于是，他把所有的不如意都发泄到家族成员的身上，认为他们都亏待了他。杰生尤其对姐姐凯蒂和她的女儿充满着怨恨。这一天，他甚至向自己的母亲提议，应该把傻子弟弟班吉送进疯人院，把姐姐的那个不听话的女儿小昆丁送到妓院里去。母亲当然没有接受他的这个想法。这个部分的叙述以显现杰生的冷酷和偏执为重点。杰生的脑神经有问题，头痛时常发作，这使他的内心独白比较混乱，带有间歇式的痉挛特征，威廉·福克纳模仿了这样的人的语言和意识行为。

小说的第四部分是关于女佣迪尔西的，叙述时间为"1928年4月8日"。在这一部分中，威廉·福克纳改用全知全能的第三人称叙述。这一天是复活节，一大早，杰生就发现小昆丁偷了他的七千元钱逃走了，这些钱大都是他从凯蒂寄给小昆丁的生活费中克扣的，因此，即使他报警了，也无法向警察解释钱的来源，因此，杰生只能自己想办法去找小昆丁。不过，他的找寻却没有结果。然后，小说描述了女佣迪尔西带着自己的家人和傻子班吉一起，前往社区的黑人教堂去参加复活节礼拜的过程。在这个部分里，威廉·福克纳通过对迪尔西的描绘，补充了前三个部分没有交代清楚的一些家族恩怨和具体关系的细节。黑人女佣迪尔西以她的坚忍和忠诚、仁慈和爱心，帮助这个衰败的家族走向了新的生活。这个部分的叙述扎实有力，与前三个叙述者的悲剧性的内心独白相比较，迪尔西以见证人的身份，作了一个总结性的回顾和展望，给读者带来了希望。通过这部小说，威廉·福克纳想告诉我们，那个由种植园家族所组成的美国老南方体系已经彻底瓦解，但新南方却目标不明，充满了混乱和绝望感。也许，只有像迪尔西那样的人，以诚实、善良和慈爱的品质来体现出人性，才可能是南方的希望所在。小说中还有一个附录，将康普生家族从 1699 年到 1945 年之间的家族主要人物和事迹作了介绍，成为本书的一个背景资料。

　　作为威廉·福克纳最重要的小说，《喧哗与骚动》的文学技巧十分精到成熟。他后来的小说大都沿用了他在这部小说中大量使用、几乎到了炉火纯青地步的意识流和结构技巧。从总体上来说，他的小说在运用时间、结构、意识流与内心独白上，对小说史有着巨大的贡献。拿他来和普鲁斯特、詹姆斯·乔伊斯、弗吉尼亚·伍尔夫的意识流手法相比较，威廉·福克纳创造性地发展了上述几个欧洲文学巨匠所开拓出的意识流小说技巧，并将意识流的时间层次扩大，随意地固定、流动、回溯、停顿、反切等等，拓展了意识流叙述的外延，这是他独特的贡献。就《喧哗与骚动》而言，小说中最突出的技法，在于运用多个视角的叙述和内心独白，而且，他所采用的意识流手法是经过了改造的，带有叠加、复合、立体性等多个特点，从各个角度的人物对时间的体验和理解的意识流动，将同一个故事的各个侧面拼接为一幅完整的、斑驳的画面，从而把读者引入了人物丰富的内心。《喧哗与骚动》选择了最主要的四个时间点来讲述，并没有按照顺序的时间，而是沿着这四个固定的时间点发散开来，需要我们读者主动地参与进去，把小说中支离破碎的人物关系和悲剧事件理解清楚，并且拼合完成。因为，《喧哗与骚动》表面上叙述的混乱和颠倒的时间中发生的故事，其实是互相紧密联系的，是有着固定的秩序的。

多年以来，对威廉·福克纳的这部杰作的解释，成了文学评论家们的乐事，他们运用各种分析方法，试图理解和进入这部含义深刻的作品。比如，"神话原型理论"派的学者将他小说中的情节、人物和故事结构，与人们熟知的一些古代神话和史诗相比较，发现了它们竟然是大体平行的，尤其是，威廉·福克纳的很多作品都和《圣经》故事有关。"神话原型理论"对威廉·福克纳的理解和分析，加深了我们对他的作品的理解。比如，在《喧哗与骚动》中，神话原型派理论家们认为，这部小说的故事就是以《圣经》中的基督受难周为原型。比如，小说中的时间坐标、1928 年的三个日期，恰恰是那一年的基督受难日、复活节前和复活节；而 1910 年昆丁自杀的那个日期，又恰好是"圣体节"的第八天。不过，小说中的时间虽然与《圣经》故事有对应关系，但也有强烈的反讽关系。威廉·福克纳的全部小说和《圣经》的关系，需要整整一本书才能说清楚。

那么，《喧哗与骚动》的主题到底是什么？在《喧哗与骚动》中，人性中的恶灰暗俘获了每一个人，使他们在走向毁灭和罪孽的道路上，成为时间的注解。威廉·福克纳自己曾说："这是一个美丽而悲惨的姑娘的故事。"是的，凯蒂作为小说的中心人物，她的婚姻和情感成为撬动和改变小说中整个家族人员关系的原始力量，而她的堕落和自杀，则象征着美国南方的堕落和衰亡。但是，在小说中，凯蒂从来没有主动地出面说话，而是通过她的三个兄弟的自白和意识流来折射她的无所不在，和她搅动出来的巨大命运的旋涡。为此，法国作家、哲学家萨特写过一篇文章《〈喧哗与骚动〉：福克纳小说中的时间》，专门分析了《喧哗与骚动》如何运用时间和处理时间的叙述艺术，而威廉·福克纳以对时间的深刻理解和刻画，恰恰在呈现美国南方文化的瓦解和衰落，这，就是这部小说的主题。

四

1930 年，威廉·福克纳出版了一部篇幅不大的长篇小说《我弥留之际》，这是他的又一部小说力作。小说以非常紧凑的笔法，描绘了美国南方某个家庭的女主人艾迪·本德仑，从弥留之际到她死亡之后 10 天左右所发生在她家庭内部以及送葬途中的事情。《我弥留之际》是以死者艾迪·本德仑的各个家庭成员的叙述，讲述了他们自己的故事也是人类自身的故事。小说一共分成了 59 个小节，每一节都是一个人物的内心独白。叙述者一共有 15 位，除了小说中本德仑家族的 7 名成员以外，还有他们的邻居、偶遇的旅客等等，加入叙述者的队伍中。这些人在不同的环境、从各自的角度，讲述了他们眼睛看到的、脑子里所想的东西。整部小说的语言采用了美国南方地区的鲜活的口语，显得说话者人人不同，个性突出。艾迪是镇上的一个女教师，她嫁给了本地农民安斯·本德仑，但婚后的生活一直不如意，后来，她和一个牧师有了私情，还生下了一个私生子朱厄，从此，她与家庭和周围保守的环境之间的关系紧张起来。后来，生病的艾迪在弥留之际提出了一个请求，希望丈夫和孩子们把她的遗体送回家乡的小镇去安葬。她的这个要求看似合理，可是，实际上包含了她对丈夫的失望，对南方保守文化环境的蔑视。对于她的丈夫安斯以及几个孩子来说，完成她的遗愿是对她的尊重，必须要进行。于是，精彩的一幕上演了。安斯和孩子们扶着灵柩前往家乡，可这一家人没有料到，一路上天灾人祸不断，尸体的保护也成了最大的考验。不久，私生子朱厄在一次意外的火灾中被严重烧伤；安迪的大儿子被马车轧断了腿；另一个有些智障的儿子因纵火烧棺被送进了疯人院；女儿为了搞到堕胎药被半路上的药房伙计诱奸；拉车的牲畜也被突然来到的洪水冲走了。他们一家人用了整整6天，才走完了40英里的路。在小说的结尾，他们拉着已经发臭的母亲的尸体，终于到达了目的地杰斐逊镇，安葬了安迪之后，这个家庭立即解体了，大家各自找乐子去了。男主人安斯也十分悠然地借钱买了一副假牙，带着自己的新欢，重新踏上了回家之路。

这部小说有着一切伟大小说的基本元素：如何面对生存和死亡、大自然和人的关系、人性的善和恶、人如何面对上帝、人的家庭内部和外部的关系，等等。在安斯和家人要把安迪的尸体拉到家乡去下葬的过程中，这一家人经受了类似《圣经》中的先知摩西遭受的巨大考验，外要面对洪水和糟糕的天气，内要面对家庭中每一个人内心的恶魔，于是，这个过程就变成了一个与死亡、生存和命运有关的寓言。以短短十几万字的篇幅，威廉·福克纳造就了一部伟大的小说杰作。"神话原型"理论家们认为，这部小说同样和《圣经》中的情节、和摩西带领人们走出埃及相对应。在《圣经》故事中，摩西也是经受了无数的考验，最终带领人民走出了埃及，还确立了十诫。不过，小说《我弥留之际》却是一出黑色的闹剧，它不像摩西那样经过考验最终成了正果，小说中的每个人的恶和私欲，最终吞噬了他们自己。死亡是小说的重要象征，因为一具尸体贯穿了整部小说，它不仅折射了本德仑一家的遭遇和不幸，也借助呈现安迪的私情、她的弥留之际、她的死亡和送葬的过程，描绘了美国南方文化的衰亡，这仍旧是威廉·福克纳要表现的主题。

但是，凭借已经出版的几本小说和诗集，威廉·福克纳没有获得多少金钱的回报。因此，书商就劝告他写一部能够赚钱的书。长篇小说《圣殿》就是这样一个产物。小说出版于1931年，果然，它获得了读者的青睐，成为福克纳卖得最好的一部作品。这很大程度上是由于小说中那耸人听闻的情节：一个叫波普艾尔的家伙出身贫穷低微，身材瘦小，加上性无能，这使得他变得十分凶残。后来，他成为黑帮的首领，外号"金鱼眼"。"金鱼眼"把镇上法官的女儿、纯洁的女大学生谭波尔给强奸了，还把她送进了一家妓院。这么一个可怕的事件，最终却并没有让"金鱼眼"受到惩罚——在法庭上，谭波尔为了自己的名誉，竟然作了伪证，使"金鱼眼"第一次逃脱了法网。后来，"金鱼眼"涉嫌谋杀了一个警察而再度被捕，虽然他在这一次实际上是无辜的，但因为没有不在场的证据，最后"金鱼眼"被判处绞刑给处死了。《圣殿》中呈现了美国南方司法的无力的一面，在小说中，暴力与罪恶和人性的阴暗面是写得最精彩的。"金鱼眼"虽然干了很多坏事，可是他最后却因为并没有犯下的罪行而被处死，这体现出法律制度的荒诞。《圣殿》的确是一部可怕的书，在小说中，威廉·福克纳一共描写了9次谋杀和1次枪决，外加1次关于私刑的逼真描绘，实在让读者开眼。而且，为了讨好大众读者和书商，威廉·福克纳还故意以侦探小说的外壳包裹这部小说，但是，从小说要表现的人性主题来看，却是一部关于美国南方现实社会的批判性作品。

在1932年，威廉·福克纳出版了小说《八月之光》。这是他的一部力作，描绘了一个美国社会的悲喜剧。小说的结构鲜明，有两条情节主干。第一条线索是乔·克里斯默斯的故事。他的名字有些像基督的名字，再次暗示了小说和《圣经》之间的关系。他是一个孤儿，是一个白人姑娘与一个墨西哥流浪艺人的私生子。他母亲在分娩时难产死了，父亲后来被带有种族主义思想的外祖父枪杀。幼小的乔·克里斯默斯就被外祖父送到了一所白人孤儿院里。后来，他因为有黑人血统而被保育员赶出了孤儿院——他的外表与白人一样，但是血液里却流着黑人的血，因此，在精神上，他背负着沉重的十字架，他发现，自己既不像一个白人，也不像一个黑人，于是，就和社会逐渐隔膜。在他33岁的时候，来到了杰斐逊镇打工，结识了一个白人姑娘安娜，二人相爱了。但是，当乔·克里斯默斯告诉安娜他有黑人的血统时，安娜立即提出要结束两个人的恋爱关系。在恼怒和情绪失控之下，乔·克里斯默斯杀死了安娜，逃跑了。几天之后，他最终选择了投案自首，主动接受了白人对他的私刑处决。小说的另一条线索是莱娜·格鲁夫的故事。莱娜是一个天真善良的姑娘，她从亚拉巴马州一路走着来到了杰斐逊镇，打算找寻自己的旧情人，因为她已经是有孕在身了。莱娜坚信自己逃跑的情人不是躲避了责任，他一定会出来承认他是孩子的父亲，会与自己结婚，但没想到，最终事与愿违。幸亏，她遇到了一个好心的工头拜伦·本奇，在他的帮助下，莱娜生下了孩子，他们两个人结合了。《八月之光》以这两个平行的故事，以一男一女所遭遇不同的故事，呈现了美国南方特有的文化环境对人的影响：种族主义的幽灵、南方传统的价值观和新教伦理在每个人的行为上起作用，并支配着他们的日常行为。

五

1935 年，威廉·福克纳出版了长篇小说《标塔》，这是一部在题材上不属于他的"约克纳帕法塔"系列的小说。"标塔"指的是机场指挥飞机飞行和降落的指挥塔，小说描绘了一群特技飞行员的生活。这部小说的整体气息是轻松的，小说中，飞行员似乎独立在当时的社会之外，是被忽略和被抛弃的人。那些飞行员、跳伞员和他们的女人、机械师外加一个对飞行特别有兴趣的小孩子，共同组成了一个封闭的集体，由一个观察和记述他们生活的记者来讲述———群到处去表演飞行特技的飞行员的故事，听上去，实在不像是威廉·福克纳的小说，但是，这的确是他写的。威廉·福克纳自己就当过飞行员，写这部小说，我想，他主要是想动用一些生活体验来进行题材上的调整，进行创作的休整。因为，他写小说《押沙龙，押沙龙！》的时候遇到了困难，他必须跳开来一段时间写点别的。小说中，一个飞行员因为飞机失事身亡，巧的是在这本书出版之后6个月，他的弟弟迪恩就驾驶着作家哥哥送给他的小飞机，意外失事而死亡了。所以，这本书预言了他自己的生活，使他格外重视。

他在1936年出版的小说《押沙龙，押沙龙！》是他的整个小说系列里非常重要的一部，小说所采取的形式，还是通过几个人的叙述来表现南方种植园主托马斯·塞德潘的历史。这部小说，福克纳一共写了两年多。它具有宏大的气魄和史诗的气质，内容庞杂，情节曲折，叙述摇曳多姿，带有浓厚的悲剧气息。《押沙龙，押沙龙！》这个奇怪的书名取材于《圣经》，在《圣经》故事中，以色列的大卫王的儿子押沙龙企图阴谋篡位，但是计谋败露后被杀，大卫王于是哀叹道："押沙龙，押沙龙！"包含了无穷的复杂悲剧感情。因此，这部小说显然也有用来表达父与子之间的龌龊和反目成仇、兵戎相见的古老主题。小说的主人公、种植园主托马斯·塞德潘是一个白人，他出身贫寒，因此，很小就打算出人头地、跻身上流阶层。后来，他凭借过人的手腕和聪明智慧，成为加勒比海地区一个大庄园主。但是，在这个时候，他发现他的妻子竟然有黑人血统。这对他实在是一个巨大的打击，因为种族主义的观念深藏在他的血液里，他做出了遗弃妻子和孩子的决定，带着一群黑奴，离开了加勒比地区，来到了美国的密西西比州。后来，他又在约克纳帕塔法县发达致富了，拥有了巨大的庄园，还娶了一个白人中产阶级商人的女儿为妻，生了一对儿女。美国南北战争爆发了，在战争期间，他和前妻生的儿子查尔斯·邦也来到了密西西比，不知情地爱上了同父异母的妹妹朱迪丝。知道内情的哥哥亨利为了避免家族丑事外泄，不得不杀死了异母兄长查尔斯·邦，然后逃跑了。南北战争以南方军失败告终，参加战斗归来的托马斯·塞德潘变得颓废和消沉，并和一个穷苦白人琼斯的小外孙女发生了性关系。于是，不堪忍受名誉损失的琼斯一怒之下杀死了托马斯·塞德潘。就这样，曾经辉煌了几十年的托马斯·塞德潘的大庄园，就迅速衰亡和瓦解了。又过了一些年，流浪在外的亨利回来了，他打算重振雄风，但是，一场大火又把塞德潘庄园烧毁了，一切都化为了灰烬。

我们看到，小说的故事情节有着《圣经》故事、希腊神话和莎士比亚的戏剧才有的那种人物命运的纠结和悲剧性。小说将托马斯·塞德潘家族的命运和美国南方的命运捆绑起来，以两代人的悲剧折射了人性的复杂。在叙述上，威廉·福克纳继续发挥他多层次、多角度叙述的长处，打乱了小说故事的时间顺序，以托马斯·塞德潘家族的各个成员自己的叙述，逐渐地拼接出一个完整的悲剧故事。据说，《押沙龙，押沙龙!》也是福克纳自己最满意的一部小说，也是他的小说中主题和意义最宏富的小说。

不久，威廉·福克纳接连出版了长篇小说《没有被征服的》（1938）和《野棕榈》（1939）。这两部小说在结构上像橘子瓣，是由短篇小说和中篇小说所组成的长篇小说。其中，《没有被征服的》包含了 7 个短篇小说，翻译成中文有 16 万字，讲述了约克纳帕塔法县的沙多里斯上校家族的故事。《野棕榈》从题材上不属于约克纳帕塔法系列，它由两个大中篇《野棕榈》和《老人》组成，情节互相毫无关系，交替叙述，讲述了一对情人和一个因为大水而越狱并最后战胜洪水、重新回到监狱的老人的故事。这两个交叉的当代故事，叙述密实、气魄宏大，壮丽的密西西比河在福克纳的笔下，完全是有生命的和怪脾气的。尤其是老人面对洪水来袭，和其他犯人与洪水搏斗的场景令人震撼。最终，老人战胜了洪水，营救了一个孕妇，他战胜了内心的魔鬼回到了监狱中，反而被加判10年，另外一对情人中的男主角哈里也被关进了监狱。小说中，两个男人的命运都失败了，但是却展现了人性的伟大力量。

威廉·福克纳有一段时间很喜欢写那种由系列短篇小说构成的长篇小说。除了上述两部小说，《去吧，摩西》（1942）也是这样一部作品，它由7篇主题一致、讲述同一个家族的不同人物的故事所构成。小说的主人公艾萨克·麦卡斯林是一个种植园家族的子孙，麦卡斯林家族的两个支系演绎了各种人生境遇和命运的变化。另外一些小说，则讲述了如何打猎的故事。其中，最长的一篇《熊》有6万多字，非常棒，是写打猎的最好的小说，比屠格涅夫的《猎人笔记》还要出色，并带有着神话和象征的色彩。

六

可以说，自从《去吧，摩西》出版之后，威廉·福克纳一生中最好的小说都完成了，他进入后期的写作阶段。在这个阶段中，尽管他进行了很多题材和技巧的实验，但是作品质量都赶不上出版《喧哗与骚动》和《去吧，摩西》之间的13年里所写出的小说那么好。威廉·福克纳创作晚期的长篇小说，主要有《坟墓的闯入者》、《修女安魂曲》（1951）、《寓言》（1954）和《掠夺者》（1962）等。《坟墓的闯入者》出版于 1948 年，这本书带有侦探小说的外形，但是仍旧在探索美国南方文化的衰落和人性的幽暗面。小说以一个白人小孩契克的视线来叙述：在镇上，一个白人庄园主家的儿子被杀了，而黑人青年路喀斯受到嫌疑，被抓进了监狱。曾得到路喀斯帮助的白人小孩子契克，根本不相信这个善良的黑人是杀人凶手。一个偶然的机会使他们在死者的坟墓里发现那里还有一具尸体，这为排除黑人路喀斯的作案嫌疑提供了有力的证据。契克还聪明地说服了自己的律师舅舅，帮助路喀斯打官司，最后终于帮助路喀斯洗脱了杀人的罪名。

长篇小说《修女安魂曲》（1951）是一部带有戏剧特征的长篇小说，从小说的情节上看，它算是《圣殿》的续篇，因为，《圣殿》中的人物故事在这部小说里继续延伸，而内心的罪恶导致了恶果是这部小说的主题。长篇小说《寓言》（1954）花费了威廉·福克纳 11 年的时间，由他当年创作的一个电影脚本的故事发展而成，小说讲述了基督再次来到人间的故事。他成了"一战"中的一个法国士兵，因为内心的爱和善，为拯救同伴的生命献出了自己的生命。我觉得，这部小说写得很做作，不是他成功的作品。在威廉·福克纳后期的小说中，《村子》（1940）、《小镇》（1957）、《大宅》（1959）还算不错，是他的约克纳帕塔法系列中的组成部分。这三部小说被称为"斯诺普斯三部曲"，描绘了斯诺普斯家族的人物故事，主要塑造了弗莱姆·斯诺普斯的形象，这是一个由穷光蛋变成了大银行家的人，是南方新兴资产阶级的代表，他的发迹史，代表了新兴的南方有钱人的历史。

《掠夺者》（1962）是福克纳生前出版的最后一部长篇小说，

算是一部"成长小说"：卢修斯的祖父是一个银行家，他伙同祖父的司机霍根贝克和黑人帮佣耐德一起，把祖父的汽车偷走了，开到了外地的一家妓院，然后就住进去，整天玩乐。可是司机霍根贝克和黑人帮佣耐德为了帮助另外一个黑佣，偷着用这辆汽车换了一匹马，又用这匹马去参加比赛，赢回了汽车。四天之后，他们一起回到家里。年仅 11 岁的卢修斯在这四天的冒险经历中，经历了人世间的各种遭遇，体验到了人生的各种滋味，他同时看到了在人性中存在的善良、爱心、互助、欺骗、贪婪、狡诈和自私，他得到了磨炼，开始成熟起来。

除了 19 部长篇小说，威廉·福克纳还写有近百篇短篇小说，一些随笔、演讲和书信，以及《大理石牧神》等多部诗集和几个电影剧本，去世之后，还出版了《沙多里斯》的原始文本——小说《坟墓里的旗帜》，以及《圣殿》的原始文本，这构成了他的全部写作。从 1957 年起，威廉·福克纳担任了弗吉尼亚大学的驻校作家，直到 1962 年去世。

威廉·福克纳塑造了一个虚构的家乡，和这个家乡中的人物、河流和大地以及美国南方的哀愁和衰落。他一生的时间都在写密西西比州他的家乡的历史，同时，挤出去南方土地的脓血。最近，我注意到，一些美国评论家认为威廉·福克纳是一个种族主义者，这种判断十分荒谬。因为，我只需举出像《烧马棚》和《干旱的九月》这两个短篇，就可以证明他是一个反对蓄奴制、反对压迫黑人的人。同时，他的写作和探索使很多作家明白了一个道理，那就是，作为作家，必须要和一片土地有更为深刻的联系。

威廉·福克纳的写作也影响了很多后来者，特别是拉丁美洲、亚洲的印度、中国的一些小说家。现在，他已经是一个经典作家了。他既深刻地反映了人类社会、特别是美国南方的历史，同时，他又是一个标新立异的实验小说家；他借助《圣经》文学传统和希腊神话、莎士比亚戏剧的原型故事，呈现了现代社会中人的异化和人与人复杂的关系，他的很多小说都是通过人物的精神活动和意识流动来塑造人物本身，是表现现代人的精神状态和心灵世界的高手。他还把存在主义哲学、伯格森的意识绵延学说、弗洛伊德的性心理学运用到小说中去，加深了我们对人本身的理解。在小说语言的运用上，在小说的结构和多层次、多视角的表达上，他都带给了我们大量的启示。

威廉·福克纳去世已经很多年了，他是属于那种力量型的作家，如果你虚弱了，就读读威廉·福克纳吧。

豪尔赫·路易斯·博尔赫斯: 迷宫世界与镜子

一、博尔赫斯诗三首

老虎的金黄

金黄的夕阳就要落山

那凶猛的孟加拉虎我要再看一遍

它在来来回回地盘桓

在那铁条焊接的栅栏笼子间

毫无疑问这就是它的地和天

而别的老虎也会被关

布莱克诗里的老虎像火焰

而别的金黄也会闪现

那就是宙斯掷下的黄金圆盘

在北欧传说里叫作九夜指环

每一个夜晚都在九变九个地繁衍

各自再繁衍出九只，永远都不会完

随着岁月流逝，绚丽的色彩渐渐弥散

如今只剩下了斑驳的光影和模糊的光线

以及那开初的金盏
啊，老虎的金黄，啊，夕阳的无限，
啊，神话和史诗的来源
还有你那金黄色秀美的头发间
我的双手多么渴望流连

我

我肯定比那个徒劳的观察者
在沉默的镜子里
注视着自己的映像更为
无聊和虚荣的人

沉默的朋友，我自己知道
除了遗忘不会有别的仇恨
也没有其他的宽恕更有效果，这是
神带给人类消除仇恨的奇妙钥匙

我这个人四海为家，有很多错失
却依然无法走出时间的迷宫
那简单而又复杂的，困难而又清晰的
个体和所有人的迷宫

我是什么也不是的人，不是战争中的剑
我只是回声、忘却

和一无所是的空虚

埃德加·爱伦·坡

在那大理石映照的坟墓里

被蛆虫毁坏的黑色死亡是结果

他所收集的，都是冰冷的象征

和死亡的胜利。他并不畏惧

他害怕的，只是爱的阴影

那才是人们共有的幸福

蒙住他的眼睛的，不是发光的铜和铁

也不是墓碑和大理石，而是

玫瑰花，就像在镜子的反面

他孤独地隐身于那不可测的命运

去创造黑暗的梦魇

也许只有在死亡那里

他才依旧能够孤独而坚决地

完成着属于他自己的壮丽凶险的奇迹

（邱华栋 译）

二、时间的圆环

豪·博尔赫斯（1899—1986）是 20 世纪最重要的小说家之一，也是拉丁美洲"文学爆炸"的奠基人。当我们回望整个 20 世纪的小说，可以看到豪·博尔赫斯那无法回避的身影，笼罩在很多人之上。但是，对于他的整个人和整个写作，各种评价仍旧像云雾一样缠绕着他。比如，墨西哥作家卡洛斯·富恩特斯就批评博尔赫斯："文学上的天才，政治上的白痴。"而纳博科夫则说："远看是一个很壮观的城堡，当你走近，再走近，会发现里面是一个空的舞台，没有任何东西。"

那么，豪·博尔赫斯果真像上述两个作家所说的那样，是一个政治白痴，一个内部空空如也（暗示他的空洞和虚无）的小说家吗？让我们再来听听他自己的辩白。他说："我认为我不是一个现代作家，我是一个19世纪的作家。我并不觉得自己与超现实主义或达达主义，或者意象主义，或文学上什么别的受人尊敬的蠢论浅说处于同一个时代，不是吗？我按照19世纪和20世纪初的原则来看待文学。"从这段自白上，我们会觉得他是一个保守的、笃信19世纪文学创作理念的作家。可是，他又是20世纪最具创新精神的大作家。他不仅是19世纪的作家，也是20世纪的作家，更是21世纪以后的作家。

让我们继续听听别的作家对他的评价吧。秘鲁／西班牙作家巴尔加斯·略萨说："博尔赫斯不仅是当今世界最伟大的文学巨匠，而且还是一位无与伦比的创造大师。正是因为博尔赫斯，我们拉丁美洲文学才赢来了国际声誉。他打破了传统的束缚，把小说和散文推向了一个极为崇高的境界。"美国作家保罗·奥斯特说："博尔赫斯非常具有知识分子气质，他写的作品都很短小，也很精彩，涉及历史、哲学、人文等许多方面，我当然受过他的影响。不过，我不觉得我的作品和他相似。"另一个美国作家苏珊·桑塔格（1933—2004）说："如果有哪一位同时代人在文学上称得起不朽，那个人必定是博尔赫斯。他是他那个时代和文化的产物，但是他却以一种神奇的方式知道如何超越他的时代和文化。他是最透明的也是最有艺术性的作家。对于其他作家来说，他一直是一种很好的资源。"

的确，苏珊·桑塔格说得很对，在整个 20 世纪中，博尔赫斯都是"作家中的作家"，是可以带给很多作家创作灵感、并能使他们发现自己的作家。因此，博尔赫斯是 20 世纪少数最伟大、最独特的作家之一。那么，他的写作到底贡献在哪里？在这一点上，他自己也说得很明白："时间是一个根本之谜，空间并不重要，你可以想象一个没有空间的宇宙，比如，一个音乐的宇宙。时间问题是一个真正的问题，时间问题把自我问题包含在其中，因为说到底，何谓自我？自我即过去，现在，还有对于即将来临的时间、关于未来的预期。"在这段话中，他明确地说明了他的指向：他的小说全部都是关于时间的，甚至人物都是拿来作为时间主题的陪衬的，他的小说是关于时间的小说，不是关于空间的，他的小说的主人公甚至就是时间，而不是那些符号化的人。

1899 年 8 月 24 日，博尔赫斯出生于阿根廷首都布宜诺斯艾利斯的一个中产阶级家庭，他的父亲是律师，同时还是一个语言学家和翻译家，并且通晓心理学，善于演说，信奉无神论，有一个规模不小的家庭图书馆，收藏了大量的英文、法文、德文等各种欧洲语言的人文著作。母亲有英国血统，家教很好，因此，博尔赫斯从小在家庭教师丁克小姐和外祖母以及自己的父母培养和熏陶下成长，他在家里接受的，是地道的英国式教育。他的英语甚至比西班牙语都要好，很小就开始囫囵吞枣地阅读大量英语作家的作品。6 岁的时候，他就先用英文写了一篇关于古希腊神话的文章，又用西班牙语写了一篇叫作《不幸的面甲》的作文，获得了家庭教师和父母的热情鼓励。9岁的时候，他进入正式的学堂，直接读四年级，开始系统地学习西班牙和阿根廷的古典文学。"一战"爆发后，父母亲带着他来到了中立国瑞士，在那里，博尔赫斯以旁观者身份，体验到了"一战"的悲剧氛围，同时，他努力地学习法语和德语，一直到战争结束。高中毕业后，在英国剑桥大学继续学习英国文学。后来，在西班牙等欧洲国家游历一番之后，1921年，他回到了阿根廷，与一些阿根廷先锋派作家、诗人团体接触紧密，创办了文学杂志《多棱镜》和《船头》，发表了大量介绍欧洲现代主义流派的情况，推动阿根廷现代主义文学的发展。这个时期，他的写作热情很高，创作体裁主要是诗歌和随笔，出版有诗集《布宜诺斯艾利斯的热情》（1923）、《面前的月亮》（1925）和《圣马丁的手册》，随笔集《探讨集》（1925）、《希望的领域》（1926）、《埃列瓦斯托·卡列戈》（1930）、《探讨别集》（1932）、《论永恒》（1936）等。他的诗歌在题材上受到描绘郊区风情的本土诗歌风格的影响，在表现技法上则深受象征主义、超现实主义的影响，表现了他对生活的看法和隐秘的情感。他的随笔则着重讨论一些抽象的事物，关于时间、存在、永恒等等。我觉得他的诗歌写作是他随笔的反面印证，而他的随笔写作则是通向他的小说写作的桥梁。在他的随笔中，已经开始出现了他后来的小说中出现的元素，比如具象的描绘和悬念，表达的却是抽象的概念，尤其是随笔集《论永恒》，出现了他后来小说中的全部主题。

　　1935年，博尔赫斯出版了他的第一部小说集《恶棍列传》，内收 9 个短篇小说，大都曾发表在报纸副刊上，是一些关于强盗和恶棍的传奇性很强的小说，他以简洁的叙述手法，将那些鲜为人知的匪徒生活以片段叙述的方式展现出来。有趣的是，其中一篇还取材于中国，叫作《女海盗金寡妇》，说的是一个女海盗头子金寡妇在中国东南沿海做海盗，和政府军对抗，最终因前来剿灭她的政府军放出了风筝，忽然感到了天网恢恢和巨大困惑，最终投降的故事。这个小说集中，还有一篇是他的小说代表作，叫作《玫瑰街角的汉子》，讲述的是发生在阿根廷的一桩扑朔迷离的凶杀斗狠案件。小说中的人物在房间外面的打斗最终造成了挑衅者的死亡，可是到底是谁杀死了那个人，却并没有交代。但小说的最后暗示故事的讲述人有着重大的嫌疑。不过，博尔赫斯本人并不很看重这篇叙述精妙、情节扑朔迷离的短篇小说，他在 1970 年出版的《随笔》中说："我如今觉得它不真实、矫揉造作、人物虚假。我从来不把它看成是一个起点。"

《恶棍列传》这本小说集，显示出博尔赫斯驾驭短篇小说的高超能力，他可以自由地将一个时间和空间跨度都很大的故事，浓缩成篇幅很小的短篇小说。不过，这本小说集里的小说故事性大都很强，还不带有他后期小说的幻想性和时间性的特征。1938年，在图书馆担任助理馆员的博尔赫斯，因为一次偶然的受伤事件，住进了医院，在高烧中，似乎得到了什么灵感，病痛退却之后，他写出了带有幻想色彩的第一篇小说《特隆，乌克巴尔，奥尔比斯·特蒂乌斯》。在这篇小说中，出现了时间主题、镜子、百科全书等符号，是他对于时间、图书馆和人类知识、永恒等问题的探讨。我想，后来，他一定是把这篇小说当作他的一个真正的起点的。从此，他似乎找到了小说写作的窄门，并打开门，义无反顾地走了进去。

三、沙上写字

1941 年，他出版了后来广受关注和赞扬的小说集《小径分岔的花园》。这个集子收录了短篇小说《特隆，乌克巴尔，奥尔比斯·特蒂乌斯》，还有《吉诃德的作者彼埃尔·梅纳德》《圆形废墟》《巴比伦彩票》《赫尔伯特·奎因作品分析》《巴别图书馆》《小径分岔的花园》7 篇作品。这些小说都带有浓厚的玄学色彩，探讨了时间和现实、知识和心灵、镜子能否显示真相等问题，使他的小说迥异于其他小说，似乎表面上戴有伪饰的哲学探讨的面具，实际上，却是由虚构的情节、虚构的书籍、虚构的人物组成了一个看似真实、但根本不存在的世界。比如，《圆形废墟》中讲述一个魔法师来到了一个圆形的废墟，在废墟上，他发现，这里原来是火神的神庙，他来这里要完成一个任务：梦见或者用梦来创造一个世界上原先不曾有过的人。于是，他一点点地终于梦见了这个人的最终成形，并成了新的魔法师，这个老魔法师才发现，自己原来竟然是别人梦中的一个影子和产物。

《小径分岔的花园》是一篇带有中国元素的短篇小说，也是他的短篇小说代表作。小说讲述的是在"一战"期间的间谍战中，以一个叫俞聪的青岛高等学校的英语教授——他实际上是一个间谍——的口述记录构成。在一座俞聪的祖先建造的中国迷宫式样的花园建筑中，间谍们展开了追逐和反追逐。最后，俞教授不得不以杀掉一个无辜的、名字叫艾伯特的人，来通知柏林的情报部门，他们应该轰炸一个叫作艾伯特的英国城市，摧毁那里的英国炮兵阵地，从而完成了他的艰巨任务，而俞教授却有着无限的悔恨和对这个间谍游戏的厌倦。小说探讨了历史的另一面，将对中国迷宫花园的探讨、第一次世界大战、死亡、时间的探讨，组合成一个奇妙的故事，小说中，俞教授和追捕他的马登上尉关于中国迷宫式花园的对话是其中最精彩的部分，也是理解小说的钥匙所在。

博尔赫斯的《杜撰集》出版于1944年，这个集子将《小径分岔的花园》里的篇目也收进来，还收录了9个新的短篇小说，加起来一共16篇。新的小说包括《博闻强记的富内斯》《刀疤》《叛徒和英雄的主题》《关于死亡和指南针》《秘密的奇迹》《关于犹大的三种说法》《结局》《凤凰教派》《南方》等。于是，这个短篇小说集就成了博尔赫斯最有代表性的集子。新收入的9篇小说在题材上大相径庭，但是主题都是和时间、记忆、命运、永恒有关，带有浓厚的幻想色彩。《博闻强记的富内斯》讲述了一个有着奇异的记忆能力的人的故事，他不仅能记忆任何一条书籍上的知识，还记得关于这种知识的感觉、思维的纹理等痕迹，令人叹为观止。《刀疤》讲述了一个叛徒出卖自己同伴的故事，而讲述者采取的，是以讲述别人的经历来陈述自己的卑鄙行为的巧妙手法。《关于死亡和指南针》中，一个侦探故作聪明，结果，使自己陷身于匪徒给他设下的圈套，被打死了。《秘密的奇迹》讲述了一个被判处死刑的人运用记忆和想象，延长了一年自己的生命，但实际上，他依旧是在规定的时间里被枪决了，探讨了时间的绵延。《南方》讲述了一个阿根廷青年受到了奇特的启示，只身前往南方，去迎接一场命中注定的你死我活的决斗。小说集中的短篇小说题材的跨度之大、幻想性和对某种不可捉摸的命运的摹写令人咋舌。

博尔赫斯一生都钟情于短篇小说写作，在他有着旺盛精力的中年阶段，他对短篇小说越来越驾轻就熟。他说："所有的长篇小说都有铺张之嫌，而一个短篇小说却可以通篇精练。"的确，博尔赫斯是 20 世纪最重要的短篇小说家之一，他用这种短小精悍的体裁，创作出像匕首般锋利，又像巨石般有力，同时像云雾般轻巧的小说。

他的第四部小说集《阿莱夫》出版于 1949 年，其中收录了17 个短篇小说，包括《永生》《釜底游鱼》《神学家》《武士和女俘的故事》《另一次死亡》《埃玛·宗兹》《德意志安魂曲》《扎伊尔》《神的文字》《两个国王和两个迷宫》《等待》《门槛边的人》《阿威罗伊的探索》《阿莱夫》等。其中有些非常短小精悍，翻译成中文只有三四千字，充满了对幻想和未知世界的虚构与想象。《阿莱夫》是最有代表性的一篇，讲述了一个奇迹：在阿根廷他一个朋友的地下室里，有一个阿莱夫，就是能够看见所有的时间和空间、能够看见万事万物在同一个时间和地点涌现的东西。这本集子的幻想性和知识背景更加生动复杂，似乎全人类的知识谱系都被博尔赫斯拿来作为写作的素材和灵感的泉源了。

博尔赫斯一生都和图书馆有着密切的联系，图书馆是他工作和学习的地方，也是他所有小说萌发的源泉。1946 年至 1955 年，阿根廷由庇隆总统执政，因为博尔赫斯在反对庇隆的一份知识分子的宣言上签了名，结果，被庇隆政权的爪牙免去了市立图书馆馆长的职务，为了进一步地羞辱他，他们还勒令他去当市场的家禽检查员，检查鸡鸭等的交易情况。博尔赫斯愤怒地拒绝担任这可笑的"家禽检查员"，并发表了一封公开信表示抗议，得到阿根廷一些知识分子的声援和支持。1950年，在阿根廷作家们的支持下，博尔赫斯当之无愧地当选为阿根廷作家协会主席，这等于是给庇隆政府的一次有力回击。后来，专权的庇隆下台之后，1955年10月，新政府重新任命博尔赫斯担任了阿根廷国立图书馆的馆长。

　　他的第五部小说集《布隆迪的报告》出版于1970年，收录了《第三者》《宵小》《马可福音》《遭遇》《老夫人》《决斗》《布隆迪的报告》《瓜拉基尔》等10篇小说，故事精巧、叙述从容，距离上一部小说集的玄学和神秘气息比较远，呈现出一种澄明和清晰的气质。他的第六本小说集《沙之书》出版于1975年，收录了《另一个人》《代表大会》《三十教派》《奇迹之夜》《镜子与面具》《贿赂》《圆盘》《沙之书》等13篇小说。其中，《沙之书》讲述了一本像沙子一样可以流动和变化的书籍的故事，显示了人类知识的变化无穷和复杂性。他的最后一部小说集《莎士比亚的记忆》出版于1983年，收录有《蓝色老虎》《莎士比亚的记忆》《1983年8月5日》等4个短篇小说。《蓝色老虎》讲述的是在印度某地出现了蓝色的老虎，而故事的讲述者还发现当地有一种石子，会在手上不断繁殖，每次打开手掌，那些石子的数目都会变化，继续探索时间和无限的主题。

　　博尔赫斯创作的短篇小说加起来有80篇左右，其中一些介乎随笔和小说之间，难以分清文体。就是靠着这些短篇小说，博尔赫斯确立了他在小说史中不可动摇的地位。其中，《埃玛·宗兹》《玫瑰街角的汉子》《叛徒与英雄的主题》《第三者》等短篇小说还被改编成了电影。不过，电影往往将小说中的故事抽取出来进行演绎，丧失了小说的深刻主题。

博尔赫斯还说："一切伟大的文学最终都将变成儿童文学。比如爱伦·坡的作品，比如《一千零一夜》，孩子们单纯地沉迷于手中的书。"

晚年的博尔赫斯功成名就，喜欢到处漫游，尽管他的视力越来越糟糕了。他到处讲学，在美国、欧洲一些国家，他是非常受欢迎的智慧老人。他的旅途的终点是日内瓦，因为在这里，他度过了难以忘怀的少年时光。1986 年 6 月 14 日，他以落叶归根的方式死在了日内瓦。博尔赫斯一生成就辉煌，但是爱情生活却很不顺利，晚年双目失明，仍以口授的方式继续创作。他很长的时间里都处于单身状态，由他年迈但精力充沛的母亲照料他的生活。在他去世前不到两个月，他和自己的日裔女秘书玛丽亚·儿玉结了婚，并宣布她为他财产的唯一合法继承人，全权保护、整理和出版他的作品。博尔赫斯一生获得了很多荣誉，包括担任阿根廷国立图书馆馆长、布宜诺斯艾利斯大学教授等，他还获得了阿根廷国家文学奖、福门托奖（与贝克特分享）、意大利佛罗伦萨第九届诗歌奖、巴西美洲文学奖、以色列耶路撒冷文学奖、墨西哥阿方索·雷耶斯奖、西班牙塞万提斯文学奖（与赫拉尔多·迭戈分享）、墨西哥奥林·约利兹利奖，和法兰西学院金质奖章、德意志联邦共和国荣誉勋章、秘鲁太阳勋章、法国文学艺术骑士勋章、英国爵士爵位、西班牙智利阿方索十世大十字勋章、意大利大十字骑士勋章等，但是，最终他未能获得诺贝尔文学奖。如果他获得了诺贝尔文学奖，我想，那是他给诺贝尔文学奖增添了光辉和荣誉，而不是相反。

半个多世纪以来，贴在博尔赫斯身上的标签也非常多：极端派、先锋派、超现实主义、幻想文学、神秘主义、玄学派、魔幻现实主义、后现代主义，这些标签似乎都呈现了他的一个侧面、一个部分，或一个阶段。我觉得，博尔赫斯就像他笔下的《沙之书》中的沙子那样，是变幻莫测的。他的创作从题材上来分的话，包括了诗歌、随笔和短篇小说三大块。到 1985 年出版诗集《密谋》，他生前一共出版了诗集 14 部、短篇小说集 6 部、随笔集 10 多部，此外，还有很多翻译、对话、访谈、演讲、序言、读书笔记等等，还有他和作家比奥伊·卡萨雷斯合写的一些侦探小说和幻想小说，这些构成了他全部的文学写作（中文版五卷本全集实际上并不全面）。其中，短篇小说的成就最高，而随笔则是他的小说和诗歌的有力支撑。这三种文体被他驾轻就熟，三种文体也相互辉映。而跨越和连通三者的界限的，则是他的哲学思想和玄学观点。他早年深受柏拉图和叔本华等人的唯心哲学，还有尼采的唯意志论的影响，并且从休谟和康德那里接受了不可知论和宿命论以及古希腊哲学家芝诺、苏格拉底等人的哲学影响。他对笛卡尔的思想也了然于心，在上述哲学家的观点的基础上，他采用时间和空间的轮回与停顿、梦境和现实的转换、幻想和真实之间的界限连通、死亡和生命的共时存在、象征和符号的神秘暗示等手法，把历史、现实、文学和哲学之间的界限打通，模糊了它们的疆界，带给我们一个神秘的、梦幻般的、繁殖和虚构的世界，在真实和虚幻之间，找到了一条穿梭往来的通道，并带领我们不断地往返，并获得神奇的阅读感受。

四、玛丽亚·儿玉：他的月亮

从我第一次阅读博尔赫斯的小说到如今，已经有 20 年的时间了，我也经常和他的一幅我从杂志上剪下来并放在像框里的照片对谈。1992 年，在我大学毕业前夕，我终于下定决心从图书馆里将王央乐先生翻译的《博尔赫斯短篇小说集》以借书然后又"丢失"的形式，花了五倍于书价的办法，把这本书给弄到手了。然后，我才没有遗憾地离开了校园。这些年来，我把这个中文译本读了很多遍，是我能反复阅读并且从不感到厌倦的书。后来，更多的翻译家把他的作品翻译成了中文，但是，我总觉得王央乐的那个译本好。我从翻译家林一安、陈众议那里了解到，王央乐的译本有不少错讹之处，比如《交叉小径的花园》，应该翻译成《小径分岔的花园》，等等。他们认为，在不否定王央乐的开创之功的前提下，在博尔赫斯的小说汉译中，王永年的翻译是最讲究，也是最准确的。

翻译家的观点也许是正确的，但是，我经常拿不同的汉译本作对比阅读，还是觉得王央乐的译文似乎更有语感，更像是博尔赫斯本人通过汉语写下的文字。另外，这可能有先入为主的意念在作怪，比如，最近有人就做过一个实验，他们分头阅读《堂吉诃德》的不同的汉译本，结果，都对最先阅读的那个译本印象好。我也做了一个实验，先后阅读了金隄先生和萧乾先生的《尤利西斯》的译本，结果，我更喜欢金本一些，因为我先读了金本——这也许是一个读者接受美学的问题，但是，却把我们阅读博尔赫斯的经验引入了一个更高的境界。

我觉得，博尔赫斯很难被模仿的原因，在于他的小说的主人公是时间，而不是人。博尔赫斯的小说总是趋向于玄学和虚无，从零最后仍归结为零。在他的写作背后，有着渊博的知识作为支撑，他把人类的各种知识谱系和典籍都变成了写作资源，并融进他独特的幻想。因为，他是以阿根廷国立图书馆里的 80 万册书作为支撑的。他的作品是一个自足的世界，表面上与现实没有关系，但如同"强劲的想象产生事实"，他又再造了一个文学的宇宙。我想，也许，只用一些简单的词，就可以呈现博尔赫斯作品的特征：镜子、迷宫、蓝色老虎、不断增殖的石片等。这些东西都是恍惚的、虚拟的、捉摸不定的，如同时间在遇到质量大客体要弯曲一样，宇宙本身都是在不断弯曲和膨胀的。世上的大多数作家都很入世，关心的都是现实和历史问题，最多是一些小说技巧问题，在文学的观念上，很难像博尔赫斯那样趋向于虚无，也没有博氏那渊博和无比庞杂的知识背景。因此，博尔赫斯永远只有一个。

博尔赫斯真正来到中国，是在 2000 年，那是他的夫人玛利亚·儿玉来中国参加博尔赫斯的中文译本全集的首发式，这也是博尔赫斯离我最近的一次。受到阿根廷驻华大使馆的邀请，我来到使馆，在发布会上，我抚摸着和阿根廷国旗颜色一致的、蓝色封面的《博尔赫斯全集》，抬头看见屋顶的枝形吊灯，它像点燃在烛台上的蜡烛一样，照亮了屋子里所有的人，就像是博尔赫斯本人在散发着光亮。这一刻是亲切的、温暖的，因为在座的人无一例外都是博尔赫斯的崇拜者。玛利亚·儿玉的声音舒缓，她头发花白，容颜和照片上没有区别。她有一些激动，为有这么多的博尔赫斯的中国读者而感到高兴。

我听不懂她在说些什么，但我知道，她说的每一个词都与博尔赫斯有关，使我觉得，这一刻，博尔赫斯是与我们在一起，就在不远的地方，虽然他已经双目失明，看不见周围的一切，但是，他也在静静地谛听。玛利亚·儿玉是博尔赫斯的"月亮"，因为他曾经写过一首诗《月亮——给玛利亚·儿玉》："在那片金黄上有那么多的孤独／夜晚的月亮已不是那个月亮／——那个亚当最早见到的。许多世纪／不眠的人们用古老的悲伤／充满了她。看吧。她是你的镜子"。就在前一天，玛利亚·儿玉来到了八达岭长城，把博尔赫斯的中文译本全集放到了长城的砖墙上，象征着博尔赫斯来到了中国。据说，博尔赫斯是非常想到中国来看看的，晚年，在一次访问日本的旅行中，几乎看不见东西的他，曾经久久地抚摸着一块汉字石碑，对中国充满了想象。

博尔赫斯的作品的中国素材，一直是我很留心的，除了短篇小说《小径分岔的花园》和《女海盗金寡妇》中的中国素材，他还写了关于《红楼梦》和《水浒传》的短评，对像《中国神话故事与民间故事》《满洲官员》《一个野蛮人在亚洲》等有关的中国的书也很有兴趣。对《红楼梦》，他是这么评价的："这部小说一定会使我们感兴趣的，这是优于我们近3000年的文学中最有名的一部小说……全书充满了绝望的肉欲，主题是一个人的堕落和最后以皈依神秘和佛教来赎罪。"在评价《水浒传》的时候，他说："这部 13 世纪的'流浪汉体小说'并不比 17 世纪西班牙同类的小说逊色，而在有些方面还超过了它们。比如它完全没有说教，有时候，情节的展开像史诗一般广阔，以及对超自然的和魔幻方面的描写令人信服。"从这些评价中，可以看出他对中国文学那敏锐的判断力和杰出的鉴赏能力。

如今，在他去世十多年后的某一天，玛利亚·儿玉带着他的全集来到了中国，来到了长城上。她没有想到，在中国会有那么多人喜欢博尔赫斯。她是一个充满灵性的人，我听说，在北京的某一天，她在车内看到东岳庙附近的下午光线非常美丽，后来，她就再去那里寻找那种光线，可就是没有再看到了。她不停地念叨，不相信她看到的光线已经消失了。这就像博尔赫斯的生命已经消失了一样，玛利亚·儿玉也已经看不到他了。也许，他已藏身于他的文字迷宫之中，就像他写下的书，最终又消失在那有着 80 万册书的图书馆里一样。

博尔赫斯，是最近一百年来少数杰出的短篇小说作家之一，他写的小说全是短篇小说，他属于那种"作家中的作家"，多年来，我碰到的中国作家中，没有一个不喜欢他的，当代很多先锋派作家，受他的影响都很大。他的代表作是一个小说集，叫《小径分岔的花园》，或者叫《交叉小径花园》，博尔赫斯和卡夫卡一样奇特，他的小说是关于时间的小说，时间是他小说真正的主人公，而各种知识谱系和知识的边角料，都是他写作的源泉。他是最值得关注的一个拉丁美洲作家，幻想和对时间的文学测量，玄学和知识的古怪联姻，是未来小说生命力的保证。

玛格丽特·阿特伍德：加拿大文学女王

一、玛格丽特·阿特伍德诗六首

你抓住我的手

我的手被你握紧
感觉突然置身于电影情节
就像是演员在表演
而我竟然被迷住了

我们跳着华尔兹圆舞
穿越了誓言无法覆盖的地域
我们在庭院的棕榈树后面相会
你为此爬错了别的窗户

无关的人正在离开
而我总是要等到剧终
因为我买了票，需要
看到戏的结尾

在看到澡盆时，我将你

从我的身上剥下

以雾气

和融化的电影胶片的方式

我最终还要面对这一切

我上瘾了，爆米花

和陈旧绒毛的气息

依旧存在了好久

没有什么能

没有什么能比得上爱情，将血液

重新派遣到语言里

海滩和散开的沙砾与岩石的碎片

之间差别巨大，坚硬的楔形文字

柔软的海浪形成的花体字，骨骸

液体的鱼卵，沙漠，沼泽盐碱地

死亡里有一种绿色的推动

使得元音显得丰盈

就像是嘴唇或潮湿的手指

在围绕着这些软体的卵石位移

天空并不空荡，在那里

接近你的眼睛，如此靠近

几乎融化，以至于你能用嘴唇
品尝和捕捉到，像盐的味道
能触动你的，也正是你所能触动的

赞美蛇的诗

啊，蛇，你是诗歌存在的
理由之一：

一条细线穿过
干枯的树叶中间的存在
当宁静到来的时候

那不是时间本身
却造就了时间
一个来自死亡的提醒声，隔着

什么，显得无声无息。一种左右的位移
一种消逝，一块石头下隐藏着先知

我知道你在何处
即使我没有看到
我留心你的踪迹
在早上的空白沙地

我看到交叉的跑动

穿过一只眼，我看到残杀

啊，长长的词条，冷血而完美

所有的事情只是一件事

不只是一棵树，但是树

大家看见的，它将永远消失，被风扯开

在风中飘舞

仿佛一次又一次。是什么在推动世界转动

而后它变成夏季，这不仅是

杂草，树叶，赝品，也许是

另外的一些词汇。当我的

眼睛逼向语言的可能性。猫

带着被分开的脸庞，一半黑色，一半橘黄

在我的皮衣后面做窝

我喝茶，手指扣紧杯子

要加倍留心

这些改变是不可能的。桌子

和奇怪的托盘轻柔地变形，瓦解它们自己

你出现了，是因为我在凝思你

在冬天的餐室，任何一棵树或者词句

正贴近我，盘桓片刻，又转瞬消逝
但是你和你自己跳舞的模样
在这地砖头上奏响一首往日之歌，平静忧伤
又如此令人迷醉，勺子在手中挥动，一把
飘扬得挥洒的头发
在你的头上飘动，它是你的，惊讶的身体
的部分，我喜欢这愉悦。我还想说
虽然只有一次，可能永不再
持续下去；我要，我要
此在。

"睡"的变奏曲

我喜欢看着你睡眠
这也许从来不曾有过
我愿意看着你
睡眠。我愿意睡眠
和你一起，到
你的睡眠里。当它那幽深黑暗的波浪
抛洒在我的头顶

我想和你一起穿越那光亮的
绿色枝叶摇曳的树林
与潮湿的太阳和三个月亮一起
走向你肯定会进去的山洞

走向你最吃惊的恐惧感

我愿意给你那银白色的
枝条，这小小的一朵白色花
将保佑你的幸运符
从你担忧的梦里，从那忧愁的核心地带
我愿意跟着你走上那很长的台阶
再一次变成带你回来的小船
细心地呵护一朵火焰花朵
在捧着的两只手中
你躺在我的身边，而你进入它
轻轻的进去，就像一次简单的呼吸

我愿意我自己是那一口空气
在你的身体里，只是
停留片刻。我愿意是空气不被察觉
而又不可缺少。

分　别

我们告别，分手

可我们却站在原地不动
等待着什么，踟蹰着
就要动身离开，不再回来

仿佛我们不会再相见

这痛苦的一刻永恒地定格
创痛只在心里留存

我们的脸色不再难看成碎片，让笑容
演绎出
我们爱情的密码
瞬间，跳出爱的回旋舞

（邱华栋 译）

二、"可以吃的女人"

对于我们来说，加拿大是一个遥远的寒冷国家。她在美国的北部，看上去大部分国土似乎终年都被冰雪覆盖，寒冷异常。如果你还没有去过那里，不用发愁，你可以通过阅读这个国家的作家的作品来了解她。一直到20世纪50年代，作为一种独立的加拿大现代文学，似乎都很不起眼。但是，在20世纪后半期，加拿大小说家在美国文学的巨大阴影之下顽强地显露出他们的身姿。其中，玛格丽特·阿特伍德（1939—）和艾丽斯·芒罗（1931—）这两位女性小说家，可以比肩任何同时代的美国作家了。她们中间，艾丽斯·芒罗是一位短篇小说大家，发表有数百篇短篇小说，玛格丽特·阿特伍德则是一个真正的多面手，她以宏大的视野和细腻的笔调，改写了北美洲文学的版图。如今，年届70岁的她已经出版了40多部各类著作，包括12部长篇小说、

10 多部诗集，还有多部短篇小说集、随笔集和文学评论集，因此，玛格丽特·阿特伍德被誉为"加拿大的文学女王"是当之无愧的。

1939 年，玛格丽特·阿特伍德出生于加拿大渥太华，她父亲是一位生物学家，喜欢研究各类昆虫，她的母亲是一个营养学家。我想，这样一个家庭出身，对造就一位杰出作家来说，并没有什么特别的地方。那么，为何玛格丽特·阿特伍德能够成为20 世纪后半段最好的加拿大小说家呢？首先，玛格丽特·阿特伍德从小就喜欢阅读，5 岁的时候，她就阅读了格林兄弟的童话集。童话因素后来成为影响她的作品风格的重要因素，她自己也承认了这一点："我一生最经常读的书，就是《格林童话》，我 3 年来一直在读这本书，从头读到尾，或跳着读，断断续续地读。"在她的童年岁月里，主要是父母亲指导她进行阅读。1946 年，她跟随父母亲迁居到多伦多，开始在约克学校的杜克分校上学。7 岁的时候，她以一只蚂蚁为主角，写了一些诗歌和一篇小说。这是她最早的文学开始。1957 年，16 岁的玛格丽特·阿特伍德进入多伦多大学维多利亚学院学习英语文学和哲学，她的老师中间有一位著名的神话原型文学理论的倡导者诺·弗莱教授，她从他那里获得了不少的教益。1961 年，她大学毕业，在这一年，她自费印刷出版了第一部诗集《双面的普西芬西》，随后，她到美国哈佛大学攻读文学硕士学位，在 1967 年最终获得了哈佛大学的文学博士学位。后来，她就一直在加拿大和美国的一些大学里担任教师和驻校作家。

很多小说家最初都是从诗歌写作走进文学殿堂的。在她的第一本诗集《双面的普西芬西》中，那种带有超现实主义风格和女性的敏感的诗句，已经使人看到了她可观的未来。1966年，她又出版了第二本诗集《圆圈游戏》，这本诗集在1967年3月获得了加拿大的最高文学奖——总督文学奖，这对时年27岁的玛格丽特·阿特伍德来说，是一种巨大的鼓励。1968年她又出版了诗集《那个国家的动物》，将加拿大的寒冷、偏僻、美丽、粗犷的大自然写进了诗篇中。之后，她就开始写小说了。1969年，她出版了自己的第一部长篇小说《可以吃的女人》，小说获得了非常好的评价。《可以吃的女人》的主角是加拿大一个受过很好教育的年轻女人，表面上看，她一切顺利，事业发展和爱情生活都波澜不惊，但是，她的内心却很焦虑，尤其是对自己的婚姻，更是感到恐惧和害怕，以至于后来进食都变得困难了。在婚期即将来临的时候，她给自己烤了一个形状像女人的大蛋糕，把它献给了丈夫，表示要和自己的过去断裂开来，于是丈夫有些莫名其妙地吃掉了那个他新婚妻子身形的巨大蛋糕，这个女人从此也进入一种新的生活形态里，因此，"可以吃的女人"是小说中的一个核心的意象。这部小说带有浓厚的女性主义思想意味，刚好和20世纪60年代后期在北美洲闹得越来越凶的女性主义和女权主义浪潮相配合，因此，今天看来意义非凡。我把这部小说看作是玛格丽特·阿特伍德自己的精神自传，她实际上书写了她作为女性即将进入婚姻之中的精神困顿。不过，我作为一个男性读者，读这本小说的时候，我总是觉得她写得有些矫情和夸大其词。我一向支持较温和的女性主义，反对女权主义者——那些疯女人试图将这个本来就很疯狂和混乱的世界搞得更加糟糕。不过，《可以吃的女人》这部小说在写法上有新颖之处，很注重结构，这在玛格丽特·阿特伍德的所有小说中都很明显。小说一共分为三个部分，第一部分是第一人称叙事，到第二部分则变成了第三人称叙事，由隐藏起来的作者出面进行全知全能的讲述，到了第三部分，则又变成了第一人称，叙述者重新变成了女主角，这种叙述角度的不断变化使小说能够从不同的侧面、从外部和内部反映女性微妙和复杂的内心世界，显示了玛格丽特·阿特伍德自觉继承现代主义小说技巧并融汇了女性的直觉、勇于创新的能力。

对于玛格丽特·阿特伍德来说，这个阶段既是她创作的第一个阶段，也是长袖善舞的时期，她在诗歌、小说和文学评论的写作中收获都很丰厚：1970年，她出版了2部诗集：短诗集《地下程序》和叙事长诗《苏珊娜·莫迪的日记》。短诗中，她似乎继承了奥登以来的英语诗歌传统，并且将法语诗歌中的超现实主义风格带入语言里，对日常生活下面隐藏的习惯性力量作了精确呈现。长诗《苏珊娜·莫迪的日记》可以和她的小说《可以吃的女人》相对比着阅读，书写了一个女性在表面的日常生活和隐蔽的内心世界之间的巨大裂隙。1971年，玛格丽特·阿特伍德再接再厉，又出版了诗集《权力政治》，以女性意识和诗歌的凝练，表达了对性别角色、社会权力结构和女性社会地位的看法。这是她尝试将宏大的社会性主题融合到诗歌中的一次成功努力。

1972年，她出版了在加拿大影响深远的文学评论著作《幸存：加拿大文学主题指南》。这本文学论著着重自加拿大文学诞生之后，她的生存意识和精神的确立和主角地位。她认为，代表美国精神的是一种拓荒精神，代表英国精神的是一种岛屿精神，也就是向海洋要边界的拓展意识，而代表加拿大精神的，则是一种生存意识和生存的精神，因为，长期以来，加拿大都是一个地广人稀的蛮荒之地，因此，在这里，生存就成了所有人和动物的第一要义，这种精神既渗透在加拿大人的生活中，也贯穿在加拿大文学史上所有的文学作品中。在这本论著里，她广征博引，深入浅出，从很多加拿大作家的笔下，找到了与大自然和生存主题有关的大量例证。可以说，正是由于这本书的出现，才正式确立了加拿大文学现代文学的特性，确立了加拿大文学作为一种独立的文学地域的存在，玛格丽特·阿特伍德功莫大焉。

三、"跳舞的女孩们"

由于第一个阶段的四面出击，玛格丽特·阿特伍德在加拿大文坛上声名鹊起，很快，她就进入创作力爆发的时期，也就是她创作生涯的第二个阶段。在《生存：加拿大的文学主题指南》出版的同一年，她还出版了第二部长篇小说《浮现》。

《浮现》是一部篇幅不大的长篇小说，用的是第一人称叙事的手法来结构作品的。但是，在小说叙述的内部时间上，玛格丽特·阿特伍德做了时间的压缩——小说内部的叙述时间只有几天，完全是通过女主人公的内心联想和独白，以及意识的流动，"浮现"出主人公所度过的几十年的回忆，以及和她相关的人物命运。小说中的女主角前往寒冷清净的加拿大魁北克地区的一个偏僻的乡村，去那里寻找自己失踪的父亲，和她同行的有好几个朋友。在湖畔居住下来，她在寻找父亲的几天时间里，发现了父亲留在木屋里的很多蛛丝马迹。过去，她很少去体察父亲的生活，现在，她开始探察父亲的心灵世界，同时，魁北克地区壮丽的风景使她震撼，她也渐渐地进入父亲崇尚大自然之美、热爱大自然、与自然和谐的精神世界里。在寻找父亲的几天时间里，她的好朋友、被大都市文明影响和异化的大卫与安娜夫妇的表现，让她失望和忧虑。后来，她发现，父亲在这里所做的事情是去描摹湖边的古代岩画，最终，她发现了父亲沉落湖底的尸体。在找到父亲尸体的同时，她似乎明白了现代都市文明对人性的扭曲。她决定，不和大卫夫妇一起返回大城市了，而是留在魁北克的那个湖畔小岛上，去寻求一种更贴近大自然的生活方式。小说的主题显然是亲近大自然、反对工业文明的扭曲人性和毁坏自然环境，这个主题尖锐而清晰，并不断地以回旋的方式出现在她后来的作品中。

玛格丽特·阿特伍德一直坚持写作诗歌，成为她的和小说写作并驾齐驱的文学表达，值得我们认真关注。按说，从诗歌进入文学殿堂的小说家后来凭借小说暴得大名之后，很少再写诗了，可是，玛格丽特·阿特伍德是一个特例。1974 年，她出版了诗集《你很幸福》，诗风亲切生动，表达了她作为新嫁娘从婚姻里感受到的美好和喜悦的心情。1976 年，她还出版了《诗歌选集》，收录了她早期的上述多部诗集中的精粹之作，算是一个阶段性的总结。

在 1976 年，她还出版了自己的第三部长篇小说《神谕女士》。她花了整整两年的时间，来写作这部小说。《神谕女士》仍旧是一部探讨女性精神世界和生存状态的作品，这是玛格丽特·阿特伍德一生所重点关注的文学主题。主人公叫琼·福斯特，小说以第一人称的叙述角度，让她自己讲述她作为一个女性的整个成长的历程：她的少女时代、她的爱情和婚姻、她在加拿大社会寻求个人独立的事业追求等等，描绘出一个试图不断逃离和躲避社会外部烦扰的女性那敏感而脆弱的心灵世界。后来，在朋友的帮助下，琼·福斯特甚至为自己安排了一次溺水假死的事件，自己偷偷跑到意大利躲避了起来，而她的一个朋友却被警察认为是杀害她的凶手而被捕了，背了黑锅。此时，琼·福斯特必须再次现身，才能证明帮助她逃跑的那个朋友的无辜。最终，她出现在警察面前了。小说得出结论，一个女性如果企图躲避和逃跑承担女性角色，在现代社会里是非常困难的。从叙事的风格上讲，这部小说带有轻松的喜剧效果，在文本的形式上戏仿了英国早期的浪漫主义小说，在结构上，以现实和回忆交织的手法，将小说内部的时间进行了自由的伸缩处理，空间很大，是一部成功的作品，也进一步奠定了玛格丽特·阿特伍德在北美文坛的地位。

她的短篇小说写得也很好，我觉得，和擅长写短篇小说的艾丽斯·芒罗相比，她只是略微逊色一点，主要是因为产量太少了。1976 年，她出版了短篇小说集《跳舞的女孩们》，里面一共收录了 15 个短篇小说，从女性经验和视线出发，广泛地探讨了女性成长中遇到的问题，内容涉及了强奸、婚外恋、肥胖问题、分娩等女性特殊的现实存在和遭遇。在小说的叙述风格上，很有节制力，在形式上采用了丰富的现代主义表现手法，几乎每一篇小说的叙述角度和结构方式都不一样，将写实手法、内心独白、电影蒙太奇的运用结合起来，表现出现代社会中女性越来越复杂的内心世界和她们要面对的由男人所主导的外部世界时的各种心态。这本书还获得了"加拿大优秀短篇小说奖"。当然，她的创作成就主要体现在长篇小说上。她的第四部长篇小说是《有男人以前的生活》（1979），讲述了一个三角恋的家庭悲剧，采用了多个主人公进行叙述的手法，使小说形成了多声部的声音，带有结构现实主义的实验痕迹。小说呈现了当代加拿大一个中产阶级家庭的生活是如何在道德伦理日益滑坡和恶化的年月里逐渐破损和崩溃的过程，内容涉及婚姻的疲倦、夫妻的背叛、通奸、自杀等等。小说中最有趣的地方，我觉得是作者把主人公安排为在安大略皇家博物馆工作的职员，而博物馆中有很多来自加拿大荒野上的人类史前遗留物，以那些遗留物来映衬当代加拿大中产阶级家庭的复杂生活，现代文明和古代文明通过博物馆这个中间介质连接到了一起，形成了浓厚的反差和反思的气氛。在小说中，中产阶级家庭不仅内部有冲突，在外部的世界里，种族、多元文化、男女性别和阶层矛盾纷纷呈现，在小说里都得到了丰富的呈现和表达。

玛格丽特·阿特伍德是一个全能作家，她能够不断地拓展自己的写作空间，在出版一部长篇小说的间隙，她往往要出版诗集、随笔评论集和短篇小说集。她早年深受童话影响，她也很喜欢为孩子写点什么。1977 年，她出版了《反叛者的日子，1815—1840》，以通俗易懂的方式，给孩子们讲述加拿大历史上的风云事件。1978 年，她出版了一部带有童话色彩的儿童故事《在树上》。短篇小说集《黑暗中的谋杀》（1982）则将一些耸人听闻的当代刑事案件作为素材创作而出，《蓝胡子的蛋》（1983）是从著名的童话《蓝胡子》中吸取了营养，带有自传色彩，隐蔽地描绘了她的家庭环境带给她的一些影响。

玛格丽特·阿特伍德的第五部长篇小说《肉体伤害》出版于 1981 年。和她前面的四部小说一样，这部小说的主人公仍旧是一位女性，不同的是，小说的地理背景发生了变化，不再是加拿大了，而是转移到了加勒比海地区的一个虚构的国家，叫作圣安托万。女主人公是一个女记者，在她很小的时候，父母亲就离婚了，她是在只有母亲和外祖母的女性家庭里长大的。后来，她结婚了，但婚姻却失败了，她还得了乳腺癌，切除了半边乳房。这种生活上的接连打击和挫折使她意志消沉。于是，女记者前往那个正在进行选举的加勒比海岛国采访，却卷入了当地的政治事件。在政治动荡中，在一系列的误会和纠缠中，她被当成了间谍而关进了监狱，最后，是加拿大的外交人员出面才将她营救出狱。小说探讨了女性从婚姻、家庭、肉体上和外部世界的政治、历史等多个方面所遭受的伤害，将当代女性存在境遇的复杂性展现给我们。小说的叙述方式采取了将女主人公的现实处境和她的内心活动对比的手法，以结构上的两个层次建筑起小说的复调特征。

四、"小说是对社会的监护"

玛格丽特·阿特伍德是一个社会责任感很强的作家。在她创作的第三个阶段中，这一点表现得尤其明显。她的第六部长篇小说是《使女的故事》，出版于 1985 年，带有一些科幻小说的色彩，但是却具有相当的现实批判性。这部小说是关于人类未来前景的，写这部小说的时候，她曾经在一次演讲中这么说："小说创作是社会道德伦理观念的一种监护，尤其是在今天，各种有组织的宗教活动肆虐横行，政客们已经失信于民。在这样一个社会，我们所借以审视社会一些典型问题、审视我们自己以及我们相互之间的行为方式、审视和评判别人和我们自身的形式已经所剩无几了，而小说则是仅剩下的少数形式之一。"通过她的这段话，可以看出，玛格丽特·阿特伍德相信小说的社会功能和介入现实的能力依旧强大，她像过去关心女性问题那样，开始以更大的视野关注自然环境和政治与现实问题了。

在《使女的故事》中，玛格丽特·阿特伍德虚构了一个可怕的未来：美国已经被一伙极端宗教分子控制和改造，并成立了一个叫基列的共和国。在这个国家里，对《圣经》的崇拜达到了亦步亦趋的地步，完全是按照原教旨的思想来控制人民。而每个家庭外部的威胁，诸如环境污染、核废料散布、社会动荡与道德堕落，都一步步逼来。在这样的社会里，女性则退步到只能在家庭里活动，成为男人的生育和泄欲的工具。比如，"使女"就是一种特殊的女性群体，她们的功能主要是给基列共和国的上层人物繁衍后代，她们存在的意义，说白了，就是她们有子宫和阴道。说到这里，我想大家都明白了，这部小说描绘了未来女性生存方式的一种可能性，玛格丽特·阿特伍德把对当代社会的女性问题的探讨，延伸到未来社会里去继续进行了。小说的结尾是开放性的，一个企图反叛的使女有两种命运：她也许被抓了，即将遭到惩罚；也许，她真的逃脱了，但是，她又能逃到哪里去呢？

小说带有着某一类科学幻想小说所经常描绘的未来社会那令人窒息的黑暗性质，也没有给我们指出一条光明之路。但是，我觉得，整个小说的叙述和结构都非常有特色，是以现在进行时的状态，来描述未来发生的故事，第一人称的叙述使读者有一种小说的故事发生在当下的感觉，读者可以和书中的人物一起经历未来。小说涉及的当代社会问题和女性问题都非常尖锐，因此，人类面临着前所未有的挑战。可以说，《使女的故事》属于延续了《一九八四》《我们》和《美丽新世界》那样的"反面乌托邦"小说的传统，是这个传统的最新成果，它的出版在当今时代里恰逢其时，起到了警示当代人的作用，是一部忧患之书。另外，在小说中，玛格丽特·阿特伍德抖搂出来的各门学科的知识非常庞杂，显示了她的博学多才和学者化的倾向。有人统计说，这部小说涉及文学、艺术、圣经学、生物学、电子技术、遗传学、心理学、互联网络、经济学、历史学、医学等各个领域。小说在市场上很成功，不仅成为畅销书，还进入英语"布克小说奖"的决选名单里，获得了美国《洛杉矶时报》小说奖、英联邦国家文学奖，还使作者再次获得了加拿大最高文学奖"总督文学奖"。

　　玛格丽特·阿特伍德的小说写作越来越得心应手和驾轻就熟了。她的第七部长篇小说《猫眼》出版于1988年。这是一部可以和弗吉尼亚·伍尔夫的杰作相媲美的小说。小说的主人公是一位女画家，她在一次回家乡举办画展的时候，回忆起自己多年来和朋友、父母、男人之间的关系，以女性成长的经历和视角，展现出了一幅由个人史、回忆和联想所组成的斑驳画面。小说一共有15章，每一章的题目都是一幅女画家的作品的名字，也是对小说中人物的命运、人生所处的阶段的一种暗示。从小说的结构上讲，其内部有两个层次的叙述时间，一个是现在时，功成名就的女画家回到了家乡举办一个画展，然后，她在不断地回忆，由此进入小说的过去时，也就是小说的第二个时间层次，将她和女伴们、男人们、亲戚们错综复杂的关系和命运都呈现了出来，以大量的自由联想、下意识和内心独白，表现了一个女性的精神世界，称量了成长中的痕迹、死亡、性、男人、爱情、婚姻、成功、父母亲这些要素在她生活中占据的比重。小说的最后一章，也就是第 15 章，是小说全篇的统摄和总结，这一章的名字叫"猫眼"。猫眼指的是一种漂亮的蓝色玻璃弹子，是女主人公少女时代的爱物，她在家乡找到了它，她通过它看到了这么多年来她所经过的全部生活。小说的叙述风格细腻动人，在呈现女性和女性、孩子和父母、男人和女人的关系上都非常精妙。我觉得，在某种程度上，玛格丽特·阿特伍德是弗吉尼亚·伍尔夫的绝佳传人，在女性视角上有更佳的表现力，她在开掘人物的精神深度上，比弗吉尼亚·伍尔夫更加宽阔。

在《猫眼》获得了成功之后，她在下一部长篇小说出版前的 4 年时间里，出版了很多著作：儿童小说《安娜的宠物》，讲述了一个女孩子的成长烦恼；三部诗集中，有两部是新作结集——《发掘一组往事》和《蛇的诗篇》、一部诗歌选集《诗歌选集二：诗选和新诗 1976—1986》），收录了 10 年时间里她自认为的代表性作品。此外，她还编辑了《牛津加拿大英语诗歌选集》《加拿大文学名家食谱大全》《牛津加拿大英语短篇小说选》《最佳美国短篇故事》等，显示了她旺盛的文学创作、鉴赏和编辑能力。

在 1991 年和 1992 年，玛格丽特·阿特伍德还接连出版了两个短篇小说集《荒园警示录》和《好骨头》。《荒园警示录》收录了以加拿大独特的地理环境为背景的短篇小说，主题是环境保护、人与动物、人与自然的关系。《好骨头》则是一部形式看上去很混杂，但是大都和当代加拿大日常生活有关的系列短篇，一些小说带有戏谑和喜剧色彩，另外一些小说则直接取材于社会新闻。从语言上说，她的短篇小说能够精确地描绘细节，还能够像海明威的短篇那样简洁生动，实践了她的"小说是对社会的监护"的理念。

她的第八部长篇小说《强盗新娘》出版于1993年。小说讲述了四个女人的故事，其中三个是成功的中产阶层女性，有历史学教授、商人、店员等，她们因为另外一个经历复杂的下层女性而把各自的生活联结了起来，呈现出一幅有趣的关于女人生活的画面，仿佛是四个女人手拉手，在跳一种女人形成的圆圈舞蹈一样。在小说中，还表现出与主人公有关的各种矛盾，比如，尖锐的两性关系、种族冲突和歧视、战争带给主人公的内心阴影等等。和玛格丽特·阿特伍德的不少讲究结构和叙述的小说那样，这部小说采取了多个视角来讲述，让每个女人现身说法，使每个人的讲述都互相映衬、斑驳陆离，真的是四个女人一台戏。根据玛格丽特·阿特伍德自己的说法，写这部描写四个女人和进入她们生活的其他人的小说，其灵感来自塔罗牌———种绘有人物并能够演绎出故事的扑克牌，因此，人物的命运带有偶然性和开放性的神秘结局。我觉得，在她整个小说创作的序列里，《强盗新娘》是中等水平偏上的作品，它在继续探讨女性在当代社会中存在的各种问题，和她们的选择背后的无选择，但是主题重复，技巧也谈不上多么的新奇，只是比较好看而已。

玛格丽特·阿特伍德的第九部长篇小说《别名格雷斯》出版于1996年，这使她保持了每三四年就出版一部新小说的速度。这部小说使玛格丽特·阿特伍德实现了一次对自己的超越。这是一部带有浓厚的后现代色彩的小说，也是一部历史题材的小说，以加拿大历史上著名的、发生于1843年的一次女仆谋杀雇主的案子为素材，讲述历史中的女人的命运。小说交替采用了第一人称和第三人称的方式叙述，有的章节还插入了其他的情节，有的章节则由一些书信构成，有的章节是对话，有的章节则是主人公的内心独白，技巧上最为丰富和成熟。玛格丽特·阿特伍德写这样一部历史小说，还是想从一个发生在19世纪的扑朔迷离的女性犯罪的案件，来讲述女性在特定历史环境里的悲惨命运，以20世纪的视线来重新打量那个历史时代的气氛，以一个历史中的女仆的命运来呈现女性的反抗和奋争。小说中的结局和历史事件一致：最终，那个女仆获得了大赦，还和一个爱她的男人成立了一个美满的家庭。

五、"为什么写作?"

玛格丽特·阿特伍德的后期写作进入化境了。她的第十部长篇小说是《盲刺客》，出版于世纪之交的2000年，是她最重要的一部小说，出版之后，终于使她摘得了当年的英语文学最高奖"布克小说奖"。此前，她几次入围都功亏一篑。

《盲刺客》也是她所有的小说里篇幅最长的，约合中文50万字。小说内容宏富、结构复杂、叙述精巧，采取了俄罗斯套娃式的一环套一环的叙述方式，大故事套着一个小故事，小故事里又套着一个更小的故事，来抽丝剥茧，进行层层的叙述。小说以艾丽斯和劳拉这姐妹俩的人生命运作为主线，表现了20世纪加拿大人的历史和日常生活与情感世界的画面。小说里的时间跨度有六七十年，在小说刚开始的时候，女主人公、姐姐艾丽斯已经是80多岁的老人了，她回忆起和自己的性格完全不同的妹妹劳拉的叛逆生活，这是小说的第一条时间线索和叙述层次。妹妹劳拉最终自杀身亡，这带给了她无尽的思念。在回忆中，艾丽斯的脑海里不断地重现当年所有的场景，她和妹妹劳拉一起成长的细节和故事，就成了小说的第二个时间线索和叙述层次，此时，其他次要人物也纷纷登场。小说的第三条时间和叙述的线索，是劳拉发表的一部小说《盲刺客》的故事情节，作为一个插曲故事套在里面，是小故事里面更小的一个故事。于是，整部小说就这样将多重的讲述、多个层面的时间叠加在一起，创造出一种非凡的艺术效果。而且，在小说的叙述过程中，玛格丽特·阿特伍德采用了报纸拼贴、时空倒错、意识流、对话与潜在对话等很多现代主义小说的表现技法，多层次地挖掘人物复杂的内心，在一个悲剧性的人生故事之外，还以结构的美、语言的美、女性细腻感受的美来打动我们。可以说，这是她的全部作品中最厚重的一本。我想，如果有一天玛格丽特·阿特伍德获得诺贝尔文学奖了，那么，这本书肯定是被重点提及的作品。

　　一个好作家一定是要不断地突破自我，尝试自己的各种可能性的。玛格丽特·阿特伍德也是这样，她似乎有着多重面孔，她从来都不愿意重复自己，她往往在写完一部历史的、当代题材的小说之后，必定要来一个华丽转身，进行新的题材的探索。玛格丽特·阿特伍德的第十一部小说《羚羊与秧鸡》出版于2003年，和她的《使女的故事》一样，这是一部带有科幻小说色彩的"反面乌托邦小说"。我们知道，科学幻想小说是一种大众通俗性类型小说，一般以某类科技知识为基础，讲述发生在未来社会里的幻想故事。一般的科学幻想小说文本不怎么讲究语言、形式、结构等小说艺术手法，在艺术上比较粗率。但是，在整个20世纪的大作家中间，有几个人以科学幻想小说作为外壳创作的作品，却突破了旧科学幻想小说的局限和窠臼，比如，英国女作家多丽丝·莱辛的系列长篇小说五部曲《南船星座中的老人星》等，讲述了银河系的故事，展现了人类的未来可能性；卡尔维诺的短篇小说集《宇宙奇趣》是想象力加现代科学知识的完美结晶。玛格丽特·阿特伍德创作的《羚羊和秧鸡》这部小说，说的是在未来的某个年代，人类发明的高科技已经完全控制了整个世界的故事。主人公"秧鸡"是一个可怕的、在网络时代长大的生物天才，他创造了一种病毒，企图毁灭人类，又培育出一种摆脱了人类所有缺陷的"羚羊"人，当有缺陷的人类毁灭之后，地球上就剩下了"秧鸡"和"羚羊"，而他们面对的世界，却更加可怕。小说描绘了生物科技、医药科技和其他高科技的发展，可能会给人类带来一种毁灭性的打击，以此警告我们，要想有真正美好的未来，必须要改变我们现在的生活方式，对科学技术的发展进行审慎的控制和约束。

玛格丽特·阿特伍德的第十二部长篇小说，是一部神话原型小说，叫作《珀涅罗珀》，出版于2005年。这是英国一家出版机构邀请全球一些作家创作"重述神话"、讲述自己民族神话的一次尝试，有些命题作文的味道，中国作家苏童、李锐、阿来、叶兆言也参加了这个项目。小说《珀涅罗珀》取材于希腊神话《奥德赛》。在神话中，奥德修斯征战特洛伊之后，回家的旅程竟用了20年的时间。在这20年的时间里，奥德修斯的妻子珀涅罗珀对丈夫忠贞不渝，一边操持国务，一边抚养儿子，等待丈夫的归来，同时，还要不断地面对很多求婚者的骚扰。最后，她等回了丈夫奥德修斯，奥德修斯和成年的儿子一起杀死了那些求婚者，他们一家人重新幸福地生活在一起。即使是"命题作文"，玛格丽特·阿特伍德也显示了她的技高一筹。首先，她采取的叙述视点就很独特，是从珀涅罗珀的12个后来被吊死的女仆的角度来进行讲述，而奥德修斯一家人则不是叙述的主角；其次，中间还穿插了诗歌片段，很像是12个女人共同演唱的一出叙事歌剧，她们的独白互相映衬、互相补充，将神话中的珀涅罗珀的形象，以12个女人的讲述牢固地树立了起来，是一部精到之作。不过，玛格丽特·阿特伍德的小说也有缺点，就是有的小说我觉得写得有点"甜"，就是比较女性化的那种矫情的感觉。但是她的大气和宽阔，又掩盖了她的甜腻腻。

玛格丽特·阿特伍德的最新随笔集《帐篷》出版于2007年，以断片思考的方式，结构了一个卓越的女作家对当代社会的露珠般的智慧思考。此外，她还出版有随笔评论集《第二位的话：散文评论选集》（1982），收录了她写的大量书评和文学评论的精选，涉及女性主义、加拿大文学的特征和关于写作本身的一些技巧问题。

2009年，她出版了第十三部长篇小说《洪水之年》。这是一部涉及生态危机的警世之作。此外，她的文学演讲录《与死者协商》出版于 2002 年，是她在英国剑桥大学的演讲稿，纵横开阖地分析了文学的历史，从古代神话到当代小说的各种表现形式，探讨了小说未来发展的各种可能性。在回答"为什么写作"这个问题时，玛格丽特·阿特伍德给出了她的可能是最为丰富的答案，她说：

> 为了记录现实世界。为了在过去被完全遗忘之前将它留住。为了挖掘已经被遗忘的过去。为了满足报复的欲望。因为我知道要是不一直写我就会死。因为写作就是冒险，而唯有借由冒险我们才能知道自己活着。为了在混乱中建立秩序。为了寓教于乐（这种说法在 20 世纪初之后就不多见了，就算有形式也不同）。为了让自己高兴。为了美好地表达自我。为了创造出完美的艺术品。为了惩恶扬善，或者正好相反。为了反映自然。为了描绘社会及其恶。为了表达大众未获表达的生活。为了替至今未有名字的事物命名。为了护卫人性精神、正直与荣誉。为了对死亡做鬼脸。为了赚钱，让我的小孩有鞋穿。为了赚钱，让我能看不起那些曾经看不起我的人。为了给那些浑蛋好看。因为创作是人性的。因为创作是神一般的举动。因为我讨厌有一份差事。为了说出一个新字。为了创造出国家意识，或者国家良心。为了替我学生时代的差劲成绩辩护。为了替我对自我及生命的观点辩护，因为若不真的写些东西就不能成为"作家"。为了让我这人显得比实际有趣。为了赢得美女的心。为了赢得俊男

的心。为了改正我悲惨童年中那些不完美之处。为了跟我父母作对。为了编织一个引人入胜的故事。为了娱乐并取悦读者。为了消磨时间。尽管就算不写作时间也照样过去。对文字痴迷。强迫性多语症。因为我被一股不受自己控制的力量驱使。因为缪斯使我怀孕，我必须生下一本书（很有趣的装扮心态，17世纪的男作家最喜欢这么说）。因为我孕育书本代替小孩（出自好几个20世纪女性之口）。为了服侍历史。为了发泄反社会的举动，要是在现实生活中这么做会受到惩罚。为了精通一门技艺，好衍生出文本（这是近期的说法）。为了颠覆已有建制。为了显示存有的一切皆为正确。为了实验新的感知模式。为了创造出一处休闲的起居室，让读者进去享受（这是从捷克报纸上的文字翻译而来）。因为这故事控制我，不肯放我走。为了应付我的抑郁。为了我的孩子。为了死后留名。为了护卫弱势团体或受压迫的阶级。为了替那些无法自己说话的人说话。为了揭露骇人听闻的罪行或者暴行。为了记录我生存于其中的时代。为了见证我幸存的那些恐怖事件。为了替死者发言。为了赞扬繁复无比的生命。为了赞颂宇宙。为了带来希望和救赎的可能。为了回报一些别人曾给予我的事物——显然，要寻找一批共通的动机是徒劳的：在这里找不到所谓的必要条件，也就是"如果没有它，写作便不成其写作"的核心。[1]

---

[1] 见《与死者协商》一书的导言《进入迷宫》中的章节。

玛格丽特·阿特伍德精彩地概括和归纳了历史上各种"为什么写作"的答案，告诉我们，写作的理由千千万万，是没有一个固定答案的。

　　从 20 世纪到如今，玛格丽特·阿特伍德是一位显得越来越重要的小说家。她的小说涉及女性主义、科学幻想、文化冲突、全球化、历史、神话、童话等多种元素，很多作品都善于从女性的视角出发，去透视当下人类社会所面临的各种问题。她小说的写作手法包罗万象，广泛地采用现实主义、现代主义、后现代主义的表现技法，题材广泛，深度和广度俱备，创造出了一个气象万千的文学世界，不愧是加拿大的"文学女王"，也是当今在世的最好的小说家之一。

马塞尔·普鲁斯特：回忆的长河

一、普鲁斯特诗四首

多德雷赫特

天空总是有点忧郁

清晨总是有点潮湿

可爱的多德雷赫特

我珍贵的幻觉的

坟墓

当我试图描绘出

你的河流，屋顶与尖塔

我会感到我爱你

如同爱着故土

阳光依旧明媚，教堂钟声响起

单调而飞快

为了大弥撒，也为了奶油糕点
以及闪闪发光的尖顶

你的天空依旧有些潮湿
但隐藏在天空之下的
依然是微小的忧郁

星期一，一点钟

那些对自然的完整性的忽略
似乎填满了心的缝隙
无头绪的事件向我们耍了一个花招
在猫眼石，天空以及你的眼睛里，获得胜利
那水晶般的形状，眼瞳的颜色
试图胜过我们永恒的痛苦
透过自然，女人与眼睛
以及忧郁与苍白的柔情
这是一个有关宝石的谎言
它就在你的眼睛里，在天空之中

安东尼·华托

黄昏用他蓝色的斗篷，暧昧的面具
弄脏了树下的脸
吻的尘埃散落在疲倦的嘴边……
是什么让温柔变得含混，是什么在靠近，又远离

那伪装，另一个伤心的逃离

爱的姿态被误解——迷人而忧愁——

这是诗人的幻想，还是时髦人物的警觉

爱情需要慎重地被分解：

这儿有小船，轻松的事儿，音乐与寂静

一只狗的墓志铭

我的朋友，一只漂亮的猛兽，你在此长眠

吠叫着永无休止的星期三

这景象无人能够画出，不管是惠斯勒，米开朗琪罗还是雅戈

一个新来者，他的头与脚紧挨着，令人心生恐惧

不管你是雅典人还是达契亚人，请对此宽容一些

亲爱的陌生人

我代表它向赫拉克勒斯和芙蕾亚祈祷

比伯莱更不幸的是，这只野兽受到了无情的惊吓

不再是我们的一员，唉！

用鸟的喉咙，甚至是芦笛

唱出属于你的荣耀之歌

我也急忙拿起风琴，奏起舒缓的音乐

它不住动人地吠叫

声音传遍了热米尼，刚德拉与布瑞肯德

这只狗在冰冷的叙泽特的中心，得到安息

（邱华栋 译）

二

法国诗人法尔格在谈到马塞尔·普鲁斯特（1871—1922）的时候是这么说的："看上去，他远离阳光和空气而生存，活像一个隐士，长期蛰居在他那座橡木小屋里，他的脸上现出某种焦虑的神情，似乎一股悲伤之情正在逐渐平息，他全身都蕴含着苦涩的善良和仁慈。"

可能对于大部分读者来说，马塞尔·普鲁斯特是一个阅读的难题。因为他写了一部长度令人畏惧，很难耐心读下去的小说。我曾经问过很多朋友，其中有不少都是我的作家同行，他们是否从头到尾读完了马塞尔·普鲁斯特《追寻逝去的时光》，答案是几乎没有一个人读完它。当然，大家都知道他，也大都阅读过这部世界最闻名的小说的至少一部分内容。可见，《追寻逝去的时光》的长度和密度就像两个难以逾越的鸿沟，阻挡了心态浮躁的人去跨越，同时，也使这部小说继续保持着一种神话般的神秘力量。

马塞尔·普鲁斯特是 20 世纪法国贡献给人类的伟大的小说家。他的《追寻逝去的时光》已经成了改变人类小说历史的作品。如果说小说史的发展是不断由拐点改变的话，那么，马塞尔·普鲁斯特就是一个站在小说史拐点上的作家，他的《追寻逝去的时光》就是改变了小说历史的伟大作品，马塞尔·普鲁斯特因此成为 20 世纪现代小说的先驱之一。我这么说绝不过分。这部分为 7 个部分、翻译成中文接近 250 万字的小说，首先，从篇幅上，它就是一个奇迹。它如同一条巨大的河流，将一个时代的全部印象，都化作了个人的、绵密的、厚实的、雕琢的、绵延的、细腻的、忧伤而平静的回忆。这部小说还像一幅无比巨大的花毯，编织了马塞尔·普鲁斯特关于他所存在着的某个特殊的历史时期的全部信息图像。记忆混合着嗅觉、味觉、触觉、听觉、视觉，将那些微不足道和微妙复杂的心理与外部的景象，融汇在一炉里，造就出一本书，一本连绵下去的书，在书里，时间和回忆似乎永远像河水那样流动着，永不停息，记忆因此得以永恒。

一个有雄心的作家，总是想写出一部永恒的伟大之书，一部杰作，它在那里等待作家去完成。一旦它完成，它就离开了作者，它巨大而耀眼，成为永恒的造物，成为大家共同欣赏的名著。很多作家都梦想写出来这样的作品，可只有很少的作家可以获得上天的青睐，在机缘巧合、天赋和勤奋的共同作用下，最终成为那永恒造物的创造者。

那么，《追寻逝去的时光》是一部什么小说？是一部长河式的意识流小说？是一部心理现实主义小说？是一部自传体小说？是一部教育和成长小说？是通过内心体验所描绘的社会小说？最后，是一部带有象征色彩的现代主义小说？我觉得，在这部小说中，上述的判断都可以用来形容它的某种特征。马塞尔·普鲁斯特把这些标签化的特征都统合在一起，创造出一部无论深度和广度都令人惊异的巨作，一部和他所在的时代紧密地相联系的伟大作品。

法国作家安德烈·莫洛亚写道："对于 1900 年到 1950 年这一

历史时期而言，没有比《追寻逝去的时光》更值得纪念的长篇小说杰作了……马塞尔·普鲁斯特像同时代的几位哲学家一样，实现了一场'逆向式的哥白尼革命'，人的精神又重新被安置在天地的中心，小说的目标变成为描写精神所反映和歪曲的世界。"安德烈·莫洛亚的评价是相当准确的，不仅说明了这部小说在文学史上的地位，也说明了这部小说的核心贡献：对精神所反映和歪曲的世界的全面呈现。尽管有很多研究者认为，马塞尔·普鲁斯特在写这部小说的时候，更多地受到了当时的心理学哲学的影响，但是，我还是觉得，马塞尔·普鲁斯特个人的某种特质，比如他高度敏感的神经和哮喘病，比如他病态的神经质，喜欢沉溺于想象和回想的生活状态，是他之所以写出来这部小说的真正原因。

三

1871 年，马塞尔·普鲁斯特出生于巴黎。他出身于一个中产阶级上层家庭——父亲是巴黎医学界的权威，曾经当过类似卫生部长的"卫生总监"，母亲则是文化修养与家教都很好的犹太人，与巴黎犹太人所构成的富人阶层有着广泛的联系。因此，这种家庭出身，带给了小马塞尔·普鲁斯特一种特殊而优越的文化背景。但是，马塞尔·普鲁斯特从小就体弱多病，9 岁的时候，他就暴发了第一次哮喘，生命垂危，差点就告别了人世。在中学时代，马塞尔·普鲁斯特勤奋好学，对文学、修辞学和哲学都有着浓厚的兴趣和爱好。1890 年，马塞尔·普鲁斯特在巴黎大学听到了著名哲学家柏格森的关于人类意识和直觉的心理哲学课程后，受到了影响和启发，并且将这种哲学理念运用到自己早期的写作当中。从此，柏格森的哲学理论就成了他文学写作上的理论支撑，加上他的敏感和神经质的天性，一个伟大的、带有稍许病态人格的作家马塞尔·普鲁斯特，就开始被造就了。

法国作家莫里亚克写道："马塞尔·普鲁斯特的童年期比一般的孩子要长得多。这是一个感情极为脆弱的小男孩，如果临睡前没有妈妈的吻，他连觉都睡不着。临睡前妈妈的吻，以及它给小普鲁斯特带来的苦恼与欣喜，都成为普鲁斯特后来著作中的主题。例如，他早期的一部未完成的小说《让·桑德伊》和后来的鸿篇巨制《追寻逝去的时光》都是紧紧围绕着这类难忘的回忆展开的。尽管多少作了些渲染与夸张，但无论在普鲁斯特早期的幼稚习作，还是成年之后的鸿篇巨制中，这些回忆都是可信的。在马塞尔·普鲁斯特的著作中，凡是有关普鲁斯特本人，或者以普鲁斯特为原型的小说主人公的情节，都是有根有据的，绝无虚构成分。"（《马塞尔·普鲁斯特》第一章）莫里亚克的这段话是我们进入马塞尔·普鲁斯特的世界里最好的说明。

1896年，25岁的马塞尔·普鲁斯特出版了自己早期所写的短篇故事和随笔集《欢乐与时日》，并开始写作自己的第一部长篇小说《让·桑德伊》。这部小说一直到1952年他逝世30年之后，才被发现了草稿，并且于同年被出版了。但是，《让·桑德伊》更像是马塞尔·普鲁斯特的一部草稿，一部习作，它也是一部带有自传体特征的小说，描绘的也是他童年时代的种种感受，和关于少年时代的回忆。但是，明显地带有故事的片段和人物的素描特征。可能马塞尔·普鲁斯特觉得这部小说十分稚嫩，因此他一直没有出版它，而是将这部小说中那些大胆实验的写作技巧和整体的内容，全部用到了《追寻逝去的时光》里。1904 年和 1906 年，他出版了两部翻译自英国作家的译作——《亚眠人的圣经》和《芝麻与百合》，1905 年，他母亲的去世可能是影响他一生最大的事件，严重依赖母亲的他开始了自我反省。自 1908 年起，他还开始构思和写作一生唯一的一本文学评论著作《驳圣伯夫》，这本书也是在他死后作为手稿被发现，并于 1953 年被出版了。1909 年之后，马塞尔·普鲁斯特用短暂一生所剩下的所有时间，都投入《追寻逝去的时光》的写作当中了，一直到 1922 年他去世，这部书终于完成了。

一部伟大的书总有自己独特的命运。1913 年，《追寻逝去的时光》第一卷《在斯万家那边》在遭遇到出版商的纷纷退稿之后，不得不由马塞尔·普鲁斯特自己自费出版。这是因为他把最开始的三卷手稿交给了巴黎的一些出版商，出版商根本就认识不到这部小说的价值，而是在他有意为之的大量词汇上都画上了表明语法错误的符号，使得马塞尔·普鲁斯特一气之下，拿回了书稿自费出版。有一个编辑在审读报告中写道："有个人患了失眠症。他在床上翻来覆去，睡意蒙眬间，昔日的印象和幻象浮上心头，这里面有些就是写他小时候与父母亲住在贡布雷时如何深更半夜还难以入睡。老天爷！写了十七页！有个句子居然有四十四行！"

但是，马塞尔·普鲁斯特显然对自己的这部作品很自信，他并不过分沮丧，坚持要让它问世，哪怕采取自费的形式。小说的第一卷《在斯万家那边》出版之后，完全没有引起巴黎评论界的注意。一直到第一次世界大战结束的 1918 年，马塞尔·普鲁斯特才出版了第二卷《在少女们身边》。这一卷在 1919 年获得了法国龚古尔文学奖，大家才突然对他注意了起来，马塞尔·普鲁斯特声名鹊起了，大家也逐渐地意识到，马塞尔·普鲁斯特可能带给了他们一个全新的文学世界。后来，对他小说的关注和好评开始与日俱增。1922 年在他去世之前，第三卷《盖尔芒特家那边》和第四卷《索多玛与蛾摩拉》也出版了。马塞尔·普鲁斯特去世之后，小说继续获得了很高的评价和持续的追捧，小说的第五卷《女囚》、第六卷《女逃亡者》、第七卷《重现的时光》一直到 1928 年才出齐，形成了小说的整体规模。随着时光的流逝，人们发现 20 世纪的一部无法绕开去的杰作，就这么悄悄地诞生了。

　　让我们来看看这部小说最初诞生的那一刻。如同宇宙起源于大爆炸的奇点上，任何一部小说的写作，都有灵光一闪的一个触发点。1909 年的某一天，马塞尔·普鲁斯特和平时一样，在喝茶和吃一片面包的时候，忽然，他通过舌头感觉到了过去记忆里的味觉和触觉，于是，一扇记忆的大门猛然被打开了，过往所有的生活，包括那些花边一样复杂精致的细节，伴随着细腻而生动的感觉，全部在他的记忆里复活。他感到自己找到了写作《追寻逝去的时光》的办法了。自此，他就一泻千里地开始了这部小说的写作。我甚至可以想象得出，那个品尝面包和茶水的一刻，全部的《追寻逝去的时光》是同时涌现在马塞尔·普鲁斯特的脑海的。这很像加西亚·马尔克斯苦苦寻找《百年孤独》的开头，直到他终于找到了那个包含了过去、现在和未来全部时间的著名开头出现在他的脑海里的一刻，于是，整部小说也就同时出现在了加西亚·马尔克斯的脑海里。

在那一刻之后，剩下的工作很好办了，只需要去记录和整理那些已经蜂拥出现在脑子里的东西就可以了。小说的写作，有时候是需要天启和某种神秘的力量的。对于有准备的、创造性的、不甘于平庸的作家，更是如此。马塞尔·普鲁斯特和加西亚·马尔克斯各自找到了自己的那一刻，于是，20世纪两部伟大的小说就这样诞生了。

四

那么，《追寻逝去的时光》写的是一个什么样的故事——假如所有的小说都讲了一个故事？这部小说，有没有相应的时代背景、人物形象和事件起始呢？这些，在《追寻逝去的时光》里全都有，只不过马塞尔·普鲁斯特所运用的叙述手段不是一种线性的时间叙述，而是在大致线性的时间叙述当中，不断地以跳跃、回旋、补充和折返来修正他对时间的感觉，同时，事件和人物也以不断换取角度重新讲述的方式，使读者可以逐渐地拼贴出全貌。《追寻逝去的时光》这部小说叙述的年代，往前，可以延伸到1840年，向后则到1918年第一次世界大战结束后为止这么一个阶段。小说所涉及的人物有200多个，小说的主角，不妨看成是作家马塞尔·普鲁斯特本人和他创造的一个自我分身的混合体——那个小说中的马塞尔，既是他自己又不是他自己。在小说中，叙述者马塞尔从儿时不断成长，最后终于成长为一个小说家。小说所叙述的人物和事件总是反反复复出现，如同不断地变换时间的刻度。小说的情节并不连贯，人物也不是按照顺序出场，而是不断地、反复出现在小说中，并且互相映衬。小说叙述的地理范围，是从法国的博斯小城伊利埃开始的，因为小马塞尔过去经常在那里度假。小说所涉及的主要人物，一部分是叙述者的亲戚：父母亲、弟弟、叔叔和舅舅、姨妈和婶婶，还有很多小城乡下的邻居和村民。另外一部分，则是巴黎的中上层人士，包括了叙述者的一些中学和大学的同学、他父亲的朋友们和母亲的犹太富人朋友的社交圈子。由此，这两组人物关系的链条不断地延伸和扩大，在小说中像涟漪一样一圈圈地扩展开来，从而构成了19世纪末到20世纪初期的法国从巴黎到外省乡下各色人等的全景画廊，也确立了小说的历史学、社会学和人类文化学的价值。

　　"在很长一段时期里，我都是早早地躺下了。有时候，蜡烛才灭，我的眼皮儿随即合上，都来不及咕哝一句：'我要睡着了。'半小时之后，我才想到应该睡觉；这么一想，我反倒清醒过来。"这是在小说的第一卷《在斯万家那边》中的第一句话。由此，叙述者开始了漫长的回忆。《在斯万家那边》这一卷分为三个部分，第一个部分"贡布雷"中，叙述者开始回忆他住过的各个房间，然后，就开始追忆他在贡布雷所度过的童年生活，对母亲的爱的细腻回味。在这一卷中，最有名的段落和篇章，是叙述者对小玛德莱娜蛋糕的味道所引发的回忆那一段，确立了最显著的马塞尔·普鲁斯特式的语言风格。由此，通过叙述者的内心独白式的叙述，他在贡布雷的生活，以及当地的社会习俗、居民、植物与自然景物，全部——浮现，包括叙述者第一次见到斯万先生，以及盖尔芒特公爵夫人的出场。叙述者追忆完这些记忆之后，在一个早晨醒了过来，第一部分就结束了。第二部分是"斯万之恋"，在这一部分里，叙述者多少隐匿起自己的主观身份，而是旁观者的身份来讲述：在叙述者认识斯万之前，斯万就进入了巴黎上流社会的社交圈子里，斯万先生还爱上了引荐他进入那个贵族和资产阶级上层圈子的女子奥黛特，但是，奥黛特青睐的却是另外的一个男人。结果，斯万先生就非常嫉妒，也深受煎熬。后来，斯万被排除出那个上层社会小圈子，他也逐渐远离了那段无望的爱情。在小说第一卷的第三部分"地方的名称：名称"中，叙述者又重新地活跃了起来，继续变得全知全能，他继续回想着自己的少年时光，并且将这种回忆由贡布雷的生活延伸到了巴黎的香榭丽舍大街边的公园里。在那里，叙述者爱上了斯万先生的女儿吉尔贝特·斯万。最后，小说以林园自然风景引发的回忆结束。

我在读《追寻逝去的时光》的时候，感觉到它的叙述语调似乎一直没有变化，它是缓慢的，有节奏的，绵长的，无穷无尽的。马塞尔·普鲁斯特似乎特别喜欢运用长句子，以这些长句子达到对回忆的最精确的描述。最长的句子出现在小说的第五卷，以"从实实在在的、崭新的座椅之间，梦幻般地冒出沙龙、玫瑰红丝绒面的小椅子以及提花毯面的赌台……"开始，这个句子到结束，翻译成汉语在1000字左右——读者可以去查阅一下看看，可见其句子之长和小说之长的某种暗合的关系。马塞尔·普鲁斯特还不喜欢规则地运用一些标点符号，而是尊崇口语的多变和中断、书面语的复杂句法，以及没有表达完全的那种含蓄感。因此，一种语调贯穿着小说的始终，就是因为叙述者是在用内心独白——也可以叫意识流——的方法在讲述。

这部小说的第二卷《在少女们身边》则继续了这种追忆风格。这一卷分为两个部分，第一个部分"在斯万夫人周围"，叙述者延续第一卷第三部分的回忆，主要回忆了他对斯万夫妇的女儿吉尔贝特·斯万的追求，以及追求失败的种种心绪。其间，还交代了叙述者和斯万夫人周围的一些上层知识分子交往的细节。在第二个部分"地方的名称：名称"中，叙述者笔锋一转，开始回忆起和外婆一起去海滨度假的情景，由此，他认识了外婆过去的老同学、一个侯爵夫人，以及这个夫人的后辈亲戚，叙述者还认识了一个画家和画家的一些女朋友。叙述者试图亲吻那些女孩子中一个叫作阿尔贝蒂娜·西莫内的女子，但是，被她拒绝了。小说的这个部分是最出彩的：对时光和岁月的留恋，对女性世界的观察，对情爱心理的展现，对人物的无以复加的生动和细腻的描绘，以及所运用的语言的繁复和优美，在这个章节里毕现无遗，马塞尔·普鲁斯特的美学风格进一步地得到了确认。

《盖尔芒特家那边》是小说的第三卷，这一卷分成两个部分，第一部分详细叙述了主人公和邻居盖尔芒特公爵夫人的隐秘激情：叙述者试图靠近盖尔芒特夫人，但是，他只能去接近她的外甥，来一个迂回方式的接近。由此，叙述者开始进入一个资产阶级上流社会的社交圈，认识了各色人等，并发现着人类关系组成的奥秘。在第二个部分当中，叙述者的外婆去世了。叙述者陷入悲哀当中。而那个叙述者曾经追求过的女子阿尔贝蒂娜·西莫内来到了巴黎，她专门来看望叙述者，也就是小说的主人公，此时，她已经改变了对叙述者的看法，没有再拒绝叙述者——主人公对她的一次亲吻。随后，小说继续叙述主人公参加盖尔芒特公爵夫人家的社交活动，并且在那些社交场合认识了更多的人。在这一部分的结尾，在盖尔芒特公爵夫人举办的一个沙龙上，斯万先生说自己已经病入膏肓，但是，听到的人却没有什么反应，大家并不为之动容，这使叙述者体验到一种极其复杂的感受。

小说的第四卷《索多玛与蛾摩拉》，从卷名上就可以判断，这一卷的主题是关于性、爱情和罪恶的。我们知道，在《圣经》中，索多玛和蛾摩拉是两座罪恶之城，它们的居民陷入乱伦和罪恶中不能自拔，最后被发怒的上帝所摧毁了。《索多玛和蛾摩拉》这一卷分为两个部分，在第一个部分中，叙述者发现了一个秘密：夏吕斯先生是一个同性恋，他的同性恋对象是裁缝朱皮安。由此，叙述者在内心里唤起了一种不舒服的感觉，因为他对同性恋持一种审慎的批评和不接受的态度。小说在这个部分点题了，将卷名的含义作了阐释。在第二个部分中，叙述者又回到了自身，讲述他和阿尔贝蒂娜·西莫内的交往，以及对她的各种揣测和仔细的琢磨，以及他发现的她的一些反常的表现。这导致了叙述者非常焦虑，他内心矛盾和嫉妒，因为，阿尔贝蒂娜·西莫内自己并不能够确定她是否真的爱他，他也感觉到了这一点。当他最终想放弃对阿尔贝蒂娜·西莫内的追求时，阿尔贝蒂娜·西莫内又通过谈论其他女孩子，引发了叙述者的嫉妒，最后叙述者决定带阿尔贝蒂娜·西莫内回到巴黎，要向自己的母亲宣布，他要向阿尔贝蒂娜·西莫内求婚。这个部分，马塞尔·普鲁斯特描绘了人对于情感的耻感和罪感，其到达的深度令人惊叹。

第五卷《女囚》，则继续讲述叙述者本人的爱情遭遇：阿尔贝蒂娜·西莫内和他回到了巴黎，并且住在他的寓所里。他既在感情上囚禁阿尔贝蒂娜·西莫内，又在行动上监视她，企图约束她。可是，当她在他身边时，作为一个想当作家、喜欢孤独的人，叙述者又感到了无端的烦躁，感到两个人在一起并不舒服——这很容易使我联想起卡夫卡几次失败的爱情。而阿尔贝蒂娜·西莫内只要想出去参加交际活动，叙述者就感到了不安和嫉妒，这导致了他们不断地争吵，直到有一天，当叙述者外出，在进行了激烈的思想斗争之后，决定和她分手，叙述者回到了家中，却发现阿尔贝蒂娜·西莫内已经出走了。这一卷卷名"女囚"，讲述的就是一个男人想用爱情来囚禁一个女人的最终不可能。

在《追寻逝去的时光》的第六卷《女逃亡者》中，继续讲述叙述者的爱情。叙述者很快就后悔了他和阿尔贝蒂娜·西莫内那次要命的争吵，想让她重新回到自己的身边，并且通过朋友传递了他想和好的迫切愿望。但是，等到阿尔贝蒂娜·西莫内决定回到他身边的时候，他又有些后悔了，因为，一个女人将给他带来好的和不好的所有的东西。小说将人在两难的尴尬境地里的状态描述得相当逼真。那么，最终怎么办？小说自然有解决的办法：就在这个时候，阿尔贝蒂娜·西莫内在一次骑马中掉下来，摔死了。于是，问题解决了，但是叙述者立即陷入了悲痛和难过，他又开始回忆和阿尔贝蒂娜·西莫内的所有交往，并且开始了解女友过去的生活。但是，他发现，阿尔贝蒂娜·西莫内竟然是一个同性恋。叙述者因为这个发现减轻了内心的自我责怪，他又开始追求一个新的姑娘，这个姑娘就是很久以前他曾经喜欢过的吉尔贝特·斯万，斯万夫妇的女儿。但是，此时的吉尔贝特·斯万已经准备嫁给罗贝尔·圣卢先生了。

于是，到小说的第七卷《重现的时光》，就要将小说所涉及的主要人物的命运，作一个最终的交代了：叙述者一心想当作家，但是，他一直对自己信心不足，因为，他发现，写作和具体的生活距离过于接近了，他必须要找到自己信赖的、同时可以婉转地描绘生活的某种文学形式。在第一次世界大战结束之后，叙述者从外省疗养院回到了巴黎，重新加入了以维尔迪兰夫妇家为中心的巴黎上流社会社交圈。这个时候，他发现，巴黎的一切都已经物是人非了。斯万先生当年爱过的女子奥黛特，成了盖尔芒特公爵的情妇，而吉尔贝特·斯万的丈夫圣卢此时在战场上阵亡了。在维尔迪兰夫妇的沙龙上，吉尔贝特·斯万向叙述者介绍自己的女儿。她女儿已经16岁了，而斯万家族和盖尔芒特两大家族的血脉，在这个16岁的女孩子身上汇聚到了一起。就是在这个时候，面对眼前的青春少女，叙述者马塞尔感到了时间神秘而巨大的力量，他忽然决定，他要像盖一座宏伟的教堂那样，来写一本书，将这个由亲戚和朋友、爱情和血缘、家族与联姻、战争和动乱以及迅速变化的社会各个阶层的全部关系，都写到一本书里。最后，他完成了这本书，这本书，就是读者刚刚读完的《追寻逝去的时光》。

这就是《追寻逝去的时光》七卷本所讲述的主要故事情节。我在前面说了，在小说叙述的铺展中，叙述语调令人惊异地一以贯之，并没有太大的变化，平缓、亲切、深沉，故事情节都分散在不同的时间段里，叙述者并没有按照时间的顺向来讲述，而是不断地向前叙述，又不断地向后迁回。最后，小说的结尾和开头呼应，达成了这个回忆性长篇小说首尾相连的封闭的结构空间，形成了教堂一样外观宏伟、内部精雕细刻的风格。

在这部小说诞生之前，还从来没有哪一部小说仅仅依靠内心独白——意识流，就推动了全部故事情节的发展，推动了全部人物的塑造，最后结构成一部庞大的叙述体的文学编织物。我有时候觉得，这部小说太像一面巨大的花毯了，在这面花毯上，各色花纹、图案、人物、风景、故事，都是同时涌现在你的眼前的，它是平面的，无限广大的，向四周延伸开来，成为一个消逝的时代的佐证。而编织这面花毯的，却正是马塞尔·普鲁斯特，这个敏感的、病态的、神经质的哮喘病人。

五

关于如何写作长篇小说，马塞尔·普鲁斯特在接受访问的时候曾经说：

"我们既有平面几何，也有立体几何，后者是关于两维和三维空间的几何。那么，对于我而言，长篇小说并不意味着只是平面的（简单的）心理学而是时间的心理学著作。它是那种我试图隔离的、看不见的时间物质，而且，它意味着试验必须持续一个很长的时期。我希望不要以某种不重要的社会事件作为我的书的结尾，比如两个人物之间的婚姻，他们在第一卷里属于完全不同的社会阶层。这将意味着时间在流逝，披上了凡尔赛宫里的铸像上可以看到的那种美丽和铜绿，那是时间逐渐给它镀上的一个翠绿色的保护层。"

在这一段话里，马塞尔·普鲁斯特已经完全地表达了他对长篇小说写作的观念。小说就是时间的艺术，写作小说，就是如何处理小说中的时间，处理人感觉到的意识、心理和记忆所构成的时间。同时，小说还是空间的艺术，一方面，小说中的人物在一定的空间里活动，小说自身还构成了一个由时间的维度所确定的空间。这个时间和空间，在马塞尔·普鲁斯特的笔下成了不断绵延的叙述的河流、词语的河流，一条由 150 万个法语单词、250 万个汉字构成的长河。

马塞尔·普鲁斯特的这部《追寻逝去的时光》主要由回忆构成片段，又由连绵的无意识回想和内心独白来完成。这部小说深深地进入人的内心宇宙，将一个个体生命所经历的时代的全部记忆，都化作内心时间的流动展现出来。如果把马塞尔·普鲁斯特的这部小说与巴尔扎克所创造的《人间喜剧》系列相比，在表现外部的社会现实方面似乎是狭窄的，但是，这种狭窄实际上是一种假象。马塞尔·普鲁斯特向内心的深渊、大河和宇宙走去，在那里，他发现了巨大的暗河和地下之海，那就是人的意识，人的内心的声音。他沿着内心的河流向那个未知的黑暗走过去，带给了我们他发现的深藏在人类内心的一切。于是，马塞尔·普鲁斯特就这样在私人的生活领域与有限的社会风景之间，来回编织和穿越，给我们描绘了那个时代的人的心理的肖像和社会肖像。

马塞尔·普鲁斯特肯定已经写出了一部足以和人类文学史上最伟大的作品相媲美的作品，比如，《追寻逝去的时光》完全可以和希腊罗马神话、莎士比亚的戏剧、巴尔扎克的小说世界、《红楼梦》相媲美。英国评论家雷蒙德·莫蒂默有一段话评价马塞尔·普鲁斯特，他是这么说的："没有一位小说家所描写的人物能比马塞尔·普鲁斯特带给我们的真实感更强，而且，我们对于马塞尔·普鲁斯特笔下的主人公的了解比任何其他小说中的人物要多得多。仅仅凭借这个理由，我认为，他是（人类）无可匹敌的最出色的作家。"